*Mörderisches Waldsterben*

*Für Josef*

# MÖRDERISCHES

# WALD STERBEN

## KRIMINALROMAN

SYLVIA QUINZER

**Bibliografische Information der Deutschen Nationalbibliothek.**
Die Deutsche Nationalbibliothek verzeichnet diese Publikation in der
Deutschen Nationalbibliografie; detaillierte bibliografische Daten sind im
Internet über http://dnb.dnb.de abrufbar.

Satz, Umschlaggestaltung und Verlag:
BoD – Books on Demand GmbH, In de Tarpen 42, 22848 Norderstedt
Druck: Libri Plureos GmbH, Friedensallee 273, 22763 Hamburg

ISBN 978-3-7597-9753-7

# 1

Oberstaatsanwalt Klaus Bogenschütz liebte es, wenn die Leiche am Tatort noch frisch war. Wenn das Blut noch floss und der letzte Atemzug noch in der Luft waberte.

An diesem nieseligen Novembertag, einem Dienstag, stapfte Klaus Bogenschütz durch den Wald zu einer kleinen Lichtung, auf der man einen Toten gefunden hatte. Instinktiv rollte er die Fußzehen ein in dem vergeblichen Versuch, dem Matsch auf den schlammigen Wegen zu entkommen. In seiner Studienzeit hatte Klaus Bogenschütz ausschließlich offene Sandalen in Form von Pantoletten getragen. Doch mit Beginn seiner Berufstätigkeit hatte er sich an festes Schuhwerk gewöhnen müssen. Der durchdringende Geruch nach Erde und verrottendem Laub, nach Kiefernnadeln und feuchtem Moos hing in der Luft.

Klaus Bogenschütz begrüßte Kriminalhauptkommissar Josef Pfeil und dessen Kollegen Kriminaloberkommissar Dirk Köcher und warf einen ersten Blick auf das Opfer.

Der Tote, ein kräftiger, mittelgroßer Mann um die sechzig mit vollem grauem Haar, lag mit dem Gesicht nach unten auf dem Waldboden. In seinem Hinterkopf klaffte eine große Wunde. Sein rechter Arm war ausgestreckt, das linke Bein leicht angewinkelt, als habe er sterbend versucht, dem Täter zu entkommen. Er trug eine dunkelbraune Cordhose, dazu einen dicken grünen Wollpullover über einem karierten Hemd. Seine Füße steckten in kniehohen grünen Gummistiefeln.

Klaus Bogenschütz ging vor dem Toten in die Hocke.

»Weiß man, wer der Mann ist?«

Kriminalhauptkommissar Josef Pfeil, ein fülliger Mittfünfziger mit rotblondem lockigem Haarkranz, Schnauzer und Kinnbart, der gerade sein drittes Magengeschwür auskurierte, nickte.

»Der Tote ist ein Landwirt aus dem benachbarten Dorf Bodenfeld. Sein Name ist Johannes Hofbauer.« Er besitzt einen großen Aussiedlerhof ganz in der Nähe.

Die Rechtsmedizinerin Dr. Sandra Leichner kniete im weißen Overall neben dem Toten und untersuchte dessen blutige Kopfwunde. »Gibt es erste Erkenntnisse?«, wollte Klaus Bogenschütz wissen.

»Ein Schlag auf den Hinterkopf mit einem stumpfen Gegenstand. Näheres nach der Obduktion.«

»Todeszeitpunkt?«

»Kann ich noch nicht sagen. Meiner Einschätzung nach dürfte der Tod vor zwei oder drei Stunden eingetreten sein.« Frau Dr. Leichner beugte sich wieder über den Toten und setzte ihre Arbeit fort.

»Wer hat ihn gefunden?«

»Ein Jogger hat ihn beim Waldlauf entdeckt«, antwortete Dirk Köcher, ein schlanker, hochgewachsener Mann Anfang dreißig, der sich vergeblich bemühte, im Fitnessstudio Muskeln aufzubauen. Er wies mit dem Finger auf einen stämmigen Mann im dunkelblauen Jogginganzug, der leichenblass am Rande der Lichtung auf einem Baumstumpf saß.

»Das ist Herr Schulze. Er kennt das Opfer und konnte es eindeutig identifizieren. Zwar ist Herr Schulze kein Einheimischer. Er ist erst kürzlich mit seiner Familie ins Neubaugebiet am Wiesengrund in Bodenfeld gezogen. Doch er und seine Frau kaufen Obst und Gemüse im Hofladen der Hofbauers.«

»Gibt es Hinweise zum Tatwerkzeug?« Klaus Bogenschütz klappte den Kragen seiner Jacke hoch. Sein kurz geschnittenes braunes Haar, das er zu Studienzeiten als kinnlange Lockenmähne getragen hatte, begann sich im Nieselregen zu kräuseln. Ein böiger Wind fegte durch die Bäume.

Dirk Köcher wies auf das Team der Spurensicherung, das rund um den Tatort im Einsatz war. »Nein, sie haben das Tatwerkzeug noch nicht gefunden. Vermutlich handelt es sich dabei um ein Stück Holz, einen dicken Ast oder dergleichen.«

Klaus Bogenschütz ließ den Blick über die Waldlichtung schweifen. Einige hohe Holzstapel, die zum Schutz gegen die Witterung mit Plastikplanen abgedeckt waren, fielen ihm ins Auge.

»Sind die Angehörigen schon verständigt?«, fragte Klaus Bogenschütz in die Runde. Kriminalhauptkommissar Pfeil schüttelte unbehaglich den Kopf. So ruppig er sich manchmal nach außen gab, so direkt und ungeschminkt er den Menschen gelegentlich seine Meinung sagte, die traurige Pflicht, Angehörigen Todesnachrichten zu überbringen, drückte Josef Pfeil gerne an die Kollegen ab.

In den kahlen Baumwipfeln saß ein kleiner Vogel und stieß einen einsamen Schrei aus.

# 2

Der Aussiedlerhof der Familie Hofbauer lag ca. zwei Kilometer vom Dorf Bodenfeld entfernt am Randes des Gemeindewaldes. Eine schmale asphaltierte Straße bog von der alten Landstraße ab und führte zwischen Feldern und Wiesen hindurch zu den Gebäuden und Stallungen des stattlichen Anwesens.

Aus ermittlungstaktischen Gründen hatte sich Oberstaatsanwalt Klaus Bogenschütz entschlossen, die Kommissare bei der Überbringung der Todesnachricht zu begleiten. Als er im schwarzen Dienst-SUV unter wolkenverhangenem Himmel Richtung Hof fuhr, vorbei an abgeernteten Feldern und gemähten Wiesen, da dankte er im Stillen dafür, dass er in der Großstadt aufgewachsen war. Das Landleben wäre definitiv nicht nach seinem Geschmack gewesen.

Der Wagen passierte die leere Pferdekoppel, deren Gatter offen stand, und rollte dann langsam an den langgestreckten, weißgetünchten, mit roten Wellblechdächern versehenen Stallungen vorbei.

Familie Hofbauer betrieb moderne Milchviehhaltung. Ihre Tierhaltung erfolgte mit komfortablen Liegeboxen und breiten Lauf- und Fressgängen im hellen, gut belüfteten Stall. Ein Gülleschieber schob die Gülle in einen Güllebehälter, der regelmäßig leergepumpt wurde. Und wo früher die Kuh unter den kalten Händen des Melkers erzitterte, übernahmen nun moderne Melkmaschinen diese Arbeit.

Ein überdimensionaler grüner Traktor, ausgestattet mit sämtlichen technischen Neuerungen, parkte in der großen Scheune, deren Tor offen stand.

Kriminaloberkommissar Dirk Köcher lenkte den Wagen in den mit grauen Knochensteinen gepflasterten Innenhof und parkte ihn unter einer mächtigen Kastanie. Beim Aussteigen schlug den Männern würzige Landluft entgegen.

Ein lautes, tiefes Bellen erklang. Gleich darauf schoss eine riesige rotbraune Dogge hinter der Scheune hervor und hechtete mit gewaltigen Sätzen auf die erschrockenen Männer zu. Klaus Bogenschütz erstarrte und hielt angstvoll den Atem an. Seine Erfahrung mit Hunden beschränkte sich auf den Rauhaardackel seiner Mutter. »Apoll!«, ertönte eine scharfe Stimme. Der Hund blieb augenblicklich stehen und Klaus Bogenschütz atmete erleichtert auf.

»Entschuldigung«, rief eine Frau mit kurzgeschnittenem blondem Haar, die in der geöffneten Tür des Hofladens stand. »Er beißt nicht! Er ist noch jung und verspielt und will Sie nur begrüßen.« Apoll ließ die Männer nicht aus den Augen und fuhr sich mit der langen roten Zunge genüsslich über die

Lefzen. »Hoffen wir es mal«, flüsterte Kriminalhauptkommissar Josef Pfeil halblaut. Seine helle Gesichtsfarbe war um einige Nuancen blasser geworden.

»Bitte«, sagte die Frau und trat zur Seite, um die Männer eintreten zu lassen.

»Erntefrisch aus kontrolliertem Anbau« versprach ein Schild hinter der Ladenkasse. Das Angebot war reichhaltig. Kartoffeln, Zwiebeln, Äpfel, Birnen, Kraut, Gemüse, Salate lagerten in braunen Holzkisten auf rustikalen Holzgestellen. In den Regalen standen Kräuteröle, Honig, Marmelade, Nudeln. Außerdem Brot: Vollkornbrot, Dinkelbrot, Walnussbrot.

Es war kühl in dem kleinen Raum mit den zwei kleinen Sprossenfenstern. Die Fenstersimse waren mit Zierkürbissen und Kastanien dekoriert. Ein großer Kranz aus geflochtenem Stroh, mit einem blauweißen Band umwickelt und mit getrockneten Beeren geschmückt, hing an der Wand.

Die ausgelegte Ware verströmte einen intensiven Duftmix, der die Männer beim Eintreten umfing.

Kriminalhauptkommissar Pfeil wappnete sich innerlich. Kriminaloberkommissar Köcher zeigte plötzlich größtes Interesse an rotbackigen Äpfeln und Oberstaatsanwalt Bogenschütz fixierte mit starrem Blick den mit bunten Bändern umwickelten Strohkranz an der Wand.

Kriminalhauptkommissar Pfeil holte tief Luft und stellte sich und seine Begleiter vor. »Wir möchten zu Frau Hofbauer.« Der Ausdruck in den Augen der blonden Frau wechselte von Neugier zu Besorgnis. »Gerlinde Windig, ich bin die Tochter«, stellte sie sich vor. »Ist etwas passiert?«

»Wir müssen Ihnen leider mitteilen, dass Ihr Vater tot aufgefunden wurde.« Kriminalhauptkommissar Pfeil hielt den Atem an in Erwartung der Reaktion, die seine Worte hervorrufen würden.

Gerlinde Windig starrte ihn verständnislos an. Dann wurde sie weiß wie die Wand. »Kommen Sie bitte mit!« Sie öffnete eine braun gestrichene Tür, die vom Laden zu den Wohnräumen des zwei-geschossigen Bauernhofs führte.

An den weißen Wänden des Hausflurs, den die Männer jetzt betraten, hingen einige Hirschgeweihe, auf einem mit Schnitzereien versehenen braunen Schrank thronte ein ausgestopfter Eichelhäher neben einer Grünpflanze im blauen Tontopf. Auf den brau-nen Terracottafliesen standen in langer Reihe Schuhe und Stiefel der Familienangehörigen.

»Mama!«

»Was ist?« Elfriede Hofbauer, vom Ton in der Stimme ihrer Tochter alarmiert, stürzte aus der Küche.

»Der Papa ist tot!« Gerlinde Windig wies auf die Beamten. »Die sind von der Polizei!«

»Was? Wieso? Mein Mann ist draußen im Wald, Holz machen!«

»Frau Hofbauer«, ergriff Kriminalhauptkommissar Pfeil das Wort, »wir haben Ihren Mann im Wald tot aufgefunden.«

»Das kann nicht sein, er war doch zum Mittagessen noch hier. Es gab Linsen mit Spätzle!«

»Was ist passiert?«, fragte Gerlinde Windig stockend.

»Mein Mann war erst neulich bei unserem Hausarzt und hat sich gründlich untersuchen lassen. Er war ganz gesund!«

»Hatte mein Vater einen Unfall?« Gerlinde Windigs Stimme klang rau.

»Unser Hausarzt ist Dr. Fischer. Er hat seine Praxis drüben in Rappental. Als ich es neulich an der Galle hatte, da hat er …«

»Könnten wir uns kurz setzen?«, unterbrach Kriminaloberkommissar Köcher die Hofbäuerin. Man stand noch immer im Flur.

»Ja, natürlich.« Gerlinde Windig öffnete eine weiß lackierte Kassettentür, die ins Wohnzimmer führte.

Der große rustikale Raum bestand aus ursprünglich zwei kleineren Zimmern des Hauses, deren Zwischenwand man entfernt hatte. Das rohe Gebälk war stehen geblieben. An der Rückwand des Wohnzimmers prasselte ein Feuer im offenen Kamin.

»Vielleicht war es die Mutti!«, überlegte Oberstaatsanwalt Bogenschütz und musterte die rundliche Frau mit den tiefen Lachfalten um die Augen und den blond gefärbten Haaren in ihrer blauen Kittelschürze.

»Es war kein Unfall. Herr Hofbauer ist vermutlich erschlagen worden!«, sagte Kriminalhauptkommissar Pfeil so einfühlsam, wie er konnte, und nahm auf der Eckbank am großen Eichentisch Platz.

Oberstaatsanwalt Bogenschütz trat an den offenen Kamin. Seine Hände waren eiskalt. Ein Ast knackte laut und gelbe Funken sprühten.

»Erschlagen worden?«, wiederholte Gerlinde Windig ungläubig. »Wieso erschlagen worden?«

»Das wissen wir nicht. Vielleicht können Sie uns helfen, herauszufinden, wer das getan haben könnte.«

# 3

Die ganze Familie Hofbauer war versammelt, als Kriminalhauptkommissar Pfeil und Kriminaloberkommissar Köcher in Begleitung von Oberstaatsanwalt Bogenschütz am Mittwochnachmittag gegen 14.00 Uhr auf dem Hof eintrafen, um erste Befragungen durchzuführen.

Elfriede Hofbauer hatte ihre blaue Kittelschürze gegen eine schwarze eingetauscht. Ihre Augen waren rot gerändert, die Lider dick geschwollen. Sie saß stumm in einem grünen Samtsessel neben dem Kamin und wischte sich mit einem zerknüllten Taschentuch über die Augen.

Der lange Eichentisch mit der blau karierten Tischdecke war als Kaffeetafel eingedeckt und mit einer Vase voll lila Astern geschmückt. Gerlinde Windig in schwarzer Jeans und schwarzem Rollkragenpullover und einem großen goldenen Kreuz um den Hals brachte eine silberne Kanne mit Kaffee und bat, Platz zu nehmen. Die Familienmitglieder stellten sich nacheinander vor.

Da war Siegfried Hofbauer, der älteste Sohn und Hoferbe. Ein gut aussehender Mann mit vollem, leicht gewelltem blondem Haar und stahlblauen

Augen im gebräunten Gesicht. Er war ca. 1,90 Meter groß und muskulös. Seine Arme waren sehnig, sein Händedruck kräftig.

Siegfrieds Ehefrau Evi war schlank und sportlich. Sie trug Jeans und ein rot-weiß kariertes Hemd. Die langen braunen Haare hatte sie zu einem lockeren Pferdeschwanz zurückgebunden. Ein burschikoser Typ, ungeschminkt und natürlich.

Friedbert Hofbauer, der jüngere Sohn, studierte Philosophie in Heidelberg. Eine runde Nickelbrille verlieh seinen feinen Gesichtszügen mit den bleichen Wangen ein vergeistigtes Aussehen. Er legte die schmalen weißen Hände übereinander, richtete den Blick auf das Gebälk an der Decke und verkündete mit tonloser Stimme: »Ich habe Papa immer gesagt: ›Genieße das Leben beständig, du bist länger tot als lebendig!‹«

Kriminalhauptkommissar Pfeil brauchte eine Magentablette.

Gerlinde Windig verschwand in der Küche und erschien gleich darauf mit einem frisch gebackenen Käsekuchen in der Hand, den sie in der Mitte des Tisches platzierte. Ihr Ehemann Harry Windig bediente sich zuerst. Er war von Beruf Versicherungsvertreter, mittelgroß mit kleinem Bauchansatz und trug eine Hornbrille. Das spärliche braune Haar hatte er zurückgekämmt und mit Gel fixiert. Er roch intensiv nach einem herben Rasierwasser.

Oberstaatsanwalt Bogenschütz schob sich ein Stück

Käsekuchen in den Mund. Die Hofbäuerin hatte ihn gebacken. Er liebte Käsekuchen! Und während ihm der süße gelbe Schaum auf der Zunge zerging, dachte er: »Hoffentlich war es nicht die Mutti!«

»Ich will zu meinem Mann!«, sagte die Hofbäuerin.

»Er ist in der Gerichtsmedizin«, entgegnete Kriminaloberkommissar Köcher.

»Kann ich ihn sehen!«

»Ihr Mann wird obduziert!«

»Obduziert? Sie meinen aufgeschnitten?« Die Hofbäuerin riss entsetzt die Augen auf.

Kriminalhauptkommissar Pfeil ergriff das Wort: »Bitte erzählen Sie uns, wann Sie Ihren Mann das letzte Mal gesehen haben.«

»Gestern beim Mittagessen. Es gab Linsen mit Spätzle.«

»Ja, das sagten Sie bereits.«

»Wann hat Ihr Mann anschließend das Haus verlassen?«

»'s wird so gegen ein Uhr gewesen sein. Er hat noch ein Glas Most getrunken und dabei die Zeitung gelesen. Er hat nach der Todesanzeige seines Schulfreundes gesucht. Dietmar Schmälzle. Kennen Sie den?«

Kriminalhauptkommissar Pfeil schüttelte den Kopf und bemühte sich um Geduld.

»'s war auch ein armer Kerl, seine Frau ist ihm früh gestorben.«

»Was haben Sie gemacht, nachdem Ihr Mann das Haus verlassen hatte?«

»Ich hab das Geschirr abgeräumt und in die Spülmaschine getan.«

»Und dann?«

»Wie? Und dann?«

»Was haben Sie gemacht, als das Geschirr in der Spülmaschine war?«

»Ich hab die Spülmaschine eingeschaltet!«

Kriminalhauptkommissar Pfeils Magen begann zu rebellieren.

Oberstaatsanwalt Bogenschütz genehmigte sich ein zweites Stück Käsekuchen. »Wann haben Sie Ihren Vater zuletzt gesehen?«, wandte er sich an Siegfried Hofbauer.

»Wir haben gemeinsam zu Mittag gegessen.«

»Wer hat an dem Mittagessen alles teilgenommen?«

»Ich, meine Eltern, meine Frau Evi und meine Schwester Gerlinde.«

»Was haben Sie anschließend an diesem Nachmittag unternommen?«

»Ich bin raus in den Wald.«

»Mit Ihrem Vater?«

»Wir sind gemeinsam aufgebrochen. Im Wald haben wir uns getrennt. Er ist zur Waldlichtung gegangen und ich bin in die Tannenschonung abgebogen.«

»Was wollten Sie in der Tannenschonung?«

»Wir verkaufen Christbäume auf dem Weihnachtsmarkt. Ich wollte mich nach geeigneten Tannen umsehen.«

»Ist Ihnen etwas Verdächtiges aufgefallen? Haben Sie etwas gehört oder gesehen?«

Siegfried Hofbauer schüttelte bedauernd den Kopf.

»Was haben Sie gestern Nachmittag gemacht?« Kriminaloberkommissar Köchers Frage richtete sich an Gerlinde Windig. Die stellte ihre Kaffeetasse bedächtig ab und antwortete: »Ich hab um 14.00 Uhr den Hofladen geöffnet.«

»Und in der Zeit zwischen 13.00 Uhr und 14.00 Uhr?«

»Da hab ich in unserer Wohnung die Teppiche gesaugt. Der Haushalt macht sich ja auch nicht von alleine!«

»Kann das jemand bezeugen?«

»Da können Sie jede Hausfrau fragen!«

»Ich meine, kann jemand bezeugen, dass Sie in Ihrer Wohnung waren und Teppiche gesaugt haben?«

»Ich glaub nicht, dass meine Mutter den Staubsauger gehört hat.«

Kriminaloberkommissar Köcher brauchte eine Zigarettenpause.

Friedbert Hofbauer rührte gedankenverloren in seinem Kaffee.

»Herr Hofbauer, wo waren Sie zur Tatzeit?«, fragte Kriminalhauptkommissar Pfeil.

Friedbert Hofbauer reagierte nicht.

»Herr Hofbauer!«, wiederholte Kriminalhauptkommissar Pfeil mit Nachdruck.

Der Angesprochene hob langsam den Kopf und

kehrte gedanklich in die Gegenwart zurück. »Wie bitte?«

»Wo Sie zur Tatzeit waren, habe ich gefragt.« Kriminalhauptkommissar Pfeil riss der Geduldsfaden.

»Ich war in Heidelberg im philosophischen Seminar.«

»Was für ein Seminar?«

»Kants kategorischer Imperativ.«

»Kants was?«

»Handle nur nach derjenigen Maxime, durch die du zugleich wollen kannst, dass sie ein allgemeines Gesetz werde«, erklärte Friedbert Hofbauer nachsichtig.

»Und daran halten Sie sich strikt?«

»Einen Versuch ist es wert«, entgegnete Friedbert Hofbauer und versenkte sich wieder in die Betrachtung seines Kaffees.

»Und Sie, wo haben Sie sich nach dem Mittagessen aufgehalten?«, wandte sich Kriminalhauptkommissar Pfeil an Evi Hofbauer. Die kratzte akribisch die letzten Krümel ihres Käsekuchens zusammen und schob sie auf ihre Gabel.

»Ich hab unseren Sohn vom Gymnasium abgeholt.«

»Von welchem Gymnasium?«

»Paul geht auf das Staufergymnasium in Bad Wimpfenburg.«

»Um welche Uhrzeit haben Sie ihn abgeholt?«

»Die Schule war um 13.20 Uhr aus.«

»Waren Sie pünktlich um 13.20 Uhr vor der Schule?«

»Nein, ich bin ein paar Minuten später eingetroffen. Paul hatte in der letzten Stunde Sport. Es dauert eine Weile, bis er sich anschließend umgezogen hat. Obwohl er genau weiß, dass ich auf ihn warte, trödelt er manchmal.«

»Wann sind Sie und Paul zu Hause eingetroffen?«

»Ich hab nicht auf die Uhr geschaut, aber es wird so gegen 13.45 Uhr gewesen sein.«

»Haben Sie das Haus anschließend noch einmal verlassen?«

»Ja.«

»Wann war das?«

»Gegen 14.15 Uhr. Ich hab unserem Sohn zuvor noch in der Mikrowelle die Linsen mit Spätzle aufgewärmt.«

»Sagen Sie uns bitte, wo Sie waren.«

»Ich bin nach Biberbach gefahren. Meine Freundin Nicole hat ein Baby bekommen und ich wollte ein Geschenk besorgen.«

»Kann das jemand bezeugen?«

»Sie können die Verkäuferin im Spielwarenladen fragen. Vielleicht erinnert sie sich an mich.«

Harry Windig rutschte unruhig auf seinem Stuhl hin und her, als Oberstaatsanwalt Bogenschütz sich ihm zuwandte.

»Herr Windig, wo waren Sie zum fraglichen Zeitpunkt?«

»Ich war unterwegs zu einem Kunden.«

»Sie sind Versicherungsvertreter. Welche Versicherungen verkaufen Sie?«

»Lebensversicherungen.«

»Wie ist der Name des Kunden und wo ist er wohnhaft?«

»Der Kunde heißt Peter Geldmacher und wohnt in Stuttgart.«

»Wann und wo war Ihr Termin mit Herrn Geldmacher?«

»Wir waren um 16.00 Uhr verabredet, und zwar im Büro von Herrn Geldmacher in der Königstraße in Stuttgart.«

Oberstaatsanwalt Bogenschütz nickte. »Wir werden das überprüfen.«

Kriminaloberkommissar Köcher ging ums Haus herum in den Bauerngarten, wo die letzten Dahlien und Astern verblühten, und rauchte eine Zigarette. Sein Blick fiel auf eine große Sonnenblume, die traurig den Kopf hängen ließ. Aus einem hölzernen Geräteschuppen schlüpfte eine grau getigerte Katze, kam gemächlich herbei und strich ihm zutraulich um die Beine.

Kriminaloberkommissar Köcher mochte Tiere. Doch er hielt meist Distanz. Derart aufdringliche Tiere wie diese Katze konnte er nicht leiden. Und Katzenhaare auf der neuen dunkelblauen Hose schon gar nicht. Und wo war übrigens der Hund? Der Gedanke an Apoll ließ ihn schneller rauchen.

Als Kriminaloberkommissar Köcher ins Wohnzimmer zurückkehrte, war man soeben dabei, sich
zu verabschieden. Die Familie wirkte erleichtert.

# 4

Oberstaatsanwalt Bogenschütz saß an seinem Schreibtisch hinter einem Berg Akten. Aus jeder Akte tropfte Blut und bezeugte: Mord und Totschlag in Heiligenbrunn und Umgebung!

Soeben brachte Jessica Lippmann, die Sekretärin von Oberstaatsanwalt Bogenschütz, einen weiteren Aktenberg. Sie war jung und hübsch und nicht auf den Mund gefallen. Nur einmal hatte es ihr die Sprache verschlagen und das war, als sie während ihres Vorstellungsgesprächs bei der Staatsanwaltschaft Heiligenbrunn von Oberstaatsanwalt Bogenschütz unverblümt gefragt wurde: »Haben Sie schon einen Freund?«

Inzwischen kannte Jessica Lippmann, genannt Jessie, den Humor ihres Chefs. »Na, haben Sie gestern eine Landpartie gemacht?«, frotzelte sie. Oberstaatsanwalt Bogenschütz verdrehte die Augen.

»Sie haben gleich einen Gerichtstermin«, erinnerte Jessie ihren Chef. Der nickte und erhob sich aus seinem gepolsterten braunen Oberstaatsanwaltssessel. Er griff sich Fallakte und Robe und eilte mit großen Schritten über den Flur zum Gerichtssaal, in dem sein Fall verhandelt wurde.

Eine Prostituierte war ermordet worden. Ihr Zuhälter saß auf der Anklagebank stritt aber den Mord ab. Jetzt ging es in die Beweisaufnahme. Die Zuschauerbänke waren bis auf den letzten Platz gefüllt mit Leuten aus dem Milieu.

Die Verhandlung zog sich hin. Der alte Richter Timmermann war gründlich. Oberstaatsanwalt Bogenschütz erhob sich und brachte seine Beweise vor. Abfälliges Gemurmel erklang von den Zuschauerbänken. Richter Timmermann erteilte einen Verweis. Endlich war Mittagspause.

Oberstaatsanwalt Bogenschütz ging in die Kantine im Untergeschoss. Er bestellte sich einen Wurstsalat. Er liebte Wurstsalat. Zwei Kollegen balancierten ihr Tablett mit Currywurst und Pommes frites an seinen Tisch und setzten sich zu ihm. »Ausgerechnet die zwei!«, dachte Klaus Bogenschütz verdrossen. »Der eine ist ein Langweiler und kriegt den Mund nicht auf. Der andere redet wie ein Wasserfall.«

Gesättigt und froh, den Kollegen entronnen zu sein, griff Oberstaatsanwalt Bogenschütz in seinem Büro zum Telefon und rief in der Gerichtsmedizin an. Er verlangte Frau Dr. Leichner zu sprechen.

»Ist die Obduktion von Herrn Hofbauer schon abgeschlossen?«

»Nein, aber so viel kann ich schon sagen: Wir haben Splitter von Buchenholz in der Kopfwunde von Herrn Hofbauer gefunden. Rotbuche, lateinischer Name Fagus sylvatica.«

Oberstaatsanwalt Bogenschütz bedankte sich und gab die Information umgehend an Kriminalhauptkommissar Pfeil weiter.

# 5

Am Freitagmorgen um 10.00 Uhr hatten Kriminalhauptkommissar Pfeil und Kriminaloberkommissar
Köcher einen Termin in Stuttgart bei Peter Geldmacher, um die Aussage von Harry Windig zu überprüfen.

Auf der A81 war aufgrund eines Unfalls die rechte
Spur gesperrt. Ein kilometerlanger Stau war die Folge.
Die Berufspendler fluchten. Die beiden Kommissare
wurden nervös.

In Stuttgart angekommen, lotste das Navi die ent-
nervten Beamten zu einem Parkhaus in der Nähe.
Leider war nur noch auf dem Oberdeck ein Parkplatz
frei. Der Aufzug hing im Untergeschoss fest. Es dauerte ewig, bis er kam.

Nach fünfminütigem Fußmarsch erreichten die
beiden Kommissare das imposante Bürogebäude in
der Königstraße. Verschwitzt und schnaufend sah
sich Kriminalhauptkommissar Pfeil nach dem Aufzug um.

Die Tür des spiegelverkleideten Lifts öffnete sich
geräuschlos im fünften Stock. Die Beamten betraten
einen großen, an zwei Seiten verglasten, mit dunkel-
blauem Teppichboden ausgelegten Raum. Hinter

einer elegant geschwungenen Rezeption aus Marmor thronte die Empfangssekretärin. Die perfekt geschminkte junge Frau trug ihr blondes Haar am Hinterkopf zu einem lockeren Knoten hochgesteckt. Durch ihre Designerbrille warf sie den Männern einen missbilligenden Blick zu.

Die Kommissare stellten sich vor.

»Wir haben einen Termin mit Herrn Geldmacher.«

»Der Termin war auf 10.00 Uhr terminiert. Jetzt ist es 10.15 Uhr!«

»Es war viel Verkehr auf der Autobahn. Ein Unfall hat uns aufgehalten«, entschuldigte sich Kriminalhauptkommissar Pfeil.

»Ich will sehen, ob Herr Geldmacher Sie noch empfängt«, sagte die Empfangssekretärin kühl und stöckelte auf ihren High Heels davon.

»Herr Geldmacher lässt bitten.« Ihre Miene verriet, was sie dachte: »Ausnahmsweise!«

Sie öffnete eine dunkelblau gepolsterte Tür und ließ die Kommissare eintreten.

Hinter einem gewaltigen Schreibtisch aus Nussholz hatte sich ein kleiner, glatzköpfiger Herr mit dickem Bauch verschanzt. Er erhob sich kurz zur Begrüßung. Er hielt sich kerzengerade.

»Bitte«, sagte er und wies auf zwei mächtige braune Chesterfield-Ledersessel vor seinem Schreibtisch, in dem die beiden Kommissare fast versanken.

Die Beamten ließen den Blick durch den Raum schweifen. An der Wand hinter Herrn Geldmachers

Schreibtisch hing ein Gemälde, das ein rassiges schwarzes Rennpferd im Galopp zeigte. Rechts neben der Tür stand eine Skulptur »Weiblicher Torso« auf einem Sockel. Der unvermeidliche Ficus benjamina war vor einem bodentiefen Fenster platziert worden.

»Wir ermitteln in einem Tötungsdelikt und hätten ein paar Fragen an Sie«, eröffnete Kriminalhauptkommissar Pfeil das Gespräch.

»Bitte!« Herr Geldmacher blickte demonstrativ auf seine Rolex-Armbanduhr.

»Sie hatten am letzten Dienstag einen Termin mit Herrn Windig, stimmt das?« Kriminalhauptkommissar Pfeil warf einen neidischen Blick auf die Rolex an Herrn Geldmachers Handgelenk.

»Ja.«

»Für welche Uhrzeit war der Termin vereinbart?«

»16.00 Uhr.«

»War Herr Windig pünktlich?«

»Selbstverständlich! Ich hasse Unpünktlichkeit.« Seine grauen Augen hinter der schwarzen Hornbrille funkelten zornig.

»Sie haben sich für eine Lebensversicherung interessiert?«

»Ja.«

»Haben Sie eine Lebensversicherung bei Herrn Windig abgeschlossen?«

»Selbstverständlich nicht! Pflege meine sämtlichen Unternehmungen zuvor sorgfältig zu prüfen!«

»Aha.«

»Wie lange hat sich Herr Windig in Ihrem Büro aufgehalten?«

»Da müssen Sie meine Sekretärin fragen.«

»Ungefähr?«

»So eine Dreiviertelstunde.«

»Geht es etwas genauer?«

»Fragen Sie meine Sekretärin.«

»Das werden wir.«

»Wär's das? Meine Zeit ist eng getaktet.«

»Fürs Erste schon.«

Die Beamten verabschiedeten sich.

Die Empfangssekretärin blickte unwillig von ihrer Arbeit auf. Auch ihre Zeit war kostbar.

»Können Sie uns sagen, um welche Uhrzeit Herr Windig letzten Dienstag das Büro von Herrn Geldmacher verlassen hat?«

Die Empfangssekretärin rückte ihre Designerbrille zurecht und drückte mit ihren manikürten Fingernägeln einige Tasten ihres Computers.

»Es war genau um 16.47 Uhr.«

»Vielen Dank!«

»Sehr gern!«

Die Kommissare stiegen in den verspiegelten Lift und fuhren abwärts.

# 6

Wochenende!

Kriminalhauptkommissar Pfeil und seine Ehefrau Annegret fuhren am Samstagmorgen in die Stadt zum Einkaufen. Das Parkhaus in der Innenstadt von Heiligenbrunn war wie immer am Wochenende hoffnungslos überfüllt. Nach mehreren Runden durch das Parkhaus sichtete Josef Pfeil eine ältere Dame, die sich abmühte ihren Kleinwagen aus einer Parklücke zu hieven. »Jahre später ...«, dachte er genervt und trommelte mit den Fingern auf das Lenkrad. Geduld war nicht seine Stärke.

Nachdem sämtliche Lebensmittel besorgt waren und Ehefrau Annegret noch schnell im Drogeriemarkt diverse Putzmittel und Hygieneartikel gekauft hatte, hellte sich Josef Pfeils Miene auf. Jetzt ging es in den Baumarkt!

# 7

Kriminaloberkommissar Köcher schwitzte am Samstagmorgen einige Stunden lang im Fitnessstudio. Nachdem er selbst noch den kleinsten Muskel seines Körpers überanstrengt hatte, ging er mit zitternden Beinen und lahmen Armen unter die Dusche. Er benutzte ein teures Duschgel, dessen Duft, so versprach es die Werbung, auf Frauen unwiderstehlich wirkte.

Am Abend war Chorprobe. Dirk Köcher war seit knapp drei Jahren Mitglied in einem gemischten Chor. Derzeit studierte man schwungvolle Lieder von ABBA ein. Diese Songs kamen bei öffentlichen Auftritten besonders gut an. Unter den weiblichen Chormitgliedern war auch die blonde Sabrina. Die gefiel Dirk Köcher. Er machte sich Hoffnungen. Doch bislang hatte er es nicht gewagt, sie um eine Verabredung zu bitten. Er fürchtete, ihr ungezwungenes, freundschaftliches Verhältnis zu zerstören, sollte die Sympathie nur einseitig sein.

Am Sonntag fuhr Dirk Köcher mangels anderweitiger Pläne zu seinen Eltern zum Essen. Es gab Schweinebraten mit Spätzle und gemischtem Salat. Anschließend brachen die Eltern zu einem Verdauungsspaziergang auf und luden ihn ein, mitzukommen. Er lehnte ab. Und während die Eltern ihre Runde durch die Felder drehten, setzte sich Dirk Köcher auf die Couch und »parshipte.«

# 8

Oberstaatsanwalt Klaus Bogenschütz arbeitete am Samstag einige Akten durch, die er aus dem Büro mitgebracht hatte. Er war allein zu Hause. Seine Ehefrau Susanne hatte in der Volkshochschule einen Kurs »Ayurvedisches Kochen« belegt. Der Sohn und die Tochter, beide im Teenageralter, waren mit Freunden unterwegs.

Am Sonntagmorgen fragte Klaus Bogenschütz seine Familie, ob man nicht gemeinsam etwas unternehmen wolle. Doch seine Frau Susanne hatte sich zu einer Führung durch den alten Friedhof von Heiligenbrunn angemeldet, die um 15.00 Uhr beginnen sollte.

Tochter Lisa und Sohn Felix blickten kurz von ihren Smartphones auf und verdrehten entrüstet die Augen, als habe er vorgeschlagen, am Nachmittag die betagte Oma zu besuchen.

Am hellgrauen Himmel stand eine bleiche Sonne. Klaus Bogenschütz holte sein E-Bike aus dem Keller und fuhr los.

# 9

Evi Hofbauer hatte ausgesagt, am Tattag gegen 14.15 Uhr das Haus verlassen zu haben, um im Spielwarenladen in Biberbach ein Geschenk zu besorgen. Kriminaloberkommissar Dirk Köcher machte sich am Montagvormittag auf den Weg, um diese Aussage zu überprüfen.

Ein böiger Wind jagte dunkle Wolken über den Himmel und füllte die Luft mit dem süßlichen Geruch der Zuckerfabrik, die von den Bauern abgelieferte Zuckerrüben verarbeitete. Laub raschelte unter Dirk Köchers Schritten.

Der Spielwarenladen befand sich in der Ortsmitte von Biberbach direkt neben der Kirche und erstreckte sich über zwei Etagen. Dirk Köcher trat ein und fühlte sich sofort in seine Kindheit zurückversetzt. Unwillkürlich schlug sein Herz höher beim Anblick von batteriebetriebenen Autos mit Fernsteuerung, Plastikbaggern mit schwenkbarem Greifarm und Lastwagen mit kippbarer Ladefläche.

Vereinzelte Kunden schlenderten durch das Geschäft, griffen unschlüssig in die Regale. Dirk Köcher sah sich nach Personal um. Hinter der Ladenkasse entdeckte er eine ältere Frau in geblümter Bluse, die ihre Brille auf der Nasenspitze trug.

»Köcher, Kriminalpolizei«, stellte er sich vor. »Wir ermitteln in einem Mordfall.«

»Ach, Sie kommen wegen dem alten Hofbauer aus Bodenfeld.«

»Richtig«, bestätigte Dirk Köcher.

»Und warum kommen Sie da zu uns?«

»Wir überprüfen in diesem Zusammenhang einige Aussagen.«

»Bei uns?«

»Wissen Sie, ob die Schwiegertochter von Herrn Hofbauer, Evi Hofbauer, am Tattag, also am Dienstag letzter Woche, bei Ihnen eingekauft hat?«

»Wars die?«

»Wir stehen mit unseren Ermittlungen noch ganz am Anfang.«

»Wann soll das gewesen sein?«

»Nachmittags ab ca. 14.30 Uhr.«

»Weiß ich nicht. Da hatte ich frei. Ich musste zum Zahnarzt. Mir ist ein Stück vom Backenzahn abgebrochen. Wahrscheinlich brauche ich jetzt eine Krone. Das hat mir gerade noch gefehlt. Was das wieder kostet!«

»Wer vom Personal war an diesem Dienstagnachmittag im Geschäft?«

»Die Daniela und die Heike.«

»Könnte ich beide Damen kurz sprechen?«

»Die Daniela hat Urlaub.«

»Ist die Kollegin da?«

»Heiiiiiiiiike!«

Eine füllige junge Frau in einem knielangen karierten Rock, der ihre üppigen Formen unvorteilhaft betonte, erschien.

»Jaaa!«

»Das ist Kommissar, ähm, ein Kommissar von der Kriminalpolizei. Er will wissen, ob die junge Frau Hofbauer am Dienstag letzter Woche bei uns war.«

»Bei mir war sie nicht.«

»Sicher?«

»Klar, ich kenn doch Frau Hofbauer.«

»Ist Frau Hofbauer vielleicht von Ihrer Kollegin bedient worden?«

»Weiß ich nicht. Letzte Woche war viel los bei uns. Die Leute kaufen schon Weihnachtsgeschenke.«

»Wo finde ich Ihre Kollegin?«

»Die ist auf Teneriffa. Bei dem miesen Wetter fährt man am besten weg.«

»Danke«, sagte Kriminaloberkommissar Köcher und verabschiedete sich.

# 10

Es dämmerte bereits, als sich Kriminaloberkommissar Dirk Köcher am Spätnachmittag auf den Weg zu Hofbauers machte. Dicke Nebelschwaden hingen über den Baumwipfeln des nahen Waldes.

Soeben trat die Hofbäuerin mit zwei großen silbernen Milchkannen aus der Tür der Stallungen. Sie trug ein schwarzes Kopftuch, das sie am Hinterkopf geknotet hatte. Die Enden des Kopftuches hingen ihr rechts und links auf die Schultern. Ihre Füße steckten in dunkelblauen kniehohen Gummistiefeln. Ein herber Stallgeruch umwehte sie.

»Wann kann ich meinen Mann beerdigen?«

»Die Obduktion ist noch nicht vollständig abgeschlossen. Doch ich gehe davon aus, dass der Leichnam Ende der Woche freigegeben wird.«

Die Hofbäuerin runzelte unwillig die Stirn.

Aus dem geöffneten Scheunentor drang metallisches Klopfen. Siegfried Hofbauer stand hemdsärmelig über einen alten grünen Lanz Bulldog gebeugt, eine Werkzeugkiste neben sich. Er hob kurz den Kopf, musterte Dirk Köcher mit gleichgültiger Miene und setzte seine Arbeit fort.

»Ich müsste kurz mit Ihrer Schwiegertochter

reden«, wandte sich Dirk Köcher an Frau Hofbauer.

»Die ist nicht da.«

»Ah!«, sagte Dirk Köcher enttäuscht. »Wann kommt sie zurück?«

»Kann ich Ihnen nicht sagen. Sie ist drüben in der Zuckerfabrik, Zuckerrüben abliefern.«

Während Dirk Köcher noch überlegte, ob er warten sollte, ertönte aus der Ferne ein leises Tuckern.

»Da kommt sie«, sagte die Hofbäuerin. Dirk Köcher seufzte erleichtert.

Das Tuckern schwoll rasch an und gleich darauf bog ein mächtiger grüner Traktor mit großem Anhänger auf den Hof ein. Evi Hofbauer stellte den Motor ab und sprang mit einem großen Satz vom Traktor. Sie trug Jeans, dazu eine grüne Steppjacke und auf dem Kopf eine runde Strickkappe gleicher Farbe.

»Der Kommissar will zu dir«, rief die Hofbäuerin ihrer Schwiegertochter zu.

»Zu mir?«

Dirk Köcher nickte.

Mit raschen Schritten kam Evi Hofbauer auf Dirk Köcher zu und drückte ihm die Hand, dass er fast in die Knie ging.

»Ich war in dem Spielwarenladen in Biberbach, um Ihre Aussage zu überprüfen«, kam Dirk Köcher gleich zur Sache. »Leider kann sich dort niemand an Sie erinnern.«

»Ich bin von der Rothaarigen mit dem Tattoo bedient worden.«

»Daniela?«

»Keine Ahnung, wie die heißt!«

»Haben Sie vielleicht noch den Kassenzettel des Geschenkes?«

»Ach!« Evi Hofbauer schlug sich mit der flachen rechten Hand an die Stirn. »Natürlich. Ich hab den Kassenzettel aufbewahrt, weil ich nicht wusste, ob meine Freundin Nicole das Geschenk gut findet. Sie legt nämlich großen Wert auf pädagogisch wertvolles Spielzeug gleich vom ersten Tag an. Sogar in der Schwangerschaft hat sie ihrem Kind täglich das kleine Einmaleins vorgesagt.«

»Könnten Sie mir den Kassenzettel zeigen?«

»Selbstverständlich, kommen Sie!«

Sie drehte sich um und ging ihm voraus zum Wohnhaus. Sie öffnete die mit einem Kranz aus Tannennadeln geschmückte Haustür. Im Flur streifte sie ihre braunen knöchelhohen Schuhe ab und schlüpfte in grüne Glogs. »Moment, ich bin gleich wieder da«, versprach sie und eilte die Treppe zum Obergeschoss hinauf.

Dirk Köcher blieb allein in dem dämmrigen Flur zurück. Er wartete. Er trat von einem Fuß auf den anderen. Er zählte stumm die Geweihe an den Wänden. Warum dauerte das so lange?

Endlich ertönten Schritte auf der Treppe. »Entschuldigung«, sagte Evi Hofbauer atemlos. »Ich hatte den Kassenzettel verlegt. Das ganze Altpapier habe ich durchwühlt. Aber hier ist er!« Triumphierend hielt sie den kleinen weißen Zettel hoch.

Kriminaloberkommissar Köcher nahm ihr den Kassenzettel ab und warf einen Blick darauf. Er stammte vom Spielwarenladen in Biberbach. Laut Kassenzettel war das Geschenk an besagtem Tag um 15.35 Uhr bezahlt worden. Ob Evi Hofbauer die Käuferin gewesen war, ging aus dem Kassenzettel natürlich nicht hervor.

Dirk Köcher verabschiedete sich und verließ das Haus. Es war inzwischen dunkel geworden. Der schaurige Ruf eines Käuzchens erscholl aus dem nahen Wald. Dirk Köcher fröstelte. Von irgendwoher ertönte das tiefe Knurren von Apoll. Mit eiligen Schritten ging Dirk Köcher zu seinem Wagen, verriegelte die Türen und stellte die Heizung an.

# 11

Oberstaatsanwalt Klaus Bogenschütz plagte ein heftiger Muskelkater. Er hatte wieder einmal beim Radfahren übertrieben. Das Gesäß schmerzte, die Oberschenkel, die Waden. Ächzend ließ er sich auf seinen gepolsterten Oberstaatsanwaltssessel fallen. Der Aktenberg vor ihm auf dem Schreibtisch war noch höher geworden. Er nahm seine randlose Brille ab und rieb sich die müden Augen.

Jessie Lippmann stieß schwungvoll die Tür auf und stürmte ins Büro. Ihre gute Laune empfand Klaus Bogenschütz in diesem Moment als penetrant. Und ihr munteres Geplapper sowieso. Doch sie brachte ihm den Autopsiebericht, auf den er gewartet hatte.

Todesursache im Fall Johannes Hofbauer war, wie bereits vermutet, ein heftiger Schlag auf den Hinterkopf mit einem Gegenstand aus Buchenholz. Die Untersuchung des Mageninhaltes hatte ergeben: Die letzte Mahlzeit von Johannes Hofbauer bestand aus Linsen mit Spätzle. Dem Grad der Verdauung nach schloss Pathologin Dr. Sandra Leichner, dass der Tod nicht allzu lange nach Beendigung dieser Mahlzeit eingetreten sein musste. Um 13.00 Uhr war Johannes

Hofbauer in den Wald aufgebrochen, kurz nach 15.00 Uhr hatte Jogger Schulze den Leichnam entdeckt.

Es klopfte an der Tür.

Kriminalhauptkommissar Pfeil und Kriminaloberkommissar Köcher waren gekommen, um sich mit Oberstaatsanwalt Bogenschütz über den Stand der Ermittlungen im Fall Hofbauer auszutauschen. Jessie nahm ihnen die Jacken ab und bot Kaffee an. Dirk Köcher errötete leicht, als Jessie ihn dabei anstrahlte. Und schämte sich, als sein Kollege ihm vielsagend zuzwinkerte.

Das Büro von Oberstaatsanwalt Bogenschütz besaß zwei große Sprossenfenster, durch die man auf eine belebte Hauptverkehrsstraße blickte. Die Fenster waren gut isoliert. Wenig Verkehrslärm drang in den Raum. Nur der Heizkörper rauschte leise. Ein gewaltiger Aktenschrank stand an der Wand, vollgestopft mit Ordnern. Ein weiteres Regal befand sich hinter dem Schreibtisch von Oberstaatsanwalt Bogenschütz, so dass er sich nur umzudrehen brauchte, um die Akten der aktuellsten Fälle zu erreichen. Eine dürre Yuccapalme verkümmerte in einer Ecke.

Auf dem Schreibtisch, direkt neben einem gerahmten Familienfoto, stand ein kleines, aus Eisen geschmiedetes Rennrad, das ihm die Kollegen zum Geburtstag geschenkt hatten.

Jessie brachte ein Tablett mit zwei Tassen dampfendem Kaffee. Milchdöschen und Zucker hatte sie beigefügt. Wieder strahlte sie Kriminaloberkommissar

Köcher an, klimperte dabei mit den schwarz getuschten Wimpern und säuselte: »Milch? Zucker?«

Dirk Köcher schoss das Blut in den Kopf. Ihm wurde heiß. Er kannte Jessie zu wenig, um beurteilen zu können, ob ihre Freundlichkeit Standard war oder speziell ihm galt. Oberstaatsanwalt Bogenschütz amüsierte sich köstlich. Wie immer in solchen Fällen.

Oberstaatsanwalt Bogenschütz erläuterte kurz das Ergebnis der Autopsie.

»Gehen wir noch einmal die Alibis der Familienmitglieder durch, speziell im Hinblick auf den Zeitraum 13.00 Uhr bis 15.00 Uhr«, schlug Kriminalhauptkommissar Pfeil vor und erlöste damit seinen Kollegen aus der Verlegenheit. Der atmete dankbar auf.

»Frau Hofbauer, die Ehefrau, war angeblich in der Küche beschäftigt. Dafür gibt es keine Zeugen. Es wäre ihr durchaus möglich gewesen, ihrem Mann in den Wald zu folgen und ihn dort zu töten. Sie wusste ja, wo er sich aufhielt. Wie war ihre Ehe? Ist sie seine Erbin? Das sollten wir herausfinden.«

Oberstaatsanwalt Bogenschütz und Kriminaloberkommissar Köcher nickten zustimmend.

»Siegfried Hofbauer, der Sohn, begleitete seinen Vater nach dem Mittagessen ein Stück des Weges in den Wald. Das ist unbestritten. Angeblich bog er vor Erreichen der Waldlichtung in eine Tannenschonung ab. Dafür gibt es keine Zeugen. Wie war das Verhältnis von Vater und Sohn? Gab es Spannungen? Wollte der Sohn auf dem Hof das Ruder übernehmen?«

Oberstaatsanwalt Bogenschütz runzelte die Stirn.

»Gerlinde Windig, die Tochter, hat um 14.00 Uhr den Hofladen geöffnet. Das ist unbestritten. Zuvor hat sie angeblich in ihrer Wohnung Teppiche gesaugt. Was niemand bezeugen kann. Sie hätte genügend Zeit gehabt, vor Öffnung des Hofladens ihren Vater zu erschlagen. Auch sie wusste, dass er zur Waldlichtung ging. Wie war das Verhältnis von Vater und Tochter?«

Kriminaloberkommissar Köcher gab sich nachdenklich.

»Harry Windig, der Schwiegersohn, hatte um 16.00 Uhr einen Termin mit Peter Geldmacher in Stuttgart. Das ist unbestritten. Am gemeinsamen Mittagessen hat er nicht teilgenommen. Wo hat er sich also an diesem Nachmittag vor seinem Termin mit Peter Geldmacher aufgehalten? War ihm bekannt, dass sein Schwiegervater an diesem Tag auf besagter Waldlichtung Holz machen wollte? Haben Gerlinde und Harry Windig gemeinschaftlich gehandelt? Wie sind die Vermögensverhältnisse der Windigs?«

Kriminaloberkommissar Köcher zuckte die Schultern.

»Evi Hofbauer, die Schwiegertochter, nahm am gemeinsamen Mittagessen teil. Anschließend holte sie ihren Sohn vom Staufergymnasium in Bad Wimpfenburg ab. Dessen Unterricht endete um 13.20 Uhr. Laut eigenen Angaben verspätete sich Evi Hofbauer um einige Minuten. Die Fahrtstrecke zwischen Hof und Gymnasium in Bad Wimpfenburg beträgt ca. sieben Kilometer. Gegen 14.15 Uhr hat Evi Hofbauer den Hof laut eigener Aussage nochmals verlassen, um im benachbarten Biberbach ein Geschenk für das Baby ihrer Freundin zu kaufen. Laut Kassenzettel wurde das Geschenk um 15.35 Uhr bezahlt. Eindeutig nach Auffinden der Leiche von Johannes Hofbauer. Könnte Evi Hofbauer ihren Schwiegervater direkt nach Verlassen des Hofes gegen 14.15 Uhr getötet haben? Und welches Motiv könnte Evi Hofbauer gehabt haben?«

Kriminaloberkommissar Köcher blickte auf seine Schuhspitzen.

»Bleibt noch Friedbert Hofbauer, unser Philosoph. Der hat zur Tatzeit angeblich ein Seminar in Heidelberg besucht.« Um die Mundwinkel von Kriminalhauptkommissar Pfeil zuckte es belustigt. »Wir müssen sein Alibi überprüfen.«

Oberstaatsanwalt Bogenschütz nickte begeistert.

# 12

Klaus Bogenschütz hatte an der Universität Heidelberg Rechtswissenschaften studiert. Er nahm daher gerne die Gelegenheit wahr, die Aussage von Friedbert Hofbauer im philosophischen Seminar Heidelberg zu überprüfen und dabei seinem Studienort einen Besuch abzustatten. Natürlich hätte er die Angelegenheit auch telefonisch erledigen können, doch er bestand darauf, eventuelle Zeugen persönlich zu befragen.

Heidelberg hatte für Klaus Bogenschütz nichts an Charme verloren. Während er durch die Hauptstraße schlenderte, warf er wiederholt faszinierte Blicke auf das Heidelberger Schloss, bog im Gewirr der Gassen Richtung Neckar ab und ging über die alte Brücke. Zahllose Jugenderinnerungen stürmten auf ihn ein. Er widerstand der Versuchung, die hohe braune Eingangstür des Universitätsgebäudes zu öffnen, die Treppe hochzusteigen und durch den langen Flur zum Hörsaal 13 zu laufen. Wie lange war das alles her?

Studenten liefen plaudernd und lachend an Klaus Bogenschütz vorbei. Einst war er einer von ihnen gewesen. Sein Ziel, auf das er mit ganzer Kraft hinarbeitete, war das erste juristische Staatsexamen gewesen. Wie hatte er andere beneidet, die dieses Examen bereits in der Tasche hatten! Und doch war es eine unbeschwerte und glückliche Zeit gewesen. Die ganze Welt stand offen!

Klaus Bogenschütz erreichte die Schulgasse und trat durch das Portal des philosophischen Seminars. Er fragte sich zum Büro von Professor Anselmus Schmidt-Mayerling durch, der das Seminar »Kants kategorischer Imperativ« leitete. Vergeistigte Studenten kamen ihm entgegen. Klaus Bogenschütz konnte wenig anfangen mit Menschen, die in höheren Sphären schwebten. Die große philosophische Frage danach, was wohl zuerst da war, die Henne oder das Ei, war ihm völlig gleichgültig. Hauptsache, das Spiegelei stand morgens rechtzeitig auf dem Frühstückstisch und das Brathähnchen am Mittag. In genau dieser Reihenfolge!

Da Klaus Bogenschütz vorab einen Termin vereinbart hatte, wurde er bereits von Professor Schmidt-Mayerling erwartet. Das kleine etwas dämmrige Zimmer, in dem der Professor saß, war mit Büchern vollgestopft. Die Regale quollen über. Der Professor, ein Mann mittleren Alters mit zarter, rosiger Haut und wuscheligem grauem Haarschopf, erhob sich kurz und reichte ihm eine weiche, kraftlose Hand. Was Klaus Bogenschütz zu einem extra kraftvollen Händedruck veranlasste.

»Herr Professor, ich bräuchte Informationen zu

einem Ihrer Studenten. Sein Name ist Friedbert Hofbauer.«

»Dieser Name kommt mir bekannt vor.«

»Erinnern Sie sich daran, ob Friedbert Hofbauer am Dienstag letzter Woche eines Ihrer Seminare besucht hat?«

»Erinnerung«, Professor Schmidt-Mayerling beugte sich vertraulich vor und faltete bedächtig die Hände, »mein lieber Freund, Erinnerung ist das mentale Wiedererleben früherer Erlebnisse und Erfahrungen!«

»Ach so!«

»Die Erinnerung ist ein Schlüsselbegriff der Selbstreflexion kultureller Erfahrung und ein irreduzibler wie unverzichtbarer Bestandteil praktisch werdender Vernunft.«

»Äh, ja!«

Professor Schmidt-Mayerling lächelte nachsichtig. »Es gibt eine Teilnehmerliste, die unserem Erinnerungsvermögen nachhelfen kann. Moment!« Er griff zum Telefon.

Thea, die Professorensekretärin, erschien gemächlichen Schrittes in der Tür. Sie trug ein wadenlanges, dunkelblaues Wollkleid, das am Hintern ausgebeult war und einen luftigen Baumwollschal, den sie sich mehrmals um den kurzen Hals geschlungen hatte und aus dem ihr runder Kopf herausragte wie aus einem bunten Vogelnest.

»Thea, bring bitte die Teilnehmerliste ›Kants kategorischer Imperativ‹ von Dienstag letzter Woche.«

Thea nickte und verschwand im Nebenzimmer. Gleich darauf kam sie mit einem Stapel Papier zurück und legte ihn ihrem Chef auf den Schreibtisch.

»Schauen wir mal«, sagte Professor Schmidt-Mayerling bedächtig und begann, umständlich im Papierstapel zu blättern. »Hofbauer, da haben wir ihn. Ja, Friedbert Hofbauer hat am letzten Dienstag am Seminar teilgenommen. Hier ist sein Name und seine Unterschrift.«

»Könnte ich bitte von diesem Blatt der Teilnehmerliste eine Kopie haben?«, bat Klaus Bogenschütz.

Die Professorensekretärin blickte ihren Chef fragend an. Als der nickte, schlenderte sie auf ihren blauen Gesundheitsschuhen, die beim Gehen leise quietschten, zum Kopierer. Nachdem sie Papier nachgelegt und mürrisch einen Papierstau beseitigt hatte, kam sie zurück und überreichte Klaus Bogenschütz die gewünschte Kopie.

»Mein lieber Freund, ich hoffe, ich konnte Ihnen ein wenig behilflich sein«, sagte der Professor versonnen und seine Augen drifteten ins diffuse Nirgendwo ab.

»Der hat echt ein Rad ab«, dachte Klaus Bogenschütz und verabschiedete sich eilends.

# 13

Kriminalhauptkommissar Pfeil saß in seinem Büro und trank einen Schluck Kaffee aus einem weißen Becher mit dem Aufdruck »Morgenmuffel«. Er hatte in der Nacht schlecht geschlafen und war daher reizbar und übel gelaunt. Doch ein spannender Krimi, den er sich gestern Abend auf der Couch liegend im Fernsehen angesehen hatte, brachte ihn auf eine neue Idee. In dem Film war es ebenfalls um ein im Wald begangenes Verbrechen gegangen. Beim Stichwort »Wildtierkamera« hatte Josef Pfeil aufgehorcht! Könnte eine Wildtierkamera eventuell auch im Fall Hofbauer die Tat aufgezeichnet haben? Das musste er unbedingt überprüfen.

Im Internet suchte Kriminalhauptkommissar Pfeil nach der Telefonnummer des zuständigen Forstamtes. Eine weibliche Stimme meldete sich. Nein, Förster Waldvogel sei nicht im Hause. Sie könne ihm aber seine Handynummer geben. Kriminalhauptkommissar Pfeil notierte sich die Nummer. Und rief umgehend an. »Der gewünschte Teilnehmer ist leider nicht erreichbar!« Förster Waldvogel saß anscheinend im Funkloch, wo sich Fuchs und Has gute Nacht sagten.

Das Telefon klingelte. »Ich hätte mal eine Frage, und zwar es handelt sich um …« Kriminalhauptkommissar Pfeil verzog schmerzlich das Gesicht. »Sag doch einfach, was du willst«, dachte er genervt. Es stellte sich heraus, dass die Frage nichts mit seinem aktuellen Fall zu tun hatte. Der Zeugenaufruf in der Heiligenbrunner Stimme hatte bislang zu keinen brauchbaren Hinweisen geführt, die Resonanz war mager.

»Müller-Steinberg, ich grüße Sie«, sagte die nächste Anruferin gestelzt. Kriminalhauptkommissar Pfeil nahm seine Brille mit Goldrand ab und legte die rechte Hand auf seine kurzsichtigen Augen. Er unterdrückte ein Seufzen. »Sag doch einfach Hallo, oder guten Tag oder Grüß Gott«, dachte er resigniert.

»Ich habe im Wald ein Auto gesehen.«

»Wo war das genau?«

»Auf dem Parkplatz bei der Waldlichtung, auf der Herr Hofbauer getötet wurde!«

Kriminalhauptkommissar Pfeil nahm die Hand von den Augen.

»Wann?«

»Na, letzte Woche am Dienstag.«

»Wann genau?«

»So gegen Mittag.«

»Was war das für ein Auto?«

»Es war weiß.«

»Konnten Sie das Fabrikat erkennen?«

»Nein, aber es war ein Kleinwagen.«

»Können Sie mir das Kennzeichen nennen?«

»Nein, aber das Auto war weiß.«

»Ich danke Ihnen«, revanchierte sich Kriminalhauptkommissar Pfeil und beendete das Gespräch.

Erneut klingelte das Telefon.

»Ich habe Ihre Nummer auf meinem Handy gesehen«, sagte Förster Waldvogel.

»Ich hätte da mal eine Frage, und zwar …« Kriminalhauptkommissar Pfeil brach ab und ärgerte sich über sich selbst. »Gibt es im Wald Wildtierkameras?«

»Ja, es gibt einige.«

»Sind die in Betrieb?«

»Ja, natürlich!«

»Gibt es eine bei der Waldlichtung, auf der letzte Woche Herr Hofbauer getötet wurde?«

»Leider nicht.«

»Oder beim Waldparkplatz in der Nähe?«

»Leider auch nicht.«

»Das wäre auch zu schön gewesen, um wahr zu sein«, dachte Kriminalhauptkommissar Pfeil.

Er griff zum Telefon und rief die Spurensicherung an. Gab es auf der Waldlichtung verwertbare Spuren? Wie er befürchtet hatte, wimmelte es auf der Waldlichtung von Spuren. Zahlreiche Schuhabdrücke mit unterschiedlichen Profilen in verschiedenen Größen waren gesichert worden. Alte und neue Abdrücke von Gummistiefeln, Sicherheitsschuhen, Joggingschuhen zogen sich kreuz und quer über die Waldlichtung.

Dazu Radspuren von mehreren Traktoren. Die Tat-
waffe aus Buchenholz war bislang auch noch nicht
gefunden worden.

# 14

»Mamma Mia«, sang Dirk Köcher voll Inbrunst den Riesenhit von ABBA und wippte dabei mit dem rechten Fuß. Immer wieder blickte er aus den Augenwinkeln zu Sabrina hinüber. Auch sie sang enthusiastisch mit und wiegte sich dabei in den Hüften. Die übrigen Chormitglieder sangen ebenfalls aus voller Kehle. Doch die interessierten Dirk Köcher nicht. Nicht heute Abend. Denn er hatte sich fest vorgenommen, Sabrina zu fragen, ob sie nicht eventuell Lust hätte, nach der Chorprobe noch etwas mit ihm trinken zu gehen. Die Frage sollte unverbindlich klingen. Er wollte sich keine Abfuhr holen, die sich bei späteren gemeinsamen Chorgesängen peinlich auswirken könnte.

Als der Chorleiter die Probe für beendet erklärte, griffen die Chormitglieder nach ihren Jacken und Mänteln, setzten ihre Mützen und Hüte auf, schlangen sich Schals um den Hals. Plaudernd und lachend standen sie in Grüppchen beisammen und tauschen Neuigkeiten aus. Sabrina schien es eilig zu haben. Sie war bestens gelaunt, lachte übertrieben laut und ihre Augen leuchteten fiebrig. Dirk Köcher versuchte, sich zu ihr durchzukämpfen, wurde aber immer wieder aufgehalten und in ein kurzes Gespräch verwickelt. Da war Sabrina bereits aus der Tür.

Gleich darauf stand Dirk Köcher wie angewurzelt auf der Treppe des Gemeindezentrums und beobachtete ungläubig, wie Sabrina auf einen jungen Mann in brauner Lederjacke und Jeans zueilte, der lässig an der Fahrertür eines silbermetallicfarbenen Porsches lehnte. An der stürmischen Umarmung der beiden konnte Dirk Köcher unschwer erkennen, dass Sabrina da »etwas am Laufen« hatte.

Der schöne Traum, den sich Dirk Köcher bereits so bunt ausgemalt hatte, zerbrach in tausend Scherben. Bildlich hatte er vor sich gesehen, wie er abends gut gelaunt vom Dienst nach Hause kam in sein schmuckes Vorstadthaus. Wie Sabrina ihm in einem weißen Sommerkleid mit ausgebreiteten Armen entgegenlief, das lange blonde Haar um ihren Kopf wehend wie ein goldener Schleier. Wie er Arm in Arm mit ihr durch den Garten ging, vorbei an dem alten Apfelbaum, unter dem lachend seine hübschen, begabten Kinder spielten. Wie er die heimelige Küche betrat, wo ihm der süße Duft eines frisch gebackenen Gugelhupfs entgegenschlug. Wie die Katze auf dem Fensterbrett behaglich schnurrte. Halt! Stopp! Die Katze war gestrichen!

Dirk Köcher überlegte, was Männer in solchen Situationen üblicherweise taten. Richtig! Sie gingen sich ordentlich betrinken. Sie betraten eine schummrige Bar, klemmten sich auf einen Barhocker, erzählten einem geduldigen Barkeeper ihre traurige Lebensgeschichte und tranken Whisky, bis sie vom Barhocker kippten.

Dirk Köcher fuhr heim, stellte sein Auto ab, machte sich kurz frisch und rief sich ein Taxi. Er dirigierte den Taxifahrer nach Bodenfeld zum Gasthaus Hirsch. Das einzige Wirtshaus, das ihm auf die Schnelle einfiel. Er bezahlte den Taxifahrer, stieg aus und eilte auf den Eingang des Gasthauses zu. Die alte Holztür quietschte in den Angeln. Ein grüner Samtvorhang bildete einen Windfang. Dumpfes Gemurmel schlug ihm entgegen. Dirk Köcher schob den grünen Vorhang beiseite und betrat den Gastraum. Fenster aus grünem Butzenglas, verstaubte Blumengestecke aus Plastik auf den Fensterbänken, die Einrichtung aus dunkler Eiche. Rot-weiß karierte Decken auf den Tischen, dekoriert mit kleinen weißen Vasen mit künstlichen Blumen. Eine lange Theke mit hohen, dreibeinigen Holzhockern davor. Dahinter eine Vitrine mit Pokalen. Die Werbung der Bierbrauerei an der Wand. In der hinteren Ecke des Gastraumes ein Billardtisch. Es roch nach abgestandenem Bier und kaltem Rauch, der sich über Jahrzehnte in Wänden und Mobiliar festgesetzt hatte.

An einem der Tische saßen drei ältere Herren beim Wein. Hinter der Theke stand gelangweilt Gerdi Müller, ehrgeizige Tochter eines Bauern aus der Umgebung. Gerdi hatte bislang keine Lust gehabt, ihr vorbestimmtes Schicksal als zukünftige Bäuerin zu akzeptieren. Sie träumte davon, Barfrau in einer angesagten, schicken Bar zu werden. Entsprechend war sie gestylt. Sie trug einen ultrakurzen, superengen schwarzen Stretch-Minirock. Dazu einen tief ausgeschnittenen Rippenpulli in Pink. An den Ohren baumelten, zum Pulli farblich passend, lange Ohrringe aus rosa Kunststoff. Das braune Haar stand vom Kopf ab, als habe sie in eine Steckdose gefasst. Die Lippen waren rosa geschminkt, die Augenlider schimmerten bläulich violett. Doch das unschuldige runde Gesicht mit den frischen roten Backen machte all ihre Anstrengungen zunichte, verrucht auszusehen.

Dirk Köcher steuerte auf die Theke zu und nahm umständlich auf einem der Hocker Platz. Gerdi musterte ihn neugierig. Dirk Köcher bestellte ein Bier. Er fühlte sich unwohl auf seinem Hocker. Gerdi zapfte das Bier und ließ dabei ihre Armreifen klirren.

Die drei älteren Herren am Tisch hatten ihr Gespräch unterbrochen. Sie drehten die Köpfe nach Dirk Köcher um und ließen ihn nicht aus den Augen. Verlegen griff Dirk Köcher nach seinem Bierglas und trank einen Schluck.

»Sind Sie nicht von der Polizei?«, fragte einer.

Dirk Köcher nickte. »Ja.«

»Sind Sie im Dienst?«

»Nein, ich bin privat hier.«

»Setzen Sie sich doch zu uns.« Der ältere Herr wies auf einen leeren Stuhl neben sich am Tisch.

Dirk Köcher war nicht auf Gesellschaft aus. Doch er konnte die freundliche Einladung nicht ausschlagen. Also griff er nach seinem Bierglas und nahm Platz.

»Wissen Sie schon, wer den alten Hofbauer umgebracht hat?«

»Nein, wir stehen noch am Beginn unserer Ermittlungen.«

»In was für Zeiten leben wir heute«, seufzte ein anderer aus der Runde. »Wenn das in der Stadt passiert wäre, würde es mich nicht wundern, aber hier bei uns auf dem Dorf?«

»Tja«, sagte der dritte Mann am Tisch, der bislang geschwiegen hatte. »Der Johannes war halt auch kein einfacher Mensch.«

»Wie meinen Sie das?« Dirk Köcher horchte auf.

»Der konnte ganz schön aufbrausen.«

»Sie meinen, er war jähzornig?«

»Und wie!« Der ältere Herr lächelte vielsagend. »Erst neulich sind er und der Egon fast aufeinander losgegangen!«

»Es gab Streit?« Jetzt war Dirk Köcher ganz Ohr.

»Oh ja, da sind die Fetzen geflogen!«

»Mit wem hatte Herr Hofbauer Streit und worum ging es?«

»Mit dem Egon, Egon Neider, mein ich.«

»Wer ist Egon Neider?«

»Sie kennen Egon Neider nicht?«

»Nein.«

»Egon Neider ist einer der reichsten Bauern hier in der Gegend!«

»Ah, und worüber haben Herr Neider und Herr Hofbauer sich gestritten?«

»Eine ganz alte Geschichte.«

Dirk Köcher legte den Kopf schief und blickte sein Gegenüber aufmerksam an.

»Es ging um Grenzstreitigkeiten. So genau weiß ich das auch nicht. Aber angeblich hat der Vater vom Neider den Vater vom Hofbauer einmal gehörig über den Tisch gezogen. Und seitdem können sich die Familien Neider und Hofbauer nicht mehr riechen.«

»Das stimmt so nicht ganz«, lächelte einer der Herren versonnen. »Der Rainer Neider, der Sohn vom Egon, hat die Gerlinde Hofbauer gerne gesehen, wie man so schön sagt.«

»Sie meinen, die beiden waren ein Paar?«, fragte Dirk Köcher nach.

»Der Rainer hatte ein Auge auf die Gerlinde geworfen, aber die wollte ihn nicht.«

»Sie war mit Harry Windig zusammen?«

»Nein, damals noch nicht. Sie poussierte mit dem Waldemar.«

»Welchem Waldemar?«

»Waldemar Förster.«

»Wer ist Waldemar Förster?«

»Ein Mitarbeiter des hiesigen Forstamts. Gerlinde hat die Beziehung beendet. Angeblich hatte der alte Hofbauer dabei die Finger im Spiel.«

»Der arme Waldemar. Er ist ziemlich herunter-gekommen, hat das Trinken angefangen«, fügte einer der Herren an.

»Ob Gerlinde mit dem Harry Windig einen besse-ren Fang gemacht hat?«, fragte sich ein anderer und wiegte den Kopf.

Und der Dritte meinte abschätzig: »Sie hätt halt doch den Rainer nehmen sollen. Wie sagt man so schön bei uns auf dem Land? Liebe vergeht, Hektar besteht!«

# 15

Am nächsten Morgen war Dirk Köcher etwas blass um die Nase. Er hatte sich am Abend zuvor noch zu einem Viertel Wein überreden lassen. Dabei war es dann allerdings nicht geblieben. Es folgten mehrere Runden Zwetschgenschnaps. Die Herren am Tisch fühlten sich bestens unterhalten, denn Dirk Köcher erzählte in einem fort Anekdoten und Schwänke aus seinem Leben. Gerdi hatte mehrmals laut gegähnt und es war schon nach Mitternacht, als er schließlich heiteren Gemütes zu seinem Taxi schwankte.

Nun saß Dirk Köcher verkatert neben seinem Kollegen Josef Pfeil im Zimmer von Oberstaatsanwalt Bogenschütz und berichtete, was er letzten Abend im Gasthaus Hirsch in Erfahrung gebracht hatte. Jessie warf Dirk Köcher einen mitleidigen Blick zu und servierte ihm einen extrastarken Kaffee. Sie spürte instinktiv, Flirtversuche konnte sie sich heute sparen. »Kein Anschluss unter dieser Nummer!«

Die kahlen Äste der Bäume ragten in einen blassblauen Himmel. Die Sonne kämpfte sich durch Nebelschwaden und ließ die letzten Blätter eines Busches rot aufflammen. Weißer Raureif lag auf Äckern und

Wiesen. Das Trio Bogenschütz, Pfeil und Köcher war auf dem Weg zu Hofbauers.

Frau Hofbauer und ihre Tochter Gerlinde waren soeben vom Bestatter zurückgekehrt. Sie hatten einen schlichten Eichensarg mit Messingbeschlägen ausgewählt, dazu die Sargausstattung. Anschließend waren sie noch im Blumengeschäft gewesen, um das Sargbouquet zu bestellen, und hatten sich nach reiflicher Überlegung für weiße Nelken und rote Gerbera entschieden. Um die Ausschmückung der Leichenhalle wollte der Bestatter sich kümmern. Für den Spätnachmittag hatte sich der Pfarrer angesagt, um mit der Familie den Text für die Beerdigung zu besprechen und eine Liedauswahl zu treffen. Und morgen sollte die Annonce in der Heiligenbrunner Stimme aufgegeben werden. Außerdem musste das Nebenzimmer im Gasthaus Hirsch für die Leichenfeier reserviert werden. Beim Bäcker waren Hefezopf und Streuselkuchen zu bestellen, der Metzger sollte verschiedene Wurstplatten anliefern. Es würde eine große Beerdigung werden. Schließlich war Johannes Hofbauer in diversen Vereinen aktiv gewesen. Auch hatte er es sich zu Lebzeiten nicht nehmen lassen, die meisten Bewohner des Ortes auf ihrem letzten Weg zu begleiten. Das war auf dem Dorf so üblich. Und wie viele Leute würden aus purer Neugier kommen?

Frau Hofbauer bat die Beamten missmutig ins Wohnzimmer. Sie gab sich keinerlei Mühe zu verbergen, dass sie ungelegen kamen. Um den Besuch möglichst kurz zu halten, unterließ sie es, den Herren ein Getränk anzubieten.

»Frau Hofbauer, wir haben gehört, dass Ihr Mann mit Herrn Neider kürzlich einen Streit hatte«, begann Oberstaatsanwalt Bogenschütz.

»Sie denken, der Egon hat meinen Mann umgebracht?«

»Wir gehen jedem Hinweis nach!«

»Ha, der Egon ist ein Großmaul! Mit dem wäre mein Mann schon fertig geworden, das können Sie mir glauben!«

»Es hat sich wohl um Grenzstreitigkeiten gehandelt, wenn ich richtig unterrichtet bin«, versuchte es Oberstaatsanwalt Bogenschütz erneut. »Erst kürzlich soll es im Gasthaus Hirsch zu einer heftigen Auseinandersetzung zwischen Ihrem Mann und Egon Neider gekommen sein!«

»Der Vater vom Egon hat unsere Familie um ein Stück Tannenschonung betrogen, dass Sie's grad wissen«, sagte die Hofbäuerin aufgebracht. »Hat damals den Landvermesser bestochen. Das hat jedenfalls mein Mann immer behauptet.«

»Haben Sie Beweise dafür?«

»Beweise? Die Alten, die man fragen könnte, sind längst tot, und die Jungen streiten alles ab. Aber da ist gemauschelt worden, das sag ich Ihnen«, schnaufte die Hofbäuerin verächtlich.

»Vielleicht sind die beiden im Wald aufeinandergetroffen und der Streit ist eskaliert«, mutmaßte Oberstaatsanwalt Bogenschütz.

»Der Streit ist gewöhnlich im Wirtshaus eskaliert, wenn beide ordentlich einen in der Krone hatten!« Die Hofbäuerin lachte vielsagend.

Oberstaatsanwalt Bogenschütz erhob sich langsam von seinem Platz am Tisch und schlenderte gemächlich zum Kamin, wo ein kräftiges Feuer prasselte. »Ich habe auch einen Kamin zu Hause«, wandte er sich an die Hofbäuerin, »mit welchem Holz befeuern Sie Ihren Kamin?«

»Mit Buchenholz, Buche brennt gut!«

# 16

Der stattliche Hof von Egon Neider lag in einer Talsenke, rings umgeben von Wald. Ein kleiner, von alten Weiden gesäumter Bach floss gurgelnd und rauschend an der Rückfront der Gebäude und Stallungen vorbei. An einer Stelle war der Bach zu einem größeren Teich aufgestaut. Darauf tummelte sich schnatternd und quakend eine Schar Enten und Gänse.

Familie Neider betrieb Geflügelzucht. Über 300 Legehennen sowie diverse Hähne lebten in sogenannten Hühnermobilen. Dank ihres beweglichen Stalles kamen die Hühner regelmäßig in den Genuss von frischem, grünem Gras, was das Gelb der Eidotter, davon war Familie Neider überzeugt, besonders intensiv machte. Ein Elektrozaun schützte die Hühner vor Raubtieren. Daneben hielt Familie Neider einige Ziegen und Schafe und betrieb erfolgreich Landwirtschaft.

Egon Neider saß in seiner Wohnküche und trank Kaffee, als das bewährte Trio Bogenschütz, Pfeil und Köcher ihm einen überraschenden Hausbesuch abstattete. Er war »not amused«! Mürrisch blickte er den Beamten entgegen.

Egon Neider saß im Gemeinderat des Dorfes und

redete bei allen örtlichen Belangen ein gewichtiges Wörtchen mit. Gerne hätte er sich auch in den Kirchengemeinderat wählen lassen, doch er hatte bei der Wahl nicht die erforderliche Mehrheit der Stimmen erhalten. Eine grobe Fehlentscheidung, wie er fand. Besuchte er nicht jeden Sonntag den Gottesdienst und saß gut sichtbar in der ersten Reihe? Hatte er nicht unlängst der Kirche eine ordentliche Geldspende zur Renovierung des Glockenturmes zukommen lassen? Er rang noch mit sich, ob er der Kirche nun beleidigt den Rücken kehren oder vermehrte Anstrengungen unternehmen sollte, um doch noch dieses kirchliche Ehrenamt zu ergattern.

»Herr Neider, wir führen Befragungen durch im Zusammenhang mit dem gewaltsamen Tod Ihres Nachbarn, Herrn Hofbauer«, eröffnete Kriminalhauptkommissar Pfeil das Gespräch.

»Und warum kommen Sie da zu mir?«

»Wir hörten, Sie hätten kürzlich eine heftige Auseinandersetzung mit Herrn Hofbauer gehabt!«

»Wir streiten uns, seit wir denken können. Schon unsere Väter waren sich spinnefeind.« Die stahlgrauen Augen von Egon Neider blitzten zornig.

»Es ging um Grenzstreitigkeiten?«

»Dem Hofbauer seine ganze Sippe verbreitet Lügen über uns!«

»Herr Neider, es geht uns hier nicht um Ihre Grenzstreitigkeiten. Wir haben ein Tötungsdelikt aufzuklären.«

»Da kann ich Ihnen auch nicht helfen.«

»Haben Sie ein Alibi für die Tatzeit?«

»Woher soll ich das jetzt noch wissen?« Egon Neider runzelte unwillig die Stirn. »Ich bin Gutsbesitzer! Ich arbeite draußen im Freien, und zwar meist allein.«

Kriminalhauptkommissar Pfeil lächelte nachsichtig.

Egon Neider trank schlürfend einen Schluck von seinem heißen Kaffee. Anschließend stippte er ein Stück Hefezopf in die schwarze Brühe und verzehrte es schmatzend. Kaffee tropfte von seinem Schnauzbart. »Sonst noch was?«

Der Blick von Oberstaatsanwalt Bogenschütz schweifte durch die Wohnküche und blieb an dem grünen Kachelofen hängen, der eine heimelige Wärme verbreitete. Schaffelle lagen auf der Ofenbank. Neben dem Ofen lag ein großer Stapel Holz.

»Herr Neider, Sie beheizen Ihren Kachelofen mit Holz?«

Egon Neider verdrehte die Augen und machte ein Gesicht, als zweifle er am Verstand seines Gegenübers. »Wie man sieht!«

»Ich konkretisiere meine Frage: Welche Holzsorte verwenden Sie zum Heizen?«

»Buche. Buchenholz brennt am besten!«

# 17

Die Totenglocke hallte traurig und schwer durch das Dorf. Man trug den Hofbauer zu Grabe. Überall öffneten sich Haustüren, und schwarz gekleidete Menschen traten heraus und strebten mit ernsten Mienen einzeln oder in Gruppen dem Friedhof zu. Die kleine Straße vor dem Friedhof war mit Autos zugeparkt. Aus den Kofferräumen wurden Kränze und Gestecke ausgeladen.

Ein böiger Ostwind fuhr den Trauergästen unter Mäntel und Jacken und peitschte ihnen Schneeregen ins Gesicht. Sie zogen die Schultern hoch und suchten Schutz unter ihren schwarzen Regenschirmen, während sie über schmale Friedhofswege der Leichenhalle zueilten.

Süßlicher Blumenduft waberte durch die kalte Luft der Leichenhalle. Die Trauergäste standen in langer Schlange an, um sich ins Kondolenzbuch einzutragen. Wer einen Sitzplatz fand, ließ sich auf den hellen Holzstühlen mit den dunkelgrünen Kissen nieder. Auf den Logenplätzen hatte sich der Clan der Hofbauers versammelt. Die Witwe, tiefschwarz gekleidet, die Schultern gramvoll gebeugt, presste ein Taschentuch vor den Mund, während ihre Augen unter der Hutkrempe verstohlen die stattliche Schar der Trauergäste fixierten. Sohn Siegfried rechts von ihr hatte die Augenbrauen schmerzlich verzogen und starrte mit feierlich ernster Miene auf die bunten Glasfenster der Leichenhalle. Tochter Gelinde hatte vom Weinen verquollene Augen und schnäuzte sich vernehmlich. Sohn Friedbert, der in seinem schwarzen Outfit völlig verkleidet wirkte, strahlte heitere Gelassenheit aus.

Die angeheirateten Familienmitglieder bemühten sich ebenfalls um angemessene Trauer. Harry Windig hüstelte nervös, drehte das Faltblatt mit den Gebeten und Liedtexten in den Händen und scharrte mit den schwarzen Lederschuhen. Evi Hofbauer saß regungslos und wie erstarrt auf ihrem Stuhl und hielt den Blick gesenkt.

Hatte diese Familie etwas zu verbergen? Oberstaatsanwalt Bogenschütz, Kriminalhauptkommissar Pfeil und Kriminaloberkommissar Köcher nahmen aus ermittlungstaktischen Gründen an der Zeremonie teil. Sie hielten sich dezent im Hintergrund, doch die Trauergäste drehten die Köpfe nach ihnen um und tuschelten. Noch immer riss der Strom der Trauergäste nicht ab. Soeben betrat Egon Neider die Leichenhalle und legte einen Kranz mit Schleife ab.

Mit lautem Knacken öffneten sich die Flügeltüren der Leichenhalle und der Eichensarg mit den sterblichen Überresten des Hofbauer wurde feierlich hereingerollt. Zwischen Blumenschmuck und weißen

Kerzen thronte der Sarg auf seinem Podest, gekrönt von einem Gebinde aus Nelken und Gerbera. Ein Bild mit schwarzem Trauerflor zeigte einen würdig dreinblickenden Hofbauer zu seinen Glanzzeiten.

Der Kirchenchor nahm Aufstellung. Ein gutes Dutzend Männer und Frauen im Beerdigungsoutfit stimmte sich ein. Auf das Zeichen ihrer Dirigentin Ulrike Geigensäger, Grundschullehrerin im Ort, erklang erhebender Gesang: »Tut mit auf die schöne Pforte …« Da hatte Klaus Bogenschütz eine Vision. Er sah Johannes Hofbauer im weißen Flügelhemd vor der Himmelstür stehen und hartnäckig klopfen, weil ein griesgrämiger Petrus ihn nicht einlassen wollte!

Pfarrer Fürchtegott Predigtmann im schwarzen Talar nahte gemessenen Schrittes. Der beleibte Herr mit dem lockigen braunen Haarkranz und der Nickelbrille begrüßte mit sonorer Stimme die Anwesenden und bezeichnete in seiner ausführlichen Trauerrede den verstorbenen Hofbauer als liebevollen Ehemann, treusorgenden Vater und Großvater sowie als wertvolles Mitglied der Gemeinde. Stationen aus dem erfolgreichen Leben des Verblichenen folgten. Mitten in seinem Schaffen, rief Pfarrer Predigtmann mit dröhnender Stimme entrüstet, sei der teure Johannes Hofbauer durch eine heimtückische Tat jäh und unvermittelt aus dem Leben gerissen worden. Und fügte an, die irdische Gerechtigkeit möge ihren Lauf nehmen. Oberstaatsanwalt Bogenschütz sowie die Kommissare Pfeil und Köcher fühlten sich angesprochen.

Die Mitglieder des Kirchenchors raschelten mit den Notenblättern. Dirigentin Ulrike Geigensäger gab das Zeichen zum Einsatz. »So nimm denn meine Hände, und führe mich, bis an mein selig Ende, und ewiglich …«, erklang das wohlbekannte alte Kirchenlied. Einige Trauergäste schluchzten ergriffen, weil sie sich wohl durch das Lied an ihr eigenes, dereinst mehr oder weniger seliges Ende erinnert fühlten.

»Wohlauf, wohlan zum letzten Gang, kurz ist der Weg, die Ruh ist lang!«, verkündete Pfarrer Predigtmann. Daraufhin wurde der Sarg des Johannes Hofbauer aus der Leichenhalle gerollt und zu dessen letzter Ruhestätte gefahren. Direkt hinter dem Sarg gingen die Familienangehörigen. Ihnen folgten nahe Verwandte, Freunde und Bekannte und zuletzt die Gemeindemitglieder. Die Grabstelle von Johannes Hofbauer befand sich im alten Teil des Friedhofs nahe der Friedhofsmauer unter einer mächtigen Buche. Ein idyllisches Plätzchen.

Ein Mitglied des Gemeinderates zückte ein großes Blatt Papier und hielt am offenen Grab eine nicht enden wollende Rede. Sein Atem dampfte, der Wind ließ seine grauen Haare zu Berge stehen. Kriminalhauptkommissar Pfeil seufzte leise. Er hatte eiskalte Füße und bereute zutiefst, nicht auf seine Frau gehört zu haben. Annegret hatte ihm geraten bei der Beerdigung warme Lammfellsohlen zu tragen. Kriminaloberkommissar Köcher tropfte die Nase. Mit klammen Händen suchte er in seinen Manteltaschen nach einem Taschentuch. Oberstaatsanwalt Bogenschütz zitterte vor Kälte am ganzen Körper, was er allerdings nie zugegeben hätte. Er ließ seinen Blick über die vor dem Grab versammelte Familie Hofbauer schweifen. Die Hofbäuerin sah kurz auf. Und wich seinem Blick aus! Gefrorene Erdklumpen prasselten polternd auf den Sargdeckel. »Alle Menschen müssen sterben, und zuletzt auch ich!«, beteuerte Pfarrer Predigtmann und sprach ein letztes Gebet. Die Zeremonie war vorüber.

Familie, Verwandte, Freunde und Bekannte sowie eine Auswahl handverlesener Gäste traf sich nach der Trauerfeier zum Leichenschmaus im Nebenzimmer des Gasthauses Hirsch in Bodenfeld. Der Herr Pfarrer war selbstverständlich auch eingeladen. Das war auf dem Land so üblich und gehörte sich so. Ebenso wie die Spende, die die Hofbäuerin dem Herrn Pfarrer zusteckte. Da ließ man sich nichts nachsagen!

Gerdi Müller im ultrakurzen, superengen schwarzen Stretch-Minirock hatte Großeinsatz. Statt ihres rosa Pullis trug sie heute dem Anlass entsprechend ein knappes schwarzes Oberteil, aus dessen tiefem Ausschnitt ihr stattlicher, in einen Push-up-BH gepresster Busen üppig hervorquoll. »Oh Herr, lass Stoff vom Himmel regnen!«, seufzte die Hofbäuerin bei ihrem Anblick und verdrehte die Augen.

Die Tür der Gaststube öffnete sich. Ein Schwall kalter Luft strömte herein. Mit bleichen Gesichtern und rot gefrorenen Nasen schoben sich die Trauergäste nacheinander aus der Kälte in die Wärme. Gerdi war ihnen beim Ablegen von Mänteln und Jacken behilflich und geleitete sie anschließend ins Nebenzimmer. Dampfend heißer Kaffee, den Gerdi ausschenkte, weckte die Lebensgeister. Die bleichen Gesichter bekamen wieder Farbe und die starren Körper tauten auf. Hefezopf und Streuselkuchen wurden serviert. Die Trauergäste griffen dankbar zu.

Draußen im Gastraum saß ganz für sich allein Kriminaloberkommissar Dirk Köcher auf einem Hocker an der Theke. Er war von der Familie Hofbauer natürlich nicht zum Leichenschmaus eingeladen worden. Doch keiner konnte es ihm verwehren, ebenfalls im Gasthaus Hirsch einzukehren, einen heißen Tee zu trinken und dabei Augen und Ohren offen zu halten. Soeben kam die Hofbäuerin auf ihrem Weg zur Toilette an ihm vorbei. »Hat man nicht einmal am Tag der Beerdigung Ruhe vor Ihnen!«, fauchte sie ihn zornig an. »Wie sieht denn das aus vor den Leuten?«

Ehe der verblüffte Dirk Köcher etwas erwidern konnte, rauschte sie davon Richtung Klo.

Im Nebenzimmer wurde unterdessen die zuvor gedämpfte Unterhaltung lebhafter. Wozu auch das eine oder andere Gläschen Wein beitrug. Man erzählte sich Anekdoten über den verblichenen Hofbauer. Ein echter Hallodri sei er in seiner Jugend gewesen. »Der hat nix anbrennen lassen«, meinte einer. »Das ist gewiss wahr«, lachte ein anderer. »Weißt du noch, wie er einmal …« Der Sprecher senkte die Stimme und vergewisserte sich, dass die Hofbäuerin nicht in Hörweite war.

»Da hat sein Sohn, der Siegfried, gar nichts von seinem Vater. Wo er doch so ein gut aussehender und strammer Kerl ist!« »Meinst du?«, entgegnete ein anderer und lächelte vielsagend.

# 18

Kriminalhauptkommissar Josef Pfeil hatte sich krank gemeldet. Sein Kopf dröhnte, der Hals kratzte, seine Augen tränten und das Wasser lief ihm in Sturzbächen aus der rot geschwollenen Nase. Mit einer Wärmeflasche lag er im Bett und schwitzte und fror abwechselnd. Die Luft im überheizten Schlafzimmer war stickig, es roch streng nach Transpulmin. Berge von Papiertaschentüchern türmten sich auf dem Nachttisch. Ein Fieberthermometer lag in greifbarer Nähe, ebenso wie Aspirin, Halstabletten und Nasenspray. Kriminalhauptkommissar Pfeil hatte sich einen »Männerschnupfen« zugezogen. Hätte er mal besser auf seine Annegret gehört und bei der Beerdigung vom Hofbauer Einlegesohlen getragen, gestand er sich zerknirscht ein. »Wer nicht hören will, muss fühlen!«, hielt ihm Annegret denn auch prompt vor. Er hasste es, wenn er ihr Recht geben musste.

»Annegret!«, krächzte er heiser. Keine Reaktion. »Annegret!«, jammerte Josef Pfeil etwas lauter.

Schritte näherten sich. Annegret erschien in der Schlafzimmertür. »Was ist?«

»Ich hab Durst! Man könnte hier glatt sterben und keiner merkt's!« Er hustete gequält.

»Mein armer Schatz, gleich bring ich dir einen feinen Kamillentee!«

»Mach dich nur lustig über mich!« Ein Nießanfall beendete das Gespräch.

Kurz darauf servierte Annegret ihrem leidenden Gatten ein Tablett mit Kamillentee und Zwieback.

»Davon wird man ja noch kränker«, beklagte der sich missmutig und verzog angewidert das Gesicht.

# 19

Oberstaatsanwalt Klaus Bogenschütz hatte sich nach der Beerdigung des Hofbauer umgehend in seine im Keller befindliche Sauna begeben. Dort hockte er und heizte sich ein, bis sein kalter Körper glühte und ihm der Schweiß aus allen Poren drang.

Am nächsten Morgen saß Klaus Bogenschütz in seinem Büro am Schreibtisch und studierte Akten, als Kriminaloberkommissar Dirk Köcher zu einer Fallbesprechung eintraf. Jessie öffnete die Tür zum Vorzimmer und Klaus Bogenschütz nickte ihr verstohlen zu. Woraufhin Jessie in hautengen Jeans und Ringelpulli mit ihren braunen Cowboystiefeln in den Raum tänzelte, Dirk Köcher ihre strahlend weißen Zähne, die erst kürzlich beim Zahnarzt generalgereinigt worden waren, zeigte und flötete: »Kaffee?« Dirk Köcher nickte und sein blasses Gesicht bekam Farbe.

»Gehen wir den Fall Hofbauer noch einmal durch und prüfen wir, wer vom Tod des Hofbauer profitiert«, ergriff Klaus Bogenschütz das Wort. »Die Eheleute Hofbauer besaßen kein gemeinschaftliches Testament. Sie lebten im Güterstand der Zugewinngemeinschaft. Gemäß der gesetzlichen Erbfolge beerbt die Ehefrau den Hofbauer zur Hälfte, seine drei

Kinder Siegfried, Gerlinde und Friedbert teilen sich jeweils die andere Hälfte seines Nachlasses. Außerdem hat Johannes Hofbauer bei seinem Schwiegersohn Harry Windig eine Lebensversicherung über 150.000 Euro abgeschlossen. Begünstigte ist die Ehefrau Elfriede Hofbauer.«

Dirk Köcher runzelte die Stirn. »Ist der Hof verschuldet?«

»Nein, es gibt keinen Hinweis auf finanzielle Probleme.« Klaus Bogenschütz räusperte sich. »Aber der Schwiegersohn, Harry Windig, ist stark verschuldet. Hat einige Kredite laufen und kommt mit den Zahlungen nicht hinterher.«

»Vielleicht wollte Harry Windig seinen Schwiegervater um Geld bitten und es kam zum Streit, weil der Hofbauer sich weigerte, ihm aus der Klemme zu helfen.«

»Möglich.« Klaus Bogenschütz verschränkte die Arme vor der Brust und starrte konzentriert vor sich auf die Tischplatte. »Harry Windig hat bekanntlich seinen Termin mit Peter Geldmacher um 16.00 Uhr in Stuttgart pünktlich wahrgenommen. Konnte inzwischen geklärt werden, wo er sich an diesem Nachmittag in der Zeit zwischen 13.00 Uhr und 15.00 Uhr aufgehalten hat?«

»Angeblich war Harry Windig auf dem Weg zu einem Kunden, der dann aber kurzfristig den Termin absagte.«

»Wer ist dieser Kunde?«

»Moment!« Dirk Köcher blätterte in seinen Unterlagen. »Er heißt Elmar Metzger!«

»Wann und wo sollte das Treffen stattfinden?«

»Um 13.30 Uhr in der Fleischerei von Herrn Metzger in Gundelsberg.«

»Weiß man, warum Herr Metzger seinen Termin absagte?«

»Er musste wohl überraschend zu einer Sitzung der Fleischerinnung.«

»Hm!« Oberstaatsanwalt Klaus Bogenschütz kratzte sich am Kinn und überlegte. »Was hat Harry Windig, nachdem sein Termin mit Elmar Metzger ausgefallen war, in der Zwischenzeit unternommen?«

»Laut eigenen Angaben hat er sich auf den Weg nach Stuttgart gemacht. Dort nutzte er die Zeit bis zu seinem Termin mit Herrn Geldmacher um 16.00 Uhr zu einem ausgiebigen Bummel durch die Stuttgarter Innenstadt.«

»Gibt es Beweise dafür?«

»Wir könnten versuchen, seine Handydaten auszuwerten«, schlug Dirk Köcher vor.

»Keine schlechte Idee«, stimmte Klaus Bogenschütz zu.

Dirk Köcher machte sich eine kurze Notiz.

»Wir haben bisher hauptsächlich die Familienangehörigen ins Visier genommen«, gab Klaus Bogenschütz zu bedenken. »Aber vielleicht war Johannes

Hofbauer ein Zufallsopfer. Vielleicht war der Täter wieder einmal der große Unbekannte!«

# 20

Die Luft war kalt und klar und roch nach Schnee. Es war bereits später Nachmittag, als Evi Hofbauer vor die Tür des Aussiedlerhofs trat und einen prüfenden Blick auf die geschlossene, bleigraue Wolkendecke am Himmel warf. Arbeit wartete auf sie, die keinen Aufschub duldete.

Längst war die Waldlichtung, auf der der Hofbauer erschlagen worden war, von der Polizei freigegeben worden. Doch bisher hatte es noch keiner aus der Familie über sich gebracht, die vom Hofbauer begonnene Arbeit zu beenden. Das von ihm geschlagene Holz vermoderte auf dem feuchten Waldboden. Es musste eingesammelt, aufgeschichtet und mit Planen vor der Witterung geschützt werden. Evi Hofbauer gab sich einen Ruck. Sie ging ins Haus zurück und in die Küche, wo die Hofbäuerin die Backzutaten für einen Christstollen abwog. Sie sah kurz auf und warf ihrer Schwiegertochter einen fragenden Blick zu.

»Ich will in den Wald, Holz machen!«

Die Hofbäuerin runzelte unwillig die Stirn. »Wart halt, bis jemand von uns anderen Zeit hat, um dir zu helfen.«

»Es sieht nach Schnee aus!«

»Ich weiß, ich hab den Wetterbericht gehört.«

»Ich mach mich an die Arbeit!«

»Sieh zu, dass du fertig wirst, bevor es dunkel wird!«

Evi Hofbauer nickte. Sie drehte sich ohne ein weiteres Wort um und verließ die Küche. Sie schlüpfte in ihre wattierte grüne Steppjacke, stülpte ihre Strickmütze über den Kopf und schlang sich einen dicken Wollschal um den Hals. Die Arbeitshandschuhe in der Hand betrat sie mit energischen Schritten die geräumige Scheune und schwang sich auf einen kleinen grünen Traktor. Geräuschvoll tuckerte sie über ausgefahrene Wege Richtung Wald. Eine Schar Krähen flog krächzend auf. Die Hofbäuerin sah ihrer Schwiegertochter nach, bis sie aus ihrem Blickfeld verschwand.

Evi Hofbauer sprang vom Traktor. Nachdem das vertraute Tuckern des Motors verstummt war, wurde es still um sie. Unheimlich still! Scheu blickte sie über die dämmrige Waldlichtung. Bilder des getöteten Hofbauer drängten sich ihr auf. Evi Hofbauer fühlte sich unbehaglich. Einen Moment lang blieb sie regungslos stehen und ließ den Blick über geschlagenes Holz und Geäst schweifen, das auf dem morastigen Waldboden verstreut lag. Dann streifte sie sich entschlossen ihre Handschuhe über und machte sich an die Arbeit.

Sie kam gut voran. In ihre Arbeit vertieft stapelte Evi Hofbauer sorgfältig Holz am Rande der Lichtung auf, atmete tief den würzigen Geruch ein, der dem Waldboden entströmte. Trotz der Kälte wurde ihr ordentlich warm. Soeben war sie damit beschäftigt, große Planen über die Holzstapel zu ziehen, um sie vor Regen und Schnee zu schützen, als ein leises Knacken hinter ihr ertönte. Sie hob den Kopf. Blickte in die Richtung, aus der das Geräusch gekommen war. Dicke Baumstämme und ausladende Tannen versperrten ihr die Sicht. Hatte ein Tier dieses Geräusch verursacht? Evi Hofbauer zurrte die Planen mit einem dicken Seil fest, um dem Wind keine Angriffsfläche zu bieten. Da ertönte das Geräusch erneut, diesmal näher.

Evi Hofbauers Herzschlag setzte einen Moment lang aus. Der Täter, der den Hofbauer erschlagen hatte, war noch nicht gefasst. Beim Gedanken daran lief es ihr eiskalt den Rücken herunter. Aus den Augenwinkeln suchte sie die Umgebung ab. Sie sollte zusehen, dass sie hier wegkam. Umgehend! Betont lässig schlenderte sie über die Lichtung auf ihren Traktor zu. Da ließ ein lautes Knacken sie erneut zusammenfahren. Da war es mit ihrer Selbstbeherrschung vorbei!

Mit großen Schritten eilte Evi Hofbauer zu ihrem Traktor. Hastig schwang sie sich auf den Sitz, ließ mit zitternden Fingern den Motor an. Wendete auf der Waldlichtung und schaltete die Beleuchtung des Traktors ein. Die Bäume warfen gespenstische Schatten. Erste Schneeflocken wirbelten vom bläulich grauen Himmel. Evi Hofbauer war in Schweiß gebadet. Fühlte, wie sich Blicke in ihren Rücken bohrten. Ohne sich noch einmal umzusehen, trat sie das Gaspedal des Traktors durch!

# 21

»Mamma Mia«, sang Dirk Köcher verdrossen. Sein Fuß, mit dem er üblicherweise zu wippen pflegte, klebte bleiern am Boden. Er schielte zu Sabrina hinüber. Die sang voll Begeisterung, riss dabei den Mund weit auf und rollte mit den Augen. Nun wedelte sie auch noch mit den Händen! Dirk Köcher litt Qualen! Sabrina wirkte so penetrant glücklich. Er hasste sie!

Dirk Köcher dachte an den kommenden Sonntag. Er war wie üblich bei seinen Eltern zum Mittagessen eingeladen. Schweinebraten mit Spätzle und gemischtem Salat sollte es geben – ebenfalls wie üblich. Anschließend würden seine Eltern versuchen, ihn zum gemeinsamen Sonntagsspaziergang zu überreden. Er kannte das. Sie würden ihm vorhalten, dass ein wenig Bewegung an der frischen Luft gut für ihn sei, wo er doch so einen anstrengenden Job hatte. Aus Erfahrung wusste Dirk Köcher, dass seine Eltern mit jedem Dorfbewohner, den sie trafen, einen nicht enden wollenden Schwatz hielten. Die Leute würden ihn mit unverhohlener Neugier mustern. Und später würden sie ihren Söhnen und Töchtern berichten, wie nett sie es fanden, dass Dirk Köcher seine Eltern auf ihrem Sonntagsspaziergang begleitete. Und die Söhne und Töchter würden die Augen verdrehen und über ihn spotten! Und manche Leute würden ungeniert versuchen, ihn über seine Arbeit bei der Kriminalpolizei auszufragen. Das konnte er sich sparen!

Dirk Köcher verpasste seinen Einsatz. Der Chorleiter warf ihm einen missbilligenden Blick zu. Die Sängerin zu seiner Rechten rückte ein Stück von ihm ab. Die füllige Cornelia Maier zu seiner Linken stieß ihn vertraulich mit dem Ellbogen an. Das konnte er überhaupt nicht leiden. Und Cornelia Maier im selbst gestrickten Ringelpullover, der nach Schweiß müffelte, mochte er auch nicht!

Dirk Köcher hatte keine Lust auf höflichen Smalltalk. Nach Ende der Chorprobe stürmte er davon. Auf der Treppe des Gemeindehauses rutschte er auf den vereisten Stufen aus, griff im Fallen nach dem Handlauf und knallte mit dem Oberkörper gegen das Geländer.

Eine ältere Dame mit verbeultem Hut aus schwarzem Pelzimitat rief erschrocken: »Haben Sie sich verletzt?« Dirk Köcher schüttelte verlegen den Kopf. Hatte Sabrina das Malheur beobachtet? Er zog den Kopf zwischen die Schultern und tat so, als sähe er den silbermetallicfarbenen Porsche nicht, der am Straßenrand parkte.

# 22

Josef Pfeil lag lang ausgestreckt auf seinem geblümten Sofa im Wohnzimmer und las in einem Automagazin. Er trug seinen bequemen grauen Jogginganzug und Wollsocken an den Füßen. Ein Glas Rotwein stand neben ihm auf dem gläsernen Couchtisch. Der Fernseher lief. Die Heizung war hochgedreht. Josef Pfeils Welt war in Ordnung. Bis Annegret ins Zimmer kam!

»Wie wäre es mit einem Schneespaziergang?«, rief Annegret hoffnungsvoll. Josef Pfeil heftete die Augen auf sein Automagazin und knurrte unwillig.

»Aber es ist herrlich draußen«, quengelte Annegret.

»Die ganze Woche bin ich unterwegs, heute mache ich es mir gemütlich.«

»Nie unternimmst du etwas mit mir!«

»Es ist kalt draußen. Erst neulich war ich krank.« Josef Pfeil hustete demonstrativ.

»Dann geh ich halt allein spazieren!« Annegret war beleidigt.

»Mach das. Aber zieh dich warm an!«

Als die Tür hinter Annegret ins Schloss fiel, begann im Fernsehen die Übertragung eines Rennens der Formel 1.

Im Hofladen der Hofbauers hing ein großer Adventskranz mit dicken roten Kerzen an breiten roten Bändern von der Decke. Die Sprossenfenster waren beklebt mit weißen Schneeflocken aus Papier. Auf den Fenstersimsen lagen Tannenzweige, geschmückt mit goldenen und roten Glaskugeln. Strohengel standen auf der Ladentheke.

Gerlinde Windig befüllte kleine Zellophanbeutel mit selbst gebackenen Plätzchen, die im Hofladen angeboten werden sollten. Lebkuchen, Zimtsterne, Vanillekipferl, Haselnussmakronen, Spritzgebäck, Kokosnussmakronen und diverse andere Sorten hatte sie in den letzten Tagen hergestellt. Blech um Blech war in den Ofen gewandert und der süße Duft der Plätzchen zog durch das ganze Haus. Sie liebte diese alljährliche »Weihnachtsbäckerei«. Normalerweise!

Schwere Sorgen plagten Gerlinde Windig. Heute war wieder ein Brief von der Bank gekommen. Eine dringende Zahlungsaufforderung! Sie hatte den Briefträger in seinem gelben Postauto auf den Hof fahren sehen. Sie hatte beobachtet, wie er in seinen Postsack griff. Wie er mit einem dicken Bündel Briefe auf das Haus zuging. Sie war vor die Tür getreten. Hatte die Briefe entgegengenommen. Kondolenzbriefe, Rechnungen. Der Brief von der Bank war für sie. Wieder einmal!

Am Vorabend hatte Gerlinde Windig von ihrem Ehemann Harry erfahren, dass ihm ein wichtiger Kunde, mit dem er über eine hohe Lebensversicherung verhandelt hatte, abgesprungen war. Die zu erwartende Provision entfiel damit. Die Schlagzeilen über ihren getöteten Vater mochten dazu beigetragen haben. Es wurde finanziell eng für Gerlinde und Harry Windig. Sehr eng!

# 23

Friedbert Hofbauer war bereit zum Aufbruch. Auf der Rückbank seines alten dunkelblauen Golfs stapelte sich frische Wäsche. Seine Lieblingsjeans, Hemden, Pullover, Unterwäsche. Im Kofferraum stand die alte Reisetasche aus braunem Kunstleder, deren Henkel schon ganz ausgefranst waren, bis zum Rand gefüllt mit Lebensmitteln. Dosen mit Suppen und Eintöpfen, Gläser mit Eingemachtem, frisches Gemüse, Brot, Nudeln. »Damit der Bub in Heidelberg nicht verhungert!« Wie seine Mutter stets befürchtete.

Friedbert Hofbauer verabschiedete sich, küsste seine Mutter auf die Wange, kraulte Apoll hinter den Ohren und winkte seiner Schwester Gerlinde zu, die ihm noch rasch eine Tüte Plätzchen zusteckte. Er setzte sich in sein Auto, legte den Sicherheitsgurt um und startete den Motor. Ein letztes Winken, dann rollte Friedbert Hofbauer vom Hof.

Die schmale asphaltierte Straße, die zwischen Feldern und Wiesen hindurch zur Landstraße führte, war schneebedeckt. Siegfried Hofbauer hatte die Straße notdürftig geräumt. Rechts und links des Weges türmte sich der Schnee. Friedbert Hofbauer folgte den Spurrillen des Traktors. Der Schnee funkelte und glitzerte in der Sonne, als sei die Landschaft mit Diamantsplittern bestreut. Friedbert Hofbauer atmete tief durch. Erleichtert, der bedrückenden Atmosphäre auf dem Hof entronnen zu sein.

Friedbert Hofbauer hatte als Sohn nie den Vorstellungen seines Vaters entsprochen. Als Kind war er kränklich gewesen. Ein sensibler, verträumter Junge, der es vorzog, jede freie Minute seine Nase in Bücher zu stecken, anstatt mit anderen Jungen draußen Fußball zu spielen. Der unaufgefordert Klavierstücke übte, die ihm seine Lehrerin aufgegeben hatte. Der mühelos von der Grundschule auf das Gymnasium wechselte und Bestnoten erhielt. Er brachte im Zeugnis eine glatte Eins in Mathematik nach Hause. Und wurde von seinem Vater dafür gerügt, dass er im Werkunterricht nur die Note »ausreichend« erhalten hatte. Und auch das noch mit viel Glück! »Als Hofbauer wird man nicht Professor«, hielt er dem Jungen ungehalten vor. Zupackend sollte der Sohn sein. Einen Sinn für das Praktische haben. Mit beiden Beinen fest im Leben stehen! »Einen Klavier spielenden Bücherwurm« nannte er seinen Sohn verächtlich. »Von mir hat er das nicht!«

Friedberts Bruder Siegfried hingegen war der ganze Stolz seines Vaters. Siegfried setzte sich durch! Der ließ sich nichts bieten! Von niemandem!

Als Siegfried im Englischunterricht einmal aufgefordert wurde, einen Text vorzulesen, war seine Aussprache so schauderhaft, dass sich seiner Lehrerin die Fußnägel aufrollten. Ein Mitschüler machte sich daraufhin lustig über Siegfried, lachte hämisch und schnitt obendrein noch Grimassen. Das machte er allerdings nur einmal! Und dann nie wieder.

Als Siegfrieds Kontrahent mit blutender Nase und zerrissenem Hemd nach Hause flüchtete und seinen entsetzten Eltern seine Version der Geschichte erzählte, dass nämlich Siegfried Hofbauer ihn völlig grundlos angegriffen und verdroschen habe, da hatte dessen Vater ernstlich vor, zum Hofbauer zu eilen und sich ordentlich bei ihm über Siegfried zu beschweren. Er sprang in seine gute Hose, zog ein frisches Hemd an und schlüpfte in seine braune Wildlederjacke. Doch während er sich die Schuhe band, war bereits der erste Zorn verraucht. »Vielleicht sollte man die Sache doch nicht an die große Glocke hängen«, dachte er bei sich. Und wie würde sein Sohn wohl dastehen, wenn sich sein Vater für ihn einsetzen musste! Er zog seine Jacke wieder aus!

Der Hofbauer wartete unterdessen gespannt und mit einer gewissen Vorfreude darauf, ob sich der Vater des Jungen, mit dem Siegfried sich geprügelt hatte, bei ihm blicken lassen würde. Als die Stunden vergingen und es Abend wurde, lächelte er zufrieden. Sie waren ebenfalls Schulkameraden gewesen, der Vater des Jungen und er!

Friedbert hatte unter dem Schutz seines großen Bruders gestanden. Nicht, weil Siegfried sich für ihn verantwortlich fühlte, sondern weil er jeden Angriff auf Friedbert als Angriff auf sich wertete. Friedbert war jedoch bei seinen Klassenkameraden äußerst beliebt, weil er sich weder auf seine vermögenden Eltern noch auf seine guten Noten etwas einbildete und jedem, der in Mathe schwächelte, prompt und uneigennützig half.

Friedbert Hofbauer bog auf die Landstraße Richtung Bodenfeld ein. Doch er nahm die Kurve etwas zu eng. Gab dabei zu viel Gas. Der Wagen schlitterte über die eisglatte Fahrbahn. Das Heck des Golfs brach aus. Friedbert Hofbauer gelang es, das Fahrzeug abzufangen. »Vorsicht«, ermahnte er sich selbst. »Mach langsam. Lieber etwas zu spät im Diesseits, als zu früh im Jenseits!«

Auf einer abschüssigen Wiese am Dorfrand rodelten Kinder. Lachend und rufend zogen sie ihre Schlitten hinter sich her, kreischten vor Vergnügen bei der Abfahrt. Sie hatten Spaß. Genau wie er damals als Kind. Er lächelte.

Friedbert Hofbauer folgte der Landstraße Richtung Autobahnauffahrt. Einige Kilometer hinter Bodenfeld führte die Straße durch ein kleines Waldstück. Friedbert Hofbauer hob kurz den Blick, genoss den weißen Winterwald. Die Fahrbahn wies jetzt ein leichtes Gefälle auf. Der Wagen wurde schneller. Friedbert Hofbauer hielt es für ratsam, das Tempo zu drosseln. Er trat auf die Bremse. Die Bremse reagierte nicht. Er trat mit aller Kraft das Bremspedal durch. Doch er trat ins Leere!

Friedbert Hofbauer brach der Schweiß aus. Er hielt den Atem an. Schneller und schneller wurde der Wagen auf der spiegelglatten Fahrbahn. Friedbert Hofbauer zog die Handbremse. Doch es war bereits zu spät!

Die Reifen des Fahrzeugs griffen nicht, der Wagen wurde aus der Kurve getragen. Er rutschte über den Seitenstreifen und schoss dann eine Böschung hinunter. Der Golf überschlug sich mehrmals. Die Welt um Friedbert Hofbauer begann sich unter ohrenbetäubendem Kreischen zu drehen. Glas splitterte. Das Auto krachte gegen den rauen Stamm einer großen Buche und kam auf den Rädern zum Stehen. Es wurde dunkel um Friedbert Hofbauer. Und still!

# 24

Egon Neider saß auf der grün gepolsterten Eckbank in seiner Wohnküche. Vor ihm stapelten sich Aktenordner mit säuberlich abgehefteten Bankunterlagen. Er überprüfte sein Barvermögen. Girokonten, Tagesgeldkonten, Aktiendepots, Sparbücher. Sah sich die Ratenzahlungen eines höheren Kredites an, den er vor nicht allzu langer Zeit aufgenommen hatte, um das Dach seines Hofes neu decken zu lassen. Egon Neider griff zum Telefon.

Rolf Sparmann, Bankberater der örtlichen Sparkassenfiliale, kam gerade aus der Mittagspause, als seine Mitarbeiterin Elvira Pfennig ihm mitteilte, dass Egon Neider im Anmarsch sei. »Haben Sie ihm nicht gesagt, dass heute kein Termin mehr frei ist?«, fragte er unwirsch. Elvira Pfennig schnitt eine Grimasse. Rolf Sparmann seufzte resigniert. Schon morgens hatte er gewusst, dass dieser Tag nicht sein Tag werden würde. Unter der Dusche war ihm das Duschgel aus der Hand geglitten und als er sich danach bückte, war er mit dem Kopf gegen die Armaturen geknallt. Am hellblauen Hemd, das er tragen wollte, fehlte ein Knopf. Gerne hätte er seine schlechte Laune an seiner Ehefrau Sonja ausgelassen, doch die hatte bereits vor ihm das Haus verlassen. Es gab Tage, da blieb man besser im Bett, hatte er gedacht, als er seinen lauwarmen Kaffee trank. Zu allem Übel würde ihn nun also auch noch Egon Neider mit seinem Besuch beehren. Rolf Sparmann stützte die Ellbogen auf die Schreibtischplatte, legte die Hand über die Augen und seufzte tief.

Egon Neider parkte seinen schwarzen Geländewagen auf dem Kundenparkplatz der Sparkasse und stieg aus. Im grünen Lodenmantel, eine braune, etwas abgegriffene Ledermappe unter dem Arm, überquerte er mit energisch vorgerecktem Kinn den Parkplatz und stieß die Tür zur Sparkasse auf. Elvira Pfennig blickte kurz auf, als Egon Neider die Schalterhalle betrat. »Einen Moment bitte, Herr Neider!«, rief sie freundlich und widmete sich dann wieder ausgiebig ihrer Kundin Alma Müller, die einen Kleinbetrag auf ihr Sparbuch einzahlen wollte. Als Alma Müller diverse Papiere unterschreiben sollte, fand sie leider ihre Brille nicht. Und während sie nervös ihre überdimensionale Handtasche nach der Brille durchsuchte, schoss Egon Neiders Blutdruck in schwindelnde Höhen. Ungeduldig trat er einen Schritt vor. Was die arme Alma Müller spürbar in Bedrängnis brachte. »Hab ich die Brille vielleicht zu Hause vergessen?«, jammerte sie ratlos und wühlte weiter in ihrer Handtasche.

»Ich hab einen Termin mit Herrn Sparmann, würden Sie mich bitte anmelden!«, verlangte Egon Neider mit hochrotem Kopf. Elvira Pfennig lächelte zuckersüß. »Aber natürlich, einen kleinen Moment noch.« Alma Müller begann zu schwitzen. Knoblauchduft drang ihr aus allen Poren. Egon Neider hielt den Atem an. Er würde sich anschließend bei Herrn Sparmann über Frau Pfennig beschweren. So respektlos behandelte man keinen guten Kunden wie ihn. Alma Müller fand endlich ihre Brille in einem Seitenfach der Handtasche. »Da ist sie ja«, rief sie erleichtert aus und erzählte dann der Vollständigkeit halber noch ausführlich, wie sie neulich ihren Schlüsselbund verlegt hatte.

Rolf Sparmann erhob sich von seinem Bürosessel. »Guten Tag, Herr Neider«, rief er betont freundlich und streckte ihm die Hand entgegen, »was kann ich für Sie tun?« Er wies auf einen blau gepolsterten Besucherstuhl vor seinem Schreibtisch und Egon Neider nahm schnaufend Platz.

Im unpersönlich und steril wirkenden Büro des Bankberaters waren die als Sichtschutz dienenden hellgrauen Rollos zugezogen. Eine großer Kalender hing an der weiß gestrichenen Wand neben einer schmucklosen Uhr mit weißem Ziffernblatt. Auf dem Schreibtisch lagen Werbebroschüren der Bank aus.

Rolf Sparmann sah seinen Besucher fragend an. Egon Neider holte tief Luft und sagte: »Ja also … es ist so …« Er brach ab. Suchte nach Worten. »Also ich müsste wissen, wie schnell ich an mein Geld rankomme!«

»An welchen Betrag hatten Sie denn gedacht?«, fragte Rolf Sparmann vorsichtig nach.

»Das weiß ich noch nicht so genau.«

Rolf Sparmann gab Egon Neiders Daten in den Computer ein. »So, da hätten wir alle Ihre Geldanlagen aufgelistet. Welches Konto möchten Sie denn gerne auflösen?«

»Das Konto selbstverständlich, das am wenigsten Zinsen bringt.«

»Herr Neider«, Rolf Sparmann faltete die Hände, »Ihre Konten weisen Guthaben in verschiedener Höhe auf. Es wäre sehr hilfreich, wenn Sie mir den ungefähren Geldbetrag nennen könnten, den Sie benötigen.«

»Muss man bei der Sparkasse Rechenschaft darüber ablegen, was man mit seinem Geld vorhat, wenn man es abheben will?«, brauste Egon Neider zornig auf.

»Natürlich nicht!« Rolf Sparmann hob beschwichtigend die Hände.

Eine knappe Stunde später verließ Egon Neider zufrieden das Büro des Bankberaters. Er hatte die gewünschte Auskunft erhalten. Sein Geld war kurzfristig abrufbar. Rolf Sparmann seufzte erleichtert auf. Er ahnte nicht, dass der nächste, nicht minder schwierige Kunde bereits auf der Zielgeraden war.

An der Eingangstür der Sparkasse prallte Egon Neider fast mit seinem Nachbarn Ottmar Raffke zusammen.

»Ottmar, was machst du denn hier?«

»Das Gleiche wahrscheinlich wie du!«

»Kann's mir schon denken«, brummte Egon Neider verdrießlich.

Nachdem Johannes Hofbauer jäh und unerwartet das Zeitliche gesegnet hatte, witterten seine Nachbarn ihre Chance. Niemals hätte der Hofbauer ein Stück Land verkauft, hätte ihn nicht die pure Not dazu gezwungen. Aber vielleicht ließ sich ja mit den Erben reden. Möglicherweise brauchten die Geld!

# 25

Kriminalhauptkommissar Josef Pfeil stand im Bad und föhnte sich seinen rotblonden Haarkranz. Die Tür der Dusche stand offen. Das Bad dampfte. Die Spiegel waren beschlagen. Auf den hellgrauen Bodenfliesen lag ein blaues Badehandtuch in einer Wasserlache.

Josef Pfeil starrte geistesabwesend in den Spiegel und grübelte. Noch immer war man im Fall Hofbauer nicht weitergekommen. Was hatte sich auf der einsamen Waldlichtung abgespielt? Mit wem war der Hofbauer in Streit geraten? Dass ein perverser Unbekannter den Hofbauer aus purer Mordlust erschlagen hatte, dieser Gedanke war abwegig. Dennoch ertappte sich Josef Pfeil dabei, wie er sich eine schwarz gekleidete Gestalt mit Maske und Kapuze vorstellte, die lautlos durch den Wald schlich und hinter einem Baumstamm versteckt dem armen Hofbauer auflauerte, um im günstigsten Moment heimtückisch zuzuschlagen.

Die Tür des Badezimmers öffnete sich. Ein kalter Luftzug streifte Josef Pfeil. »Hast du mich nicht rufen hören?«, fragte Annegret vorwurfsvoll. Josef Pfeil schüttelte den Kopf.

»Telefon für dich!« Annegret reichte ihm das Smartphone. Josef Pfeil schaltete den Föhn aus.

# 26

Dirk Köchers Retrowecker klingelte und riss ihn aus einem wunderschönen Traum. Arm in Arm war er mit Sabrina unter blühenden Bäumen über eine Blumenwiese spaziert. Er war glücklich gewesen. Und doch hatte ihn sein Unterbewusstsein gewarnt. Ein silbermetallicfarbener Porsche tauchte am Horizont auf!

Widerwillig öffnete Dirk Köcher sein linkes Auge einen Spalt breit und blinzelte. Helles Licht fiel ins Zimmer. Er dehnte und streckte sich und rieb sich die Augen. Es war kuschelig warm unter der Bettdecke und das ungeheizte Schlafzimmer war kalt. »Nur noch ein paar Minuten«, dachte er, während ihm die Augen wieder zufallen wollten. Er erinnerte sich an seinen Traum. Versuchte herauszufinden, wie der Traum ausgegangen wäre. Und wusste es doch längst!

Dirk Köcher schlug entschlossen die Bettdecke zurück, schlüpfte in seine grauen Filzpantoffeln und schlurfte in seinem blau-weiß gestreiften Schlafanzug ins Bad. Da läutete sein Smartphone!

# 27

Oberstaatsanwalt Klaus Bogenschütz saß in seiner modernen, weiß lackierten Küche und trank seine zweite Tasse Kaffee. Er gähnte herzhaft. Die Arbeit, die ihn heute im Büro erwartete, war Routine. Er gähnte noch einmal. Stützte die Ellbogen auf der Tischplatte auf. Granit. »Eine Holzplatte wäre wärmer gewesen«, dachte er zum wiederholten Male. Er blickte hinaus in den Garten, beobachtete versonnen die kleinen Vögel, die das Futterhäuschen besuchten. Im Haus war es still. Tochter Lisa und Sohn Felix waren längst im Bus zur Schule gefahren und Ehefrau Susanne war ebenfalls bereits bei der Arbeit. So langsam wurde es auch Zeit für ihn. Klaus Bogenschütz gab sich einen Ruck und erhob sich.

# 28

Friedbert Hofbauer lag in einem Krankenhausbett im Klinikum von Heiligenbrunn. Sein Kopf war dick bandagiert, das Gesicht stark verquollen und das rechte Auge dunkellila verfärbt. Etliche Rippen waren gebrochen, das linke Bein eingegipst. Neben seinem Bett stand die Hofbäuerin und war soeben dabei, ihrem »Bertl« die Kissen aufzuschütteln, als Kriminalhauptkommissar Pfeil und Kriminaloberkommissar Köcher eintrafen.

»Herr Hofbauer, wir hätten ein paar Fragen an Sie«, eröffnete Josef Pfeil das Gespräch.

»Kann das nicht warten?«, wehrte die Hofbäuerin ab. »Sie sehen doch, dass es ihm nicht gut geht.«

»Wir fassen uns kurz«, beteuerte Josef Pfeil.

»Der Arzt sagt, er braucht Ruhe und darf sich nicht aufregen!«

»Herr Hofbauer, könnten Sie uns schildern, wie es zu dem Unfall kam?« Josef Pfeil ließ sich nicht abwimmeln.

Dirk Köchers Blick wanderte durch das spartanisch möblierte Krankenzimmer. Der Bettnachbar von Friedbert Hofbauer, ein alter Mann, lag mit schneeweißem Gesicht in den Kissen. Er röchelte leise. Eine

Infusionsflasche war angeschlossen. Ein zur Hälfte gefüllter Urinbeutel baumelte am Bettgestell. Die Luft im Zimmer war stickig. Dirk Köcher wurde flau im Magen. Abrupt wendete er sich ab.

Friedbert Hofbauer hob mühsam den Kopf und stöhnte Mitleid erregend. Was Josef Pfeil sogleich einen strafenden Blick der Hofbäuerin einbrachte. »Die Bremsen haben versagt!«, sagte er kläglich.

Josef Pfeil horchte auf. »Die Bremsen? Ich dachte, Sie sind ins Schleudern gekommen. Die Straße war ja spiegelglatt, nach dem heftigen Schneefall neulich!«

Friedbert Hofbauer schüttelte den Kopf. Die Hofbäuerin tätschelte ihm liebevoll die Hand.

»Wir müssen Ihr Fahrzeug von unseren Technikern untersuchen lassen.«

»Wieso das denn?«

»Es könnte sein, dass es sich um einen Anschlag gehandelt hat.«

»Um einen Anschlag? Ich verstehe nicht!«

»Nach dem gewaltsamen Tod Ihres Vaters müssen wir diese Möglichkeit in Betracht ziehen.«

»Sie glauben, jemand will mich umbringen?«

»Wir können es nicht ausschließen.«

»Im Ernst?«

Josef Pfeil nickte. »Wo befindet sich Ihr Wagen im Moment?«

»In der Werkstatt.«

»Sie wollen Ihr Auto reparieren lassen?«

»Warum nicht?«

»Lohnt sich denn die Reparatur noch?«

»Das sollen die in der Werkstatt mir sagen!«

Josef Pfeil holte sein ledernes Notizbuch und einen Kugelschreiber aus der Tasche. »Wie heißt die Werkstatt?«

# 29

Kriminalhauptkommissar Pfeil und Kriminaloberkommissar Köcher strebten über lange Kranken-
hausflure dem Ausgang des Klinikums zu. Graue
Linoleumböden, die unter den Schritten leise
quietschten, grelle Neonröhren, blasse Aquarelle in
pastellfarbenen Rahmen an den Wänden. Der Geruch nach Desinfektionsmitteln. Türen, die sich öffneten und schlossen. Patienten in Morgenmänteln,
die sich an Infusionsständer klammerten.

»Hm«, knurrte Josef Pfeil und schüttelte den Kopf,
»das ist schon ein merkwürdiger Zufall, dass Friedbert Hofbauer kurz nach dem gewaltsamen Tod
seines Vaters diesen schweren Unfall hatte, weil angeblich die Bremsen versagten.« Dirk Köcher nickte.
»Bin gespannt, was unsere Techniker herausfinden.«

»Wir sollten noch einmal mit diesem Jogger sprechen, der den Hofbauer aufgefunden hat, diesem
Herrn Schulze«, schlug Josef Pfeil vor. »Bei der ersten Befragung konnte er zwar keine Hinweise auf den
Täter liefern, aber vielleicht hat er doch die eine oder
andere Beobachtung gemacht, die uns weiterhelfen
kann.«

Gerhard Schulze war Finanzbeamter. Ein Häuschen

im Grünen war lange sein Traum gewesen. Als in Bodenfeld das Neubaugebiet »Wiesengrund« erschlossen wurde, hatte er dort einen Bauplatz erworben, nachdem er zuvor lange und gründlich das Für und Wider abgewogen hatte. Als Beamter verfügte er über ein gesichertes Einkommen. Die niedrigen Bauzinsen waren schließlich das entscheidende Argument gewesen, den Schritt zum Eigenheim zu wagen.

Das Finanzamt, ein großer Komplex aus Glas und Beton, lag etwas außerhalb von Heiligenbrunn an einer viel befahrenen Straße. Josef Pfeil parkte auf dem Kundenparkplatz. Das schlechte Gewissen nagte an ihm. Längst hätte er seine Steuererklärung abgeben müssen. Auch die beantragte Fristverlängerung lief demnächst ab. Er würde wie üblich Steuern nachzahlen müssen.

Mit dem Aufzug fuhren die Kommissare Pfeil und Köcher in den dritten Stock des Gebäudes. Ihre Schritte hallten auf den leeren Fluren. Vorbei an dunklen Holztüren, die mit kleinen Schildchen versehen waren, auf denen Fachbereich und Name der Finanzbeamten vermerkt waren, suchten sie das Büro von Gerhard Schulze. »Hier!« Dirk Köcher wies auf eine Tür am hinteren Ende des Ganges. Josef Pfeil klopfte kraftvoll.

Gerhard Schulze erhob sich hinter seinem hellgrauen Schreibtisch, der vor Akten überquoll, und kam den Kommissaren entgegen. »Bitte«, sagte er, nachdem er ihnen die Hand gereicht hatte, und wies auf zwei graue Polstersessel vor seinem Schreibtisch. »Der Stuhl ist nicht bequem«, dachte Josef Pfeil, als er sich setzte. Dirk Köcher sah sich im Büro um. Der große Raum strahlte eine Nüchternheit aus, die ihn kalt wirken ließ. Auf dem Schreibtisch befand sich außer Aktenstapeln ausschließlich Arbeitsmaterial. Keine gerahmten Fotos, keine Bilder an den Wänden erlaubten einen Hinweis auf die Persönlichkeit des Beamten, der in grauem Pullunder und weißem Hemd vor ihnen saß, das glatte braune Haar seitlich gescheitelt.

Gerhard Schulze wusste, aus welchem Grund die Kommissare ihn aufsuchten. Er legte den Kopf schräg und wartete, bis Josef Pfeil das Wort ergriff.

»Herr Schulze, wir hätten noch einige Fragen an Sie im Zusammenhang mit dem Tötungsdelikt an Herrn Hofbauer.«

Gerhard Schulze nickte geduldig.

»Sie haben den Toten auf der Waldlichtung gefunden.«

Gerhard Schulze nickte erneut und seufzte tief.

»Sie waren joggen. Welche Strecke sind Sie gelaufen?«

»Ich habe mein Auto auf dem Waldparkplatz abgestellt und bin von dort aus losgelaufen.«

Josef Pfeil horchte auf. »Was für ein Auto fahren Sie?«

»Einen dunkelgrünen Mercedes Kombi.«

»Waren noch weitere Fahrzeuge auf dem Waldparkplatz abgestellt?«

»Das weiß ich nicht mehr.«

»Eine Zeugin will zum fraglichen Zeitpunkt einen weißen Kleinwagen gesehen haben.«

»Kann sein.«

»Sie erinnern sich nicht?«

»Nein.«

»Haben Sie beim Joggen irgendwelche Beobachtungen gemacht, die uns weiterhelfen könnten?«

»Mir ist nichts Besonderes aufgefallen.«

»Ist Ihnen im Wald jemand begegnet?«

»Ob mir jemand begegnet ist?«, wiederholte Gerhard Schulze mit gerunzelter Stirn.

»Ja, ein Jogger vielleicht. Oder ein Spaziergänger?«, half Josef Pfeil nach.

»Da war ein Mann mit einem Hund.«

»Können Sie den Mann beschreiben?«

»Ich kann mir nicht vorstellen, dass er der Täter war.«

»Er könnte ein wichtiger Zeuge sein«, warf Dirk Köcher ein.

»Ich habe ihm weiter keine Beachtung geschenkt«, gestand Gerhard Schulze.

»Er hatte einen Hund dabei?«, hakte Dirk Köcher nach.

»Ja, einen großen Schäferhund. Ich habe mich noch geärgert, dass er nicht angeleint war.«

»Sind Ihnen weitere Personen begegnet? Bitte denken Sie nach!« Josef Pfeil rutschte auf seinem Stuhl nach vorne, um eine bequeme Sitzposition zu finden.

Gerhard Schulze schüttelte bedauernd den Kopf.

Josef Pfeil unterdrückte ein müdes Seufzen. »Sie waren als Erster am Tatort. Bitte schildern Sie uns noch einmal in allen Einzelheiten, wie Sie den Toten entdeckt haben.«

»Ich kam an der Waldlichtung vorbei und da lag er.«

»Was haben Sie dann getan?«

»Ich bin sofort zu ihm gerannt. Wollte helfen.«

»Und dann?«

»Hab ich gesehen, dass er tot ist.«

»Wie haben Sie festgestellt, dass der Mann tot ist?«, wollte Dirk Köcher wissen.

Gerhard Schulze zuckte mit den Schultern. »Er hat sich nicht mehr gerührt. Außerdem hat er am Kopf geblutet.«

»Haben Sie den Toten angefasst?«

Gerhard Schulze verschränkte die Arme vor der Brust und schüttelte abwehrend den Kopf.

»Was haben Sie dann gemacht?«

»Den Notruf gewählt!«

»Und dann?«

»Hab ich auf die Polizei und den Arzt gewartet.«

»Haben Sie am Tatort etwas Verdächtiges bemerkt?«

»Ich war total geschockt!«

»Das ist verständlich!«

»Vielleicht war der Mörder noch in der Nähe und hat mich beobachtet!« Gerhard Schulze erschauerte.

»Das kann durchaus sein«, nickte Dirk Köcher.

Gerhard Schulze griff Halt suchend nach seinem silbernen Kugelschreiber. Seine Hände zitterten.

»Ich muss gestehen, es war schon ziemlich unheimlich, allein neben einem Toten im Wald zu stehen.«

Josef Pfeil nickte. »Sie haben also niemanden gesehen oder gehört?«, fasste er das Gespräch zusammen.

Wieder schüttelte Gerhard Schulze den Kopf. »Es war totenstill. Ich war ganz erleichtert, als ich hörte, dass Forstarbeiter in der Nähe sind.«

»Ach!« Josef Pfeil horchte auf. »Haben Sie die Arbeiter gesehen?«

»Nein, ich habe ihre Motorsäge gehört.«

»Sie wissen also nicht, wer die Arbeiter waren?«

»Nein, leider nicht.«

»Danke, Herr Schulze. Wir werden uns bei Ihnen melden, falls wir weitere Fragen haben.« Josef Pfeil ächzte leise, als er sich erhob.

# 30

Auf dem Heimweg machte Josef Pfeil einen kleinen Umweg zum Gartencenter. Er kurvte über den weitläufigen Parkplatz und zielte auf eine enge Parklücke vor dem Haupteingang. Während er verbissen rangierte, um den großen Wagen in die schmale Parklücke zu quetschen, schmunzelte er bei dem Gedanken daran, dass seiner Annegret jegliches Verständnis für ein solches Verhalten fehlte. Wo es doch einige Reihen weiter hinten genügend Parkraum gegeben hätte!

Endlich hatte Josef Pfeil den Wagen in die Parklücke manövriert. Die Fahrertür ließ sich lediglich einen Spalt breit öffnen. Josef Pfeil zog den Bauch ein und zwängte sich mühsam durch die Tür. Erleichtert atmete er auf und strebte mit großen Schritten Richtung Eingang.

Eine üppige Blütenpracht quoll Josef Pfeil entgegen. Pflanzenduft stieg ihm in die Nase. Gesprächsfetzen drangen an sein Ohr. Menschen schoben Einkaufswagen, voll beladen mit Pflanzen aller Art. Suchend sah Josef Pfeil sich um. Ließ den Blick über Orchideen und Adventsgestecke schweifen. Entdeckte schließlich, was er suchte! Weihnachtssterne in verschiedenen Größen leuchteten ihm in sattem Rot entgegen. Manche waren mit Glitzerspray besprüht, andere mit Goldfäden behängt. Josef Pfeil fiel die Wahl schwer. Er hob den einen oder anderen Topf hoch, begutachtete den Wuchs und die Blüten. Versuchte, das prächtigste Exemplar ausfindig zu machen. Für seine Annegret! Sie liebte Weihnachtssterne, das wusste er. Entschied sich schließlich für einen Weihnachtsstern mittlerer Größe. Stellte sich an der Kasse an. Widerstand der Versuchung, sich vorzudrängeln. Ein älterer Herr mit Hut nieste heftig. Josef Pfeil hielt Abstand. Eine Grippe vor Weihnachten hätte ihm gerade noch gefehlt!

Mit seinem Weihnachtsstern, den er mit einer dicken Schicht Papier vor Kälte und Zugluft geschützt hatte, eilte Josef Pfeil zu seinem Wagen. Es hatte leicht zu nieseln begonnen. Das neblige Grau des Spätnachmittags ging in die Dämmerung über. Josef Pfeil fröstelte, zog den Kopf zwischen die Schultern. Er freute sich schon auf Annegrets Gesicht, wenn er ihr den Weihnachtsstern überreichte.

Es war Feierabendverkehr. Vor den Ampeln bildeten sich lange Schlangen. Die Straßenlaternen waren in Dunst gehüllt. Josef Pfeil dachte über die Gespräche nach, die er an diesem Tag geführt hatte. Hatten sie ihm neue Erkenntnisse geliefert?

# 31

Evi Hofbauer stand im Bad über das Waschbecken gebeugt und putzte sich die Zähne. Die elektrische Zahnbürste summte leise, der runde Bürstenkopf drehte sich. Sie trug einen hellblauen Baumwollschlafanzug mit Bündchen an Hand- und Fußgelenken und aufgedruckten weißen Schäfchen auf dem Oberteil. Die braunen Haare hatte sie zu einem Zopf geflochten. Sie schaltete die Zahnbürste aus und griff zu einer nährstoffreichen Nachtcreme. Prüfend betrachtete sie sich im Spiegel. Sie war auf eine herbe Art hübsch. Die großen grünen Augen dominierten ihr schmales, etwas kantiges Gesicht mit der geraden Nase und dem kleinen schmallippigen Mund. Ihre lebhafte Mimik hatte zarte Fältchen um Augen und Mund in ihr Gesicht gegraben, ebenso wie harte Arbeit im Freien bei jeder Witterung. Ihr schlanker Körper war kräftig und straff.

Evi Hofbauer war die Tochter eines Malermeisters aus einem Nachbarort. Ihre Mutter war gestorben, als Evi vierzehn Jahre alt war. Sie hatte daher ihrem Vater und ihren zwei älteren Brüdern den Haushalt führen müssen. Während ihre Freundinnen unbeschwert in den Tag hinein lebten und keine anderen Sorgen hatten als die Pickel in ihrem Gesicht, putzte sie ihr Elternhaus, kaufte ein und kochte, wusch und bügelte Wäsche, jätete Unkraut im Garten hinter dem Haus. Evi besuchte die Realschule. Sie war eine gute Schülerin. Denn auch ihren Schularbeiten widmete sie sich mit Fleiß.

Sie sei ein »tüchtiges« Mädchen, lobte man sie im Dorf. Doch sie reifte im Zeitraffer! Sie war ungewöhnlich still und ernst. Was zur Folge hatte, dass sich ihre pubertierenden Freundinnen schon bald von ihr zurückzogen. Sie passte nicht mehr zu ihnen.

Nach ihrem Realschulabschluss hatte der Lehrer Evi vorgeschlagen, auf das Gymnasium zu wechseln und Abitur zu machen. Der Vorschlag gefiel Evi. Stolz berichtete sie ihrem Vater beim Abendessen davon. Doch der schüttelte missbilligend den Kopf und brummte, er selbst habe kein Abitur und ihre Brüder auch nicht. Ob sie am Ende gar noch studieren wolle? Sie solle sich besser nach einem Ausbildungsplatz umsehen. Evi fügte sich und absolvierte eine Ausbildung zur Bürokauffrau in einem Sanitärbetrieb. Ihr Chef war hochzufrieden mit ihr. Schon bald war sie ihm eine wertvolle Stütze. »Unsere Evi schmeißt den Laden zur Not auch alleine«, pflegte er zu sagen.

Evi und Siegfried Hofbauer kannten sich vom Sehen. Er war fünf Jahre älter als sie und nahm von ihr keinerlei Notiz. Sie passte nicht in sein Beuteschema. Er bevorzugte hübsche, lebenslustige Mädchen, die ungeniert mit ihm flirteten. Mädchen, mit denen man ordentlich Spaß haben konnte. Und davon gab es reichlich!

Eines Tages betrat Siegfried Hofbauer das Sanitärgeschäft, in dem Evi arbeitete, und kam mit ihr ins Gespräch. Sachkundig und kompetent beantwortete sie all seine Fragen. Ihr selbstsicheres Auftreten beeindruckte ihn. Er fühlte sich ihr plötzlich unterlegen. Verlegen bedankte er sich bei ihr und verließ das Geschäft.

An Kirchweih trafen Evi und Siegfried erneut aufeinander. Sie verkaufte ehrenamtlich Kaffee und Kuchen, er brutzelte Steaks und Würstchen. Ein reserviertes »Hallo« auf beiden Seiten, ein scheues Lächeln. Er kam auf einen Kaffee an ihren Stand, sah in ihre großen, grünen, tiefgründigen Augen.

Siegfried brachte in Erfahrung, wo Evi regelmäßig verkehrte, und tauchte dort »rein zufällig« ebenfalls auf, suchte ihre Nähe. Er amüsierte sich weiterhin mit anderen Mädchen, doch plötzlich erschien ihm ihr Lachen kindisch und albern und ihr Geschwätz seicht und hohl. Er ging mit ihnen ins Bett und hatte am nächsten Morgen ihren Namen vergessen.

Evis Brüder warnten sie vor Siegfried. Doch allen Warnungen zum Trotz begann sie, sich mit ihm zu treffen. Behutsam näherten sie sich einander an. Sie aßen Pizza beim Italiener, gingen ins Kino, badeten im Baggersee, unternahmen kleine Radtouren. Harmlose Vergnügungen. Doch Siegfried war noch nie so glücklich gewesen. Und Evi auch nicht!

Sie feierten eine große Bauernhochzeit mit über 200 Gästen. In einem von zwei Pferden gezogenen, mit Girlanden geschmückten Wagen fuhren sie zur Kirche. Ein Jahr später kam Sohn Paul zur Welt.

Evi gefiel ihr neues Leben auf dem Bauernhof. Tatkräftig packte sie mit an, kam gut aus mit ihren Schwiegereltern, die zutiefst erleichtert waren, dass sich ihr Sohn nach all seinen Eskapaden für diese patente Frau entschieden hatte.

Die Jahre vergingen wie im Flug. Es waren gute Jahre gewesen. Trotz aller Arbeit war Evi zufrieden und glücklich gewesen. Doch dann hatte sie von der Schwangerschaft ihrer Freundin Nicole erfahren. Sie hatte deren Vorfreude auf ihr Baby erlebt. Und plötzlich wünschte sich Evi nichts sehnlicher, als ebenfalls noch ein Baby zu bekommen. Es war noch nicht zu spät. Sie hatte versucht, mit Siegfried darüber zu reden, doch der hatte energisch abgeblockt. Sohn Paul besuchte bereits das Gymnasium. Wozu noch einmal von vorne beginnen? Wozu sich einen plärrenden Säugling anschaffen, der einem nachts den Schlaf raubte?

Evi kam ins Schlafzimmer. Sie schlüpfte zu Siegfried ins Ehebett. Der gab vor zu schlafen.

# 32

Hagelkörner prasselten an die Fensterscheiben von Kriminaloberkommissar Dirk Köchers kleinem Büro. Er saß in seinem blauen Rollkragenpullover, der am Hals fürchterlich kratzte, an seinem Schreibtisch und versuchte zum wiederholten Male, das Forstamt zu erreichen, um die Namen der Forstarbeiter in Erfahrung zu bringen, die am Tattag in Tatortnähe im Einsatz waren.

»Klingbeil«, meldete sich endlich eine Frauenstimme. Dirk Köcher stellte sich vor und nannte den Grund seines Anrufs. Er hatte Frau Klingbeil offensichtlich beim Frühstück gestört, denn sie kaute hörbar. »Die Einsatzpläne macht Herr Waldvogel«, beschied sie ihm.

»Dann hätte ich gerne Herrn Waldvogel gesprochen«, bat Dirk Köcher höflich.

»Herr Waldvogel ist nicht im Hause.«

»Hat Herr Waldvogel eine Vertretung, die Zugriff auf die Einsatzpläne hat?«

»Nein, da müssen Sie schon auf Herrn Waldvogel warten.«

»Wann kann ich Herrn Waldvogel in seinem Büro erreichen?«, fragte Dirk Köcher geduldig.

»Gegen Nachmittag.«

Kriminalhauptkommissar Pfeil stand in der Tür. Sein Gesicht war zornrot, eine Ader an seiner Schläfe pochte. »Geben Sie mir die Nummer vom Forstamt«, fuhr er Dirk Köcher wütend an und knallte die Tür hinter sich zu.

Einen Moment später donnerte Josef Pfeils Stimme so gewaltig durchs Telefon, dass sich Frau Klingbeil fast am letzten Bissen ihres Frühstücks verschluckte. »Ich sagte Ihrem Kollegen bereits …«, stotterte sie.

Herr Waldvogel meldete sich wenige Minuten später von seinem Diensthandy. Kriminalhauptkommissar Pfeil brachte in energischem Ton sein Anliegen vor. Herr Waldvogel versprach, noch im Laufe des Vormittags sein Büro aufzusuchen und die Einsatzpläne der Forstarbeiter einzusehen.

»Na also, geht doch«, schnaufte Josef Pfeil zufrieden, nachdem er aufgelegt hatte.

# 33

Oberstaatsanwalt Klaus Bogenschütz war ins Akten-studium vertieft. Er saß am Schreibtisch auf seinem gepolsterten Oberstaatsanwaltssessel und bereitete sein Plädoyer für die Verhandlung eines Tötungs-deliktes am nächsten Tag vor. Der Täter, Renzo S., hatte seine Gattin Maria S. mit mehreren Messer-stichen getötet, nachdem er sie in flagranti beim Ehebruch mit Antonio L., einem Arbeitskollegen, ertappt hatte. Zornbebend vor Eifersucht war Renzo S. in die Küche geeilt und hatte zum Brotmesser ge-griffen. Dem Liebhaber war es noch gelungen, auf den Balkon zu flüchten, wo ihm der rasende Renzo R. das Brotmesser mit der langen geriffelten Klinge in die Brust rammte, worauf selbiger sterbend vom Balkon stürzte.

Oberstaatsanwalt Klaus Bogenschütz runzelte die Stirn und überlegte. Welches Strafmaß war in diesem Fall Tat und Schuld angemessen? Da drängte sich ein anderer Gedanke in seine Überlegungen! Die Weih-nachtsfeier seiner Abteilung stand bevor. Wo gab es Nikolauskostüme zu kaufen?

# 34

Josef Pfeils Telefon klingelte. Er stellte den weißen Kaffeebecher ab und legte seine Butterbrezel auf den Teller zurück. Herr Waldvogel rief an.

»Ich habe die Einsatzpläne durchgesehen und hätte jetzt die Namen der Mitarbeiter, die damals in der Nähe der Waldlichtung gearbeitet haben.«

»Sehr gut«, lobte Josef Pfeil.

»Ja, also, das wären der Herr Förster, der Herr Specht, der Herr Birk und der Herr Tanner.«

Josef Pfeil notierte sich die Namen. »Ich bräuchte noch die Adressen und Telefonnummern.«

»Moment.« Die Tastatur eines Computers klapperte. Langsam und umständlich rief Herr Waldvogel die Personaldaten der Mitarbeiter auf. Josef Pfeil überlegte, ob er sich die gewünschten Angaben per Mail durchgeben lassen sollte, verwarf diesen Gedanken jedoch rasch wieder. Er zückte seinen Kugelschreiber.

Kriminaloberkommissar Köcher hatte den morgendlichen Wutausbruch seines Kollegen Josef Pfeil noch immer nicht ganz verdaut. Er war verletzt. Er kannte das cholerische Temperament seines Kollegen, wusste, dass er dessen Verhalten nicht persönlich nehmen durfte. Doch sich derart von ihm anschnauzen zu lassen, nein, das musste er sich nicht bieten lassen. Dirk Köcher hob trotzig das Kinn und knirschte mit den Zähnen. Er griff entschlossen nach dem Telefonhörer. Doch erneut vertröstete ihn jemand. Nein, die technische Untersuchung des Wagens von Friedbert Hofbauer sei noch nicht abgeschlossen. Man habe schließlich noch anderes zu tun. Dirk Köcher legte auf. Eine Woge abgrundtiefer Traurigkeit überflutete ihn. Seine Augen wurden feucht. Er ließ die Schultern sinken, seufzte tief und vergrub das Gesicht in den Händen. Selbstmitleid drückte ihm aufs Herz. Er begann, die Fehlschläge und Niederlagen seines Lebens im Geiste aufzuzählen, die enttäuschten Hoffnungen und Erwartungen, die unerfüllten Wünsche. Die positiven Gedanken an all das Gute, das ihm widerfahren war, die Siege, die er errungen hatte, das Glück in mancher Lebenslage, waren blockiert durch negative Gedanken, die seine Gehirnwindungen verstopften.

Schritte näherten sich. Dirk Köcher fuhr hoch. Es sei Zeit, zum Mittagessen in die Kantine zu gehen, rief Kollege Josef Pfeil betont munter und machte eine auffordernde Kopfbewegung.

# 35

Waldemar Förster hatte bereits Feierabend und war zu Hause, als die Kommissare Josef Pfeil und Dirk Köcher an seiner Tür klingelten. Die Hagelschauer vom Vormittag hatten sich verzogen. Vereinzelt kämpfte sich ein blasser Sonnenstrahl durch dunkle Wolkenberge. Die Luft war feucht und kalt. Dirk Köcher hatte sich seinen grün-braun karierten Wollschal über Mund und Nase gezogen und zog fröstelnd die Schultern hoch. Josef Pfeil hatte seinen Schal im Büro vergessen. Sein Hals ragte nackt aus seinem Mantelkragen. Annegret hätte mit ihm geschimpft und behauptet, wenn sein Kopf nicht angewachsen wäre, hätte er den wohl auch noch vergessen!

Das kleine Haus, in dem Waldemar Förster wohnte, lag am Rand von Rappental am Ende einer Sackgasse. Gelblicher Putz bröckelte von der Fassade, von den ehemals weißen Sprossenfenstern blätterte der Lack. Das Gebälk des Dachstuhls war verzogen und leicht eingesunken. Ein bemooster Plattenweg führte durch den von einem grauen Lattenzaun umgrenzten Vorgarten.

Ungeduldig klingelte Kriminalhauptkommissar Pfeil ein zweites Mal. Ein Mann mittleren Alters öffnete die Tür. Waldemar Förster trug einen fleckigen dunkelgrauen Jogginganzug mit ausgebeulten Knien. Er trat zur Seite, um die Kommissare eintreten zu lassen. Auf dem Terrazzofußboden in dem schmalen Flur standen Gummistiefel und derbe Arbeitsschuhe aufgereiht. Blaue und grüne Arbeitskittel hingen an der Garderobe neben zwei dicken wattierten Winterjacken.

Waldemar Förster führte die Kommissare in sein Wohnzimmer. Ein hölzerner Couchtisch mit unzähligen Kratzern, auf dem sich Zeitungen stapelten, dahinter an der Wand ein dunkelbraunes Plüschsofa, daneben ein abgewetzter Ledersessel, ein Wohnzimmerschrank mit verstaubter Glasvitrine, vergilbte Gardinen vor den zwei kleinen Fenstern. An der Wand über dem Sofa ein gerahmtes Gobelinbild mit einer Gebirgslandschaft. Die Luft war abgestanden.

Waldemar Förster bat die Beamten, Platz zu nehmen. Josef Pfeil und Dirk Köcher ließen sich vorsichtig auf das ausgeleierte Sofa sinken. Ein muffiger Geruch stieg aus den Polstern auf. Staubkörnchen tanzten im Licht eines Sonnenstrahls, der durch das Fenster fiel. Dirk Köcher verspürte ein heftiges Kribbeln in der Nase. Waldemar Förster bot den Kommissaren etwas zu trinken an. Die lehnten dankend ab.

Josef Pfeil fixierte Waldemar Förster, der ihm gegenüber im Ledersessel Platz genommen hatte. Seine ganze Erscheinung wirkte, als hätte er sich seinem Schicksal ergeben. Hängende Augenlider über erloschenen grauen Augen, bläulich schimmernde Tränensäcke, hängende Mundwinkel. Sogar die Enden seines grau melierten Schnauzbarts hingen durch.

Waldemar Förster sah die Kommissare erwartungsvoll an. Er ahnte, warum sie gekommen waren. Josef Pfeil ergriff das Wort.

»Herr Förster, Sie und Ihre Kollegen waren an dem Nachmittag, als Herr Hofbauer getötet wurde, in der Nähe des Tatortes mit Baumfällarbeiten beschäftigt?«

Waldemar Förster nickte.

»Ist Ihnen etwas Verdächtiges aufgefallen?«

Waldemar Förster schüttelte den Kopf.

»Herr Förster, bitte denken Sie nach. War irgendetwas ungewöhnlich an diesem Tag?«

Wieder schüttelte Waldemar Förster stumm den Kopf.

»Auf dem Waldparkplatz soll ein weißer Kleinwagen geparkt haben. Haben Sie den Wagen gesehen und können Sie uns sagen, wem er gehört?«

»Hab kein Auto gesehen.«

»Waren außer Ihnen und Ihren Kollegen noch andere Personen im Wald?«

»Wer soll das gewesen sein?«

»Jogger, Spaziergänger.«

»Hab niemand gesehen.« Waldemar Förster knetete hilflos seine Hände.

»Herr Förster, wie wir erfahren haben, waren Sie

mit Gerlinde Hofbauer befreundet!«, warf Dirk Köcher ein.

Waldemar Försters Augen leuchteten auf. Er nickte und lächelte wehmütig.

»Sie waren ein Paar?«

»Bis der Alte Wind davon gekriegt hat!«

»Sie meinen Herrn Hofbauer?«

»Ja.«

»Was ist passiert, als er von Ihrer Beziehung zu seiner Tochter erfahren hat?«

»Er hat getobt und Gerlinde die Hölle heißgemacht!«

»Warum?«

Waldemar Förster ließ den Blick über sein bescheidenes Zuhause schweifen und seufzte. »Ich sei ein Habenichts, hat er gesagt. Wir könnten nach der Hochzeit mit den Hühnerläusen fliegen!«

»Wie bitte?« Dirk Köcher beugte sich auf dem Sofa vor und blickte Waldemar Förster verständnislos an.

»Ja, so sagt man halt bei uns auf dem Dorf, wenn das Geld zum Leben fehlt.« Waldemar Förster hielt einen Moment lang inne. Dann ergänzte er: »Dabei bin ich auch nicht auf der Brotsuppe dahergeschwommen! Meine Großeltern waren Flüchtlinge. Sie besaßen vor dem Krieg ein großes Gut in Ostpreußen.«

»Wie hat Gerlinde reagiert?«, unterbrach Josef Pfeil.

»Sie hat den windigen Harry geheiratet.« Waldemar

Förster lachte bitter und entblößte eine Zahnlücke in seinem Oberkiefer.

»Sie sind nicht gut auf Herrn Hofbauer zu sprechen?«

»Ich hätte ihm damals den Hals umdrehen können«, entfuhr es Waldemar Förster.

Kriminalhauptkommissar Pfeil räusperte sich: »Herr Förster, ich muss Sie das jetzt fragen. Haben Sie etwas mit dem Tod von Herrn Hofbauer zu tun.«

»Ich? Nein, wieso?« Waldemar Förster riss erschrocken die Augen auf. »Ich hab ihm nichts getan!«

»Sie haben ihn gehasst, weil er Ihre Beziehung zu seiner Tochter zerstört hat.«

»Aber das ist doch ewig lang her.« Waldemar Förster hob beschwichtigend seine schwieligen Hände.

»War Gerlinde Hofbauer damals wütend auf ihren Vater?«

»Und wie!«

»Gut, dann haben wir im Moment keine weiteren Fragen an Sie.« Kriminalhauptkommissar Pfeil machte Anstalten, sich zu erheben.

»Der Hofbauer hat sich immer als Ehrenmann aufgespielt, dabei hatte er selber Dreck am Stecken«, sagte Waldemar Förster nachdenklich und verzog verächtlich den Mund.

Kriminalhauptkommissar Pfeil ließ sich aufs Sofa zurücksinken. »Was meinen Sie damit?«

»Der Hofbauer saß lange im Gemeinderat. Ein neues Baugebiet wurde zufällig dort erschlossen, wo seine Äcker lagen!« Waldemar Förster lächelte vielsagend.

»Ah, ja«, sagte Kriminalhauptkommissar Pfeil matt.

»Einmal hat er nachts ein Reh überfahren. Und anstatt den Jagdpächter oder Förster anzurufen, hat er das Reh in den Kofferraum gepackt und anschließend als Sonntagsbraten verspeist. Die Gerlinde hat es mir verraten.«

»Hm«, machte Kriminalhauptkommissar Pfeil und wiegte den Kopf.

»Außerdem soll er Geld ins Ausland geschafft haben. Am Finanzamt vorbei, versteht sich!«

»Ach«, gab sich Kriminalhauptkommissar Pfeil erstaunt.

»Und mit der sogenannten ehelichen Treue hat er es auch nicht so genau genommen!«

Mit einem Ruck setzte sich Kriminalhauptkommissar Pfeil auf. »Was wissen Sie darüber?«

»Also, das haben Sie jetzt nicht von mir!«

Kriminalhauptkommissar Pfeil nickte ungeduldig.

»Einen Kurschatten hatte er.« Waldemar Förster lachte dröhnend und schlug sich mit der rechten Hand auf den Oberschenkel.

»Weiß man, wer die Frau war?«

»Nein, aber es soll eine aus der Stadt gewesen sein. So eine Vornehme!«

»Wusste seine Frau von dem Verhältnis?«

»Keine Ahnung. Aber dazu sag ich nur: Wer im Glashaus sitzt, sollte nicht mit Steinen werfen!«

»Was wollen Sie damit andeuten?«

»Na, der Siegfried kommt ganz nach dem alten Hofbauer. Aber der Friedbert, der ist halt arg aus der Art geschlagen, wenn Sie verstehen, was ich meine.« Waldemar Förster zwinkerte kurz mit dem rechten Auge und lächelte vielsagend.

# 36

Die Kommissare gingen über den bemoosten Plattenweg zu ihrem Dienstwagen. »Wohin jetzt?«, wollte
Dirk Köcher wissen.

»Wir befragen die Arbeitskollegen von Herrn Förster.« Josef Pfeil ging die Namen und Adressen durch.
»Herr Birk wohnt in Biberbach. Beginnen wir mit
ihm.«

Sie parkten vor einem hübschen, in einem zarten
Hellgelb gestrichenen Reihenhaus im Neubaugebiet
von Biberbach, gingen durch einen Vorgarten, vorbei
an einer Kinderrutsche und einer Schaukel. Neben
der Haustür standen kleine Gummistiefel in verschiedenen Farben. Ein hölzerner Schlitten lehnte
an der Hauswand. Sie klingelten.

Schritte näherten sich. Ein muskulöser junger
Mann öffnete die Tür. Er trug trotz der kalten Jahreszeit ein kurzärmeliges dunkelblaues T-Shirt mit dem
Aufdruck »I am the Boss« und eine verwaschene Jeans
mit modischen Löchern an den Knien. »Ja bitte?«,
fragte er misstrauisch und hob die Augenbrauen.

»Herr Birk?« Josef Pfeil setzte sein Dienstgesicht
auf.

»Wer will das wissen?«

»Guckt zu viele schlechte Krimis«, dachte Josef Pfeil verdrossen und stellte sich und seinen Kollegen vor.

»Was wollen Sie von mir?« Alexander Birk klang genervt.

»Wir ermitteln im Fall des getöteten Herrn Hofbauer und hätten ein paar Fragen an Sie.«

»Ich war's nicht!«

»Das hat auch niemand behauptet.«

Widerstrebend trat Alexander Birk einen Schritt zur Seite und ließ die Beamten eintreten. Kinderstimmen schallten durchs Haus. Alexander Birk führte sie durch einen schmalen Flur und öffnete die Tür zum Wohnzimmer. Dort herrschte Chaos!

Alexander Birks Nachwuchs hatte das Wohnzimmer in Beschlag genommen und in ein Schlachtfeld verwandelt. Der dunkelblaue Teppichboden war mit Spielzeug übersät. Vier kleine Kinder tobten durch den Raum. Ein etwa fünf Jahre alter Junge in Jeans und Ringelpulli benutzte das Sofa als Trampolin. Lachend und kreischend hüpfte er auf und ab, dass seine blonden Haare flogen und das Sofa bedenklich ächzte. Ein Baby mit dickem Windelpaket und rosa Schnuller, das etwas streng roch, saß auf dem Boden und zerriss genüsslich Berge von Papier. Ein Mädchen und ein Junge im Kleinkindalter stritten sich lautstark um ein Spielzeug.

»Aufhören! Sofort aufhören!«, befahl Alexander Birk seinem Nachwuchs energisch. Der blonde Junge auf dem Sofa hob kurz den Kopf und warf einen prüfenden Blick auf seinen Vater. Dann fuhr er fort, auf dem Sofa auf und ab zu hüpfen, dass die Federung kreischte.

Das streitende Geschwisterpaar zeigte sich vom väterlichen Machtwort ebenfalls völlig unbeeindruckt. Die Schwester im rosa Latzhöschen schlug ihrem sommersprossigen Bruder das Spielzeug an den Kopf, worauf selbiger sich revanchierte und sie kräftig an den Haaren zog.

»Schluss jetzt!«, ging Alexander Birk dazwischen und trennte die Streithähne.

Das Baby fühlte sich nicht angesprochen, schnullerte unbeeindruckt und zerriss weiter Berge von Papier.

Alexander Birk bat die Kommissare, Platz zu nehmen, und wies auf zwei grüne Plüschsessel.


Dirk Köcher balancierte zwischen Spielzeug hindurch Richtung Sessel und trat dabei versehentlich auf eine gelbe Quietschente. Das Baby blickte ihn empört an und streckte verlangend die Ärmchen aus. Schon verzog es ungeduldig das Gesicht. Dirk Köcher bückte sich und reichte dem Baby die Quietschente. Er wurde mit einem sonnigen Lächeln belohnt. Als er sich erleichtert in einen Sessel fallen ließ, bohrten sich Legosteine in sein Gesäß.

»Herr Birk, Sie und Ihre Kollegen haben sich in der Nähe der Waldlichtung aufgehalten, als Herr

Hofbauer getötet wurde«, begann Josef Pfeil die Befragung.

Das kleine Mädchen im rosa Latzhöschen krabbelte auf den Schoß seines Vaters und begann, eine Geschichte aus dem Kindergarten zu erzählen.

Kriminalhauptkommissar Pfeil räusperte sich. »Herr Birk, haben Sie am Tattag Personen im Wald beobachtet, die sich verdächtig verhalten haben?«

Der blonde Junge im Ringelpulli, dessen Sprungtechnik noch nicht ganz ausgereift war, plumpste mit dumpfem Schlag vom Sofa. Erschrocken riss er die Augen auf. Dann ertönte ein ohrenbetäubendes Gebrüll!

Alarmiert stürzte Frau Birk ins Zimmer. Zwei Strähnen ihres blonden Haars hatten sich aus ihrer silbernen Haarspange am Hinterkopf gelöst und hingen ihr ins Gesicht. Sie trug einen roten Rollkragenpulli zu ausgefransten Jeans und roten Birkenstocksandalen. »Was ist denn jetzt wieder passiert?«, rief sie entnervt und eilte zu ihrem brüllenden Sohn. Vorsichtig befühlte sie seinen Kopf. »Wird eine Beule geben«, stellte sie fest. »Kann man dich nicht fünf Minuten mit den Kindern allein lassen?«, fuhr sie ihren Mann an, der schuldbewusst den Blick senkte. Sie nahm ihren Sohn an der Hand und verschwand mit ihm Richtung Küche. Ein Schwall Bratenduft schwappte ins Zimmer.

»Herr Birk, bitte versuchen Sie, sich an den Tag zu erinnern, an dem Herr Hofbauer getötet wurde«, nahm Kriminalhauptkommissar Pfeil die Befragung wieder auf.

»Den Hofbauer habe ich kurz vor seinem Tod noch gesehen.«

»Ach!« Josef Pfeil horchte auf. »Bitte schildern Sie uns diese Begegnung in allen Einzelheiten.«

Alexander Birk zuckte die Schultern. »Was wollen Sie denn wissen?«

»Wann genau und wo haben Sie Herrn Hofbauer getroffen?«

»Ich bin nach der Mittagspause zu unserem Wagen gegangen, um eine Motorsäge zu holen, und da hab ich ihn getroffen.«

Der sommersprossige kleine Junge schob ein gro-ßes rotes Plastikauto über den Teppichboden und ahmte dabei laut Motorengeräusche nach.

»Wo genau haben Sie Herrn Hofbauer getroffen?«, hakte Josef Pfeil nach.

»Irgendwo auf dem Weg zu unserem Wagen. So genau habe ich mir das nicht gemerkt. Konnte ja nicht wissen, dass ich später danach gefragt werde.«

»Wo stand Ihr Wagen?«

»Auf dem Waldparkplatz.«

»Haben Sie mit Herrn Hofbauer gesprochen?«

»Nein, der hat sich mit seinem Sohn unterhalten.«

»Ach, sein Sohn war bei ihm?«

»Ja.«

»Konnten Sie hören, worüber die beiden sich unterhalten haben?«

»Nein. Sie haben aufgehört zu reden, als ich an ihnen vorbeiging.«

»Haben Sie die beiden zusammen auf der Waldlichtung gesehen?«

»Nein.«

»Da sind Sie sicher?«

»Ganz sicher!«

Das Baby krabbelte zu Dirk Köcher, zog sich mit klebrigen Fingern an dessen Hosenbeinen hoch und hielt ihm die gelbe Quietschente entgegen. Dirk Köcher saß stocksteif in seinem Sessel und lächelte hilflos.

»Ist Ihnen auf dem Waldparkplatz ein weißer Kleinwagen aufgefallen?«

»Dort parken immer irgendwelche Autos. Ob an dem Tag ein weißer Kleinwagen dabei war, weiß ich nicht.«

»Danke, Herr Birk, dann haben wir im Moment keine weiteren Fragen an Sie.«

Die Kommissare gingen schweigend zu ihrem schwarzen Dienst-SUV. Genossen die plötzliche Ruhe. Die Scheiben des Wagens waren mit einer hauchdünnen Eisschicht überzogen. Josef Pfeil stellte Heizung und Gebläse ein. Dirk Köcher hatte nach Feierabend noch ins Fitnessstudio gehen wollen. Er verwarf diesen Gedanken.

# 37

Oberstaatsanwalt Klaus Bogenschütz war glücklich! In einem großen Kaufhaus in der Innenstadt von Heiligenbrunn fand er nach langem Suchen ein Nikolauskostüm. Eine geduldige Verkäuferin war ihm behilflich.

»Kann man das Nikolauskostüm umtauschen, falls es nicht passt?«

»Nach Weihnachten nicht mehr!«

»Dann probiere ich das Nikolauskostüm am besten vorher an«, schlug Klaus Bogenschütz vor. Er legte seine dunkelblaue Daunenjacke ab, hängte sie über einen Kleiderständer und schlüpfte in das rote Nikolauskostüm, das wie ein Bademantel geschnitten war. »Viel zu groß!«, entschied er. »Haben Sie es nicht eine Nummer kleiner?«

»Nikolauskostüme sollten nicht zu eng anliegen, die trägt man eher locker«, beteuerte die Verkäuferin.

»Da pass ich ja zweimal rein«, befand Klaus Bogenschütz.

»Nikoläuse sind halt für gewöhnlich eher rundlich!« Die Verkäuferin musterte kritisch die schlanke Gestalt von Klaus Bogenschütz.

»Haben Sie Hoffnung, dass ich bis Weihnachten

noch zunehme?« Klaus Bogenschütz zwinkerte der Verkäuferin zu.

»Moment, ich seh mal im Lager nach, ob wir noch Nikolauskostüme in kleineren Größen haben!« Die Verkäuferin eilte davon.

Klaus Bogenschütz wartete. Er ließ den Blick über die zahlreichen Kunden schweifen, die mit gehetztem Blick auf der Jagd nach Weihnachtsgeschenken das Kaufhaus durchstöberten.

Zufrieden lächelnd kam die Verkäuferin zurück, unter dem Arm mehrere Nikolauskostüme. Klaus Bogenschütz probierte sie nacheinander an. Prüfend drehte er sich vor dem Spiegel.

»Guck mal, Mami, der Nikolaus!«, rief ein kleines Mädchen und zeigte mit dem Finger auf Klaus Bogenschütz. Die Angesprochene blickte kurz auf. Sie war auf der Suche nach einem Schlafanzug für ihren Schwiegervater, über den sich dieser alljährlich unbändig zu freuen pflegte

Klaus Bogenschütz entschied sich für ein elegantes Modell mit weißem Kunstpelzbesatz an der Kapuze. Er erkundigte sich nach dem Preis und erschrak.

»Eine Investition für die Zukunft!«, tröstete ihn die Verkäuferin.

»Klar«, sagte Klaus Bogenschütz. »Weihnachten kommt bekanntlich jedes Jahr!«

# 38

Harry Windig stand in der Küche und schnitt mit einem langen scharfen Messer einen Schweinebraten in portionsgerechte Scheiben. Er schwitzte in der überhitzten Küche und hatte die Ärmel seines blauweiß gestreiften Hemdes hochgekrempelt. Seine Hornbrille war ihm auf die Nasenspitze gerutscht.

Als Sohn eines Rechtsanwaltes und einer Religionslehrerin war Harry Windig behütet aufgewachsen. Sein Vater Manfred Windig, genannt Manne, hatte in Heidelberg Rechtswissenschaften studiert. In seiner vorlesungsfreien Zeit, und manchmal auch währenddessen, war er mit Jutebeutel und Birkenstocksandalen bei Demos mitmarschiert. Auf einer Studentenparty hatte der langmähnige und vollbärtige Manne dann Silke kennengelernt, die Theologie studierte. Die fand, Manne sehe aus wie ein »Reserveheiland«, und verpasste ihm zur Vervollständigung seines Outfits noch einen braunen Poncho aus Alpakawolle mit langen Fransen. Manne, dem es zuvor von der freien Liebe geträumt hatte, die aber mangels Chancen leider ein Traum geblieben war, fiel, seit er Silke kennen- und lieben gelernt hatte, ins Gegenextrem und pries nun mit Vehemenz die Vorzüge der Monogamie.

Manne und Silke waren fruchtbar und mehrten sich. Zusammen mit vier Kindern bewohnten sie ein gut gedämmtes und Energie sparendes Ökohaus in einem verschlafenen Vorort von Heiligenbrunn, das sie dank eines günstigen Kredites der örtlichen Sparkasse kaufen konnten. Manne arbeitete als Rechtsanwalt in einer kleinen Kanzlei, die sich auf Baurecht spezialisiert hatte. Bedeutendere Fälle, die ordentlich Honorar einbrachten, bearbeiteten allerdings seine Kollegen. Silke fand eine Teilzeitstelle als Religionslehrerin.

Die Kinder wurden antiautoritär erzogen und genossen viele Freiheiten. Manne war dafür, dass seine Kinder bewusst früh ihre eigenen Erfahrungen sammelten. Was dazu führte, dass Harry nicht einsah, warum er sich von seinen Lehrern Vorschriften machen lassen sollte und seine Schulbesuche auf das Nötigste reduzierte.

Nach der Schule absolvierte Harry eine Lehre als Versicherungskaufmann. Seine Eltern hätten sich gewünscht, dass er studierte. Harry liebäugelte kurz mit einem BWL-Studium, doch er kam zu dem Schluss, dass er mit dem Verkauf von Versicherungen schneller und bequemer zu Geld käme. Bei Kundenbesuchen trat er allerdings so übereifrig auf, dass sich seine potenziellen Kunden genötigt und gedrängt fühlten, ihn höflich vertrösteten und schnellstmöglich hinauskomplimentierten. Harry, der eine Vorliebe für Sportwagen der Marke Porsche hatte, war

daher stets in Geldnöten. Wenn er auf seine Geld-
probleme angesprochen wurde, pflegte er scherzhaft
zu antworten, er sei auf der Suche nach einer reichen
Erbin. In einer Disco in Heiligenbrunn traf er Gerlinde Hofbauer.

Gerlinde hatte nach ihrem Hauptschulabschluss
eine landwirtschaftliche Schule besucht. Von Kind auf
war sie ihren Eltern in den Stallungen zur Hand gegangen, später führte sie den Hofladen. Harry Windig
half ihr über ihre unglückliche Liebe zu Waldemar
Förster hinweg.

Gewohnt an bodenständige Verehrer vom Lande,
war Gerlinde vom smarten Harry, damals noch mit
vollen Haaren und ohne Bauchansatz, stark beeindruckt. Fasziniert hing sie an seinen Lippen, wenn
er ihr in leuchtenden Farben schilderte, wie er einst
durch Indien trampte. »Ein rollender Stein sammelt
kein Moos«, urteilte der alte Hofbauer lapidar. Und
Siegfried unkte: »Ohne Moos nix los!«, und schielte
neidisch aufs Harrys geleasten Porsche!

Harry fand Gerlinde etwas bieder und hausbacken.
Sie war zwar nett und mit ihren damals noch schulter-
langen blonden Haaren auch leidlich hübsch. Auch
sonnte er sich in ihrer Bewunderung. Doch sie war
nicht sein Typ. Doch angesichts ihrer vermögenden
Eltern war Harry zu Zugeständnissen bereit. »Schönheit vergeht, aber wüst bleibt wüst«, tröstete er sich.

Der Hofbauer war von seinem zukünftigen
Schwiegersohn alles andere als begeistert. »Ein

Windbeutel, der seinem Namen alle Ehre macht!«, warnte er seine Tochter. Doch die dachte nicht daran, sich ihren Harry ausreden zu lassen. »Wenn eine alte Scheune brennt!«, knurrte der Hofbauer verächtlich.

Während er weiter bedächtig den Braten aufschnitt, überdachte Harry Windig seine desolate finanzielle Situation. Sanft glitt das lange Messer durch das zarte Fleisch. Wann würde Gerlinde ihr Erbe ausbezahlt bekommen? Wie hoch würde ihr Erbteil ausfallen? Wenn Friedbert seinen Autounfall nicht überlebt hätte, gäbe es jetzt einen Erben weniger! Harry Windig hielt einen Moment lang inne und fuhr mit dem Finger prüfend über die scharfe Klinge des Messers.

# 39

Kriminalhauptkommissar Pfeil saß entspannt in der Badewanne. Nur seine Nasenspitze ragte aus dem weißen Schaum. Das heiße Wasser ließ seine rosige Haut aufquellen. Er seufzte wohlig. Genau das Richtige nach einem Tag wie diesem. Er versuchte, abzuschalten, konnte jedoch nicht verhindern, dass seine Gedanken um den Fall Hofbauer kreisten. Hatten die Zeugenaussagen sie weitergebracht? Er musste sich eingestehen, dass der entscheidende Hinweis nicht dabei gewesen war. Was übersah man in diesem Fall? Josef Pfeil beobachtete nachdenklich einige Wassertropfen, die von den mit Feuchtigkeit überzogenen Badfliesen herabflossen. Er wurde müde. Er schloss die Augen.

»Josef!« Es war Annegret, die nach ihm rief. Er stellte sich taub.

»Josef!«

Er seufzte resigniert.

»Jooosef!« Annegret gab nicht auf.

»Jaaa!«

»Wie lange brauchst du noch?«

»Warum?«

»Wir wollen zu Abend essen. Nachher kommt doch der Krimi im Fernsehen!«

»Bin gleich fertig!«

Josef Pfeil wuchtete sich aus der Wanne. Ein Schwall Wasser schwappte über den Rand der Badewanne auf die hellgrauen Fliesen. Er griff nach einem großen dunkelgrauen Badehandtuch und hüllte sich darin ein. Verharrte einen Moment. Begann dann, sich trocken zu rubbeln. Das nasse Haar klebte an seinem Kopf.

Im Schlafzimmer auf dem Bett fand Josef Pfeil den frischen Schafanzug, den Annegret für ihn bereitgelegt hatte. Befriedigt stellte er fest, dass es sein karierter Lieblingsschlafanzug war. Er schlüpfte hinein und knöpfte das Oberteil zu. Dann zog er seinen grünen Frotteebademantel an und streifte sich braune Wollsocken über die Füße. Im Wohnzimmer wartete Annegret auf ihn. »Du hast deine Haare nicht geföhnt. Du wirst dich erkälten«, mahnte sie besorgt.

Der Couchtisch im Wohnzimmer war für ein gemütliches Vesper eingedeckt. Brot und Butter, Wurst und Käse waren um Teller, Gläser und Besteck gruppiert. Die Flaschen mit Mineralwasser und Apfelsaft waren strategisch so platziert, dass sie den freien Blick auf den Fernseher nicht behinderten. In einem Windlicht aus gelbem Glas brannte ein Teelicht. Es war behaglich warm im Zimmer. Josef Pfeil warf einen Blick hinaus in den Garten. Über den kahlen Ästen des Apfelbaums war der Mond aufgegangen.

# 40

Mit seinem roten Nikolauskostüm unter dem Arm kehrte Oberstaatsanwalt Klaus Bogenschütz abends bestens gelaunt heim. Seine gute Laune verflog allerdings schlagartig, als er die Küche betrat und bemerkte, dass seine Ehefrau Susanne soeben dabei war, ein ayurvedisches Gericht nachzukochen, das sie in ihrem Kochkurs gelernt hatte. »Ananas auf Curry-Reis«, verkündete sie stolz.

Klaus Bogenschütz fiel der Kiefer herunter. Kein Wurstsalat an diesem Abend! Susanne bemerkte seine Enttäuschung und fügte beschwichtigend hinzu: »Zu den Zutaten dieses Gerichtes gehören eigentlich noch Kokosflocken. Die habe ich aber weggelassen, weil ich weiß, dass du keine Kokosflocken magst!«

»Kotz«, dachte Klaus Bogenschütz.

Tochter Lisa und Sohn Felix kamen aus ihren Zimmern. Zeit fürs Abendessen. »Was soll das denn sein?«, maulte Felix und stocherte lustlos in seinem Reis.

»Probier erst mal!«, ermunterte ihn Susanne.

Felix nahm einen Bissen. Kaute, zog die Mundwinkel nach unten.

»Also mir schmeckt es!«, verkündete Susanne betont fröhlich. »In der ayurvedischen Küche …«

Lisa verdrehte die Augen. »Wir wissen Bescheid!«, bremste sie ihre Mutter aus.

Klaus Bogenschütz aß klaglos seinen Teller leer. Was es in dieser Angelegenheit zu sagen gab, hatten seine Kinder bereits gesagt. In dieser Beziehung kamen sie ganz nach ihm. Er sah aus dem Fenster. Über der Hecke, die den Garten umgrenzte, war der Mond aufgegangen.

# 41

Kriminaloberkommissar Dirk Köcher hatte sich in der Mikrowelle Spagetti aufgewärmt, die ihm seine Mutter in einer Tupperschüssel mitgegeben hatte. Jetzt lag er auf der Couch in seiner kleinen Dachgeschosswohnung und sah sich im Fernsehen einen Katastrophenfilm an. Milde belächelt von seinen Mitmenschen, kämpfte der einsame Held des Films verzweifelt um die Rettung der Welt. Eine kleine Verschnaufpause verschafften ihm Werbeblöcke, die den Film regelmäßig unterbrachen. Mit Ausnahme der Werbung für Slipeinlagen bei Inkontinenz, Gebisshaftcreme und Tabletten gegen Vergesslichkeit flimmerten gutgelaunte Nikoläuse über den Bildschirm, die ihre Gaben anpriesen.

Dirk Köcher kam ins Grübeln. Was sollte er seinen Eltern dieses Jahr zu Weihnachten schenken? Sie behaupteten natürlich stets, nichts zu brauchen. Und wahrscheinlich war das auch so. Letztes Jahr hatte er seiner Mutter einen Pullover geschenkt, einen dunkelblauen, flauschigen Kaschmirpullover, und er hatte sogar die richtige Größe erwischt. Seine Mutter hatte das gute Stück ordentlich bewundert und sich überschwänglich bedankt. Um den Pullover nach

Weihnachten im hintersten Winkel des Schranks zu verstauen. Noch schwieriger war es, für seinen Vater ein Geschenk zu finden. Der Klassiker war sein Lieblingsrasierwasser. Brauchbar waren auch Schlafanzüge. Denn man konnte schließlich nie wissen, ob man überraschend ins Krankenhaus musste. Dirk Köcher seufzte ratlos.

Während der Held des Films fortfuhr, die Welt zu retten, schweiften Dirk Köchers Gedanken ab. Er würde Weihnachten bei seinen Eltern verbringen. An Heiligabend stand wie gewöhnlich ein Kirchgang an. Für den ersten Weihnachtsfeiertag hatte sich seine Schwester mit Familie angesagt. Es würde gefüllten Truthahn mit Knödeln und Salat zum Mittagessen geben, zum Nachtisch Eis mit heißer Himbeersauce. Kaffee und Kuchen am Nachmittag. Die Kinder würden unter dem Christbaum ihre Geschenke auspacken. Apropos Christbaum! Er würde eine Tanne besorgen müssen. Siegfried Hofbauer verkaufte Tannen! Er blickte nachdenklich aus seinem Dachfenster. Der Mond war aufgegangen.

# 42

Friedbert Hofbauer lag in seinem Krankenhausbett im Erdgeschoss des Klinikums von Heiligenbrunn. Er hatte einen neuen Bettnachbarn bekommen, einen jungen Mann, etwa im selben Alter wie er. Damit hatten sich die Gemeinsamkeiten allerdings auch schon. Roland, genannt Ronny, war Mechatroniker und redete ausschließlich über Autos und Fußball. Wenn Ronny ausnahmsweise mal nicht redete, hatte er sein Smartphone in der Hand und Stöpsel in den Ohren. In diesen raren Momenten versuchte Friedbert, sich auf die großen philosophischen Fragen der Menschheit zu konzentrieren. Doch die Medikamente, die er bekam, machten ihn müde.

Zwei Studienkollegen hatten Friedbert heute besucht. Die Unterhaltung mit ihnen hatte ihn angestrengt. Kaum waren sie gegangen, klopfte es kräftig an die Tür und vier Kumpels von Ronny aus dem Fußballverein polterten geräuschvoll ins Zimmer. Ohne die Stimme zu dämpfen, lachten und redeten sie über eine Stunde lang durcheinander. Gelegentlich warfen sie neugierige Blicke auf Friedbert, den absoluten Spinner, wie Ronny ihnen vertraulich zuraunte.

Die Nachtschwester machte ihre Runde und fragte, ob noch Schmerzmittel oder ein Schlafmittel benötigt wurden. »Soll ich das Fenster schließen?«

Friedbert, dessen Bett am Fenster stand, schüttelte den Kopf. »Wir brauchen frische Luft«, erklärte er. Die Schwester nickte und zog die grünen Vorhänge zu. Sie wünschte eine gute Nacht und verließ das Zimmer. Friedbert blickte zum Fenster. Als die Vorhänge sich im leichten Luftzug bauschten sah er: Der Mond war aufgegangen.

# 43

Der schwarze Dienst-SUV war zur Inspektion. Kriminalhauptkommissar Pfeil und Kriminaloberkommissar Köcher stiegen in einen dunkelgrünen Volvo. Sie waren auf dem Weg zu Patrick Specht und Dietrich Tanner, den beiden Forstarbeitern, die sich am Tattag ebenfalls in der Nähe der Waldlichtung aufgehalten hatten. Vorausgegangen war ein Telefongespräch mit dem für die Einsatzpläne der Forstarbeiter zuständigen Förster Waldvogel.

»Herr Specht und Herr Tanner arbeiten heute im Gewann Bodenfeld.«

»Ah, und wo da genau?«

Man konnte förmlich hören, wie in Herrn Waldvogels Kopf die Gehirnwindungen ratterten in dem angestrengten Bemühen, Kommissar Pfeil den Weg zu erklären.

»Also, von Bodenfeld kommend fahren Sie ...«

Bereits nach der ersten Abzweigung hatte Josef Pfeil den Faden verloren. Und während Herr Waldvogel unaufhörlich Wege, Kreuzungen und Kurven aufzählte, überlegte Josef Pfeil, dass es vielleicht doch sinnvoller wäre, die Herren Specht und Tanner nach deren Feierabend zu Hause aufzusuchen.

Als es am anderen Ende der Leitung verdächtig still wurde und keine Gegenfragen mehr kamen, wurde Herr Waldvogel misstrauisch und beendete seine Ausführungen. »Da fällt mir ein, kennen Sie die Grill-hütte? Dort ganz in der Nähe arbeiten Herr Specht und Herr Tanner heute.«

»Hätte er auch gleich sagen können!«, dachte Josef Pfeil verdrossen. Laut sagte er: »Ja, die kenn ich! Vielen Dank, Herr Waldvogel!«

# 44

Die Verhandlung fand um 9.30 Uhr im großen Sitzungssaal statt. Oberstaatsanwalt Klaus Bogenschütz trank einen letzten Schluck Kaffee, zwinkerte Jessie zu und eilte davon. Die Zuschauerreihen im großen Sitzungssaal waren bis auf den letzten Platz mit jungen Leuten besetzt. Neben seinem Anwalt saß lammfromm der angeklagte Teenager Ali Ö.

Oberstaatsanwalt Klaus Bogenschütz zog seine schwarze Robe an und setzte sich. Der Vorsitzende eröffnete die Verhandlung: »Zum Aufruf kommt die Sache ...«

Zum Tatvorwurf befragt, erklärte Ali Ö. mit Unschuldsmiene, er habe friedlich mit seinen Kumpels auf der Straße gestanden, als plötzlich und unerwartet jemand in sein Messer fiel!

Zeugen wurden vernommen. In den Zeugenstand trat ein junger Mann mit Basecap, der vom Vorsitzenden ausführlich befragt wurde. Anschließend wandte sich der Vorsitzende an Klaus Bogenschütz: »Herr Oberstaatsanwalt, haben Sie noch Fragen?«

»Ja, ich habe nur eine Frage: Herr Zeuge, frieren Sie am Kopf?«

Zack war die Basecap unten!

»Danke, Herr Vorsitzender, ich habe keine Fragen mehr.«

# 45

Josef Pfeil und Dirk Köcher passierten Bodenfeld und folgten der Landstraße bis zu einem schmalen, unasphaltierten Waldweg, in den sie einbogen. Die Räder des Volvos holperten geräuschvoll über den hart gefrorenen Boden. Dirk Köcher umklammerte das Lenkrad fester.

Schwere landwirtschaftliche Fahrzeuge hatten tiefe Spurrillen in den Waldweg gefräst, in denen die Räder des Volvos fast versanken. Der Wagen schlingerte, die Federung ächzte. Josef Pfeil wurde auf dem Beifahrersitz heftig durchgeschüttelt. Seine rechte Hand umkrampfte den Haltegriff. »Wir sollten umkehren!«, schlug er besorgt vor. »Hier kommen wir nicht weiter!« Dirk Köcher nickte. Suchte nach einer geeigneten Stelle zum Wenden. Fand keine. Ein knirschendes Geräusch am Wagenboden, dann saß der Volvo fest. Dirk Köcher gab Gas. Die Räder des Fahrzeugs drehten durch. Er legte den Rückwärtsgang ein. Erfolglos! »Scheiße«, sagte Josef Pfeil.

Widerstrebend stiegen die Kommissare aus dem Volvo. »Versuchen Sie, mich anzuschieben«, schlug Josef Pfeil vor. »Vielleicht machen sich ja die Kosten Ihres Fitnessstudios endlich einmal bezahlt!« Er setzte sich ins Auto und ließ entschlossen den Motor an. Legte den Rückwärtsgang ein und gab leicht Gas. Die Räder drehten durch. Steinchen, Laub und trockenes Geäst wirbelten durch die Luft. Dirk Köcher sammelte all seine Kraft und versuchte, den Volvo anzuschieben. Das Blut stieg ihm zu Kopf, rauschte in seinen Ohren. Er keuchte und schnaufte. Doch der Wagen bewegte sich keinen Zentimeter. Enttäuscht schaltete Josef Pfeil den Motor aus. »Nix zu machen! Wir müssen unsere Dienststelle anrufen, damit sie uns einen Abschleppwagen schicken.«

Die Morgensonne brach durch die Baumwipfel und brachte den Raureif auf Ästen und Zweigen zum Glitzern. Sonnenstrahlen fielen zwischen den Baumstämmen hindurch auf den in Dunst gehüllten Waldboden. Josef Pfeil und Dirk Köcher hatten jedoch keinen Blick für die Schönheit dieses Morgens, rochen nicht den frischen, harzigen Duft, den der Wald verströmte. Josef Pfeil verschwand zum Pinkeln hinter einem Baum.

»Wo bleiben die denn?« Josef Pfeil blickte auf seine Uhr. Er rieb sich ungeduldig die kalten Hände und stampfte mit den Füßen. Wieder einmal trug er keine Einlegesohlen in seinen Schuhen. Davon bekäme er im Büro Schweißfüße, hatte er zu Annegret gesagt. Und die hatte es längst aufgegeben, ihn überreden zu wollen, wenn er auf stur schaltete. Dirk Köcher hätte gerne eine Zigarette geraucht, wusste jedoch, dass Rauchen im Wald nicht erlaubt war. Er hatte ein schlechtes Gewissen, weil er am Steuer gesessen hatte, als der Wagen aufsaß.

Mit hochgezogenen Schultern und dampfendem Atem standen die Kommissare frierend neben ihrem gestrandeten Fahrzeug. Machten ein paar Schritte. Josef Pfeil schnäuzte sich in sein Taschentuch, wischte sich über die tränenden Augen. Schließlich flüchteten beide ins Wageninnere, wo sich noch eine gewisse Restwärme erhalten hatte.

Endlich waren aus der Ferne Motorengeräusche zu hören. Ein großer Abschleppwagen näherte sich.

Der Fahrer, ein junger Mann in blauer Arbeitsmontur, sprang vom Trittbrett. Er warf einen prüfenden Blick auf den Volvo. Ein Routineeinsatz! Im Stillen fragte er sich, was diese beiden gut gekleideten Herren um diese frühe Morgenstunde im Wald zu suchen hatten. Aber es ging ihn nichts an. Er grinste breit. »Na, dann wollen wir mal!« Dirk Köcher hielt den Blick gesenkt und fixierte seine Schuhspitzen.

»Den kriegen wir wieder flott!«, versicherte der junge Mann zuversichtlich und zeigte auf den Volvo. Mit geübten Händen befestigte er ein Abschleppseil am Heck des Volvos. Dann sprang er zu seinem Abschleppwagen, kletterte hinein und legte den Rückwärtsgang ein. Vorsichtig gab er Gas. Ein Ruck ging durch den Volvo, begleitet von einem erbärmlichen Kreischen. »Der Auspuff ist hin!«, dachte Josef Pfeil resigniert.

»So, das hätten wir!«, sagte der junge Mann

zufrieden, nachdem er dem Volvo noch vorsorglich über die tiefsten Spurrillen des Waldwegs hinweg geholfen hatte. Er zückte einen Formularblock. »Unterschreiben Sie bitte!« Josef Pfeil blickte angestrengt durch seine beschlagenen Brillengläser und setzte mit klammen Fingern seine Unterschrift unter ein Formular. Der junge Mann nickte dankend, wünschte noch einen schönen Tag und fuhr davon.

# 46

Kriminalhauptkommissar Pfeil drehte die Heizung in seinem Büro bis zum Anschlag hoch. Er war bis auf die Knochen durchgefroren. Trank bereits die zweite Tasse Kaffee, um sich aufzuwärmen. Sein Herz flatterte heftig, doch ihm war noch immer kalt. Das Telefon auf seinem Schreibtisch läutete. Er nahm ab und erfuhr das Ergebnis der technischen Untersuchung von Friedbert Hofbauers Wagen. Keine Fremdeinwirkung! Die Bremsen des alten Golfs waren defekt gewesen. Mangelnde Wartung! Josef Pfeil atmete erleichtert auf. Kein Anschlag!

»Wie ich höre, haben Sie heute eine kleine Landpartie gemacht!«, scherzte Oberstaatsanwalt Klaus Bogenschütz, als Josef Pfeil ihn über das Ergebnis der technischen Untersuchung unterrichtete.

# 47

Friedbert Hofbauer verabschiedete sich von seinem Bettnachbarn Ronny, nahm seine Entlassungspapiere entgegen und verließ an Krücken humpelnd das Klinikum Heiligenbrunn. Seine Mutter holte ihn ab und verfrachtete ihn ins Auto. Ihr Bertl fuhr mit ihr nach Hause. Auf dem Hof war er ihrer Ansicht nach vorerst am besten aufgehoben. Dort konnte sie für ihn sorgen, bis er völlig wiederhergestellt war.

Apoll war nicht zu halten, als das Auto auf den Hof fuhr. Mit riesigen Sätzen stürmte er herbei, umrundete den Wagen, wedelte mit dem Schwanz und begrüßte Friedbert stürmisch. Gerlinde küsste ihren Bruder auf die Wange. »Na, wie geht's dir?«

»Große Sprünge kann ich noch nicht machen!« Friedbert zuckte lächelnd die Schultern und zeigte auf seine Krücken.

»Wird schon«, tröstete Gerlinde, »nur Geduld!«

Mutter und Schwester geleiteten Friedbert ins Haus, wo auf dem Sofa Kissen und Decken auf ihn warteten. In seinem Krankenhausbett hatte er sich stark gefühlt, jetzt war er völlig erschöpft.

»Wir kriegen dich schon wieder auf die Beine«, sagte die Hofbäuerin aufmunternd. Sie liebte es, ihren

Jüngsten zu bemuttern. Und Friedbert seinerseits ließ sich ihre Fürsorge gerne gefallen.

# 48

Die Familie saß gemeinsam am Mittagstisch. Die Hofbäuerin schöpfte ihrem Bertl Nudelsuppe in den Teller. Schenkte ihm ein Glas Mineralwasser ein. »Schmeckt's dir, Bertl?«

Bertl nickte.

»Du bist ja ganz dünn geworden. Sie zu, dass du wieder zu Kräften kommst! Du kennst doch den Spruch: Ein leerer Sack bleibt nicht stehen!«

Bertl nickte ergeben und kaute lustlos.

Siegfried hing über dem Tisch, den Kopf über den Teller gebeugt, und löffelte schweigend seine Suppe. Ihm schwoll langsam der Kamm! Aus Friedbert würde nie ein richtiger Mann werden.

»Eine brotlose Kunst«, hatte der Hofbauer geschimpft, als Friedbert ihm nach dem Abitur eröffnet hatte, er wolle Philosophie studieren. »Was macht eigentlich ein Philosoph den ganzen Tag?«

»Er sitzt unter einem Baum und denkt nach«, spottete Siegfried.

»Hä?«

Siegfried lächelte belustigt, als er an dieses Gespräch zurückdachte. Er warf einen Blick auf die weichen, gepflegten Hände seines Bruders. Undenkbar, dass diese Hände eine Mistgabel hielten oder eine Axt schwangen. Dafür glitten die langen schlanken Finger elegant über die Tasten eines Klaviers.

Siegfried spielte Gitarre und sang dazu. Nicht schön, sondern laut! Er spielte und sang nicht, weil er musikalisch war, sondern weil er gern im Mittelpunkt stand und sich die Mädchen um ihn scharten, wenn er zur Gitarre griff. Friedbert hingegen schien förmlich mit dem Klavier zu verschmelzen.

Mit Mädchen tat sich der schüchterne Friedbert schwer. Zu Schulzeiten hatte er sich einmal mit Gerdi Müller getroffen, die derzeit im Hirsch in Bodenfeld als Bedienung arbeitete und von einer großen Karriere als Barfrau träumte. Friedbert hatte ihr stundenlang Gedichte vorgelesen, was dazu führte, dass die gelangweilte Gerdi auf weitere Treffen mit Friedbert gerne verzichtete.

»Nächste Woche muss Friedbert zum Verbandswechsel ins Klinikum«, verkündete die Hofbäuerin.

»Ich kann ihn fahren!«, schlug Harry Windig vor, der soeben mit seinem Aktenkoffer in der Hand die Küche betrat.

# 49

Bereits zum zweiten Mal an diesem Tag machten sich Kriminalhauptkommissar Pfeil und Kriminalober-kommissar Köcher auf den Weg zu den beiden Forst-arbeitern Sebastian Specht und Jochen Tanner. Es war inzwischen später Nachmittag. Die bleiche Sonne verblasste hinter einer geschlossenen Wolkendecke. Leichter Wind kam auf und brachte die kahlen Äste der Bäume zum Schwingen. Josef Pfeil gähnte. Die Wärme im Auto machte ihn schläfrig. Dirk Köcher warf ihm einen raschen Seitenblick zu. Auch er war müde. »Wen nehmen wir uns zuerst vor?«, fragte er.

Sebastian Specht wohnte noch bei seinen Eltern in einem alten Fachwerkhaus im Ortskern von Boden-feld. Ein braun gestrichener Jägerzaun umschloss den kleinen Vorgarten. Die hohe Tanne vor dem Haus war mit Lichterketten geschmückt. Ein Kiesweg führte durch den Vorgarten. Der Kies knirschte leise unter den Schritten von Josef Pfeil und Dirk Köcher, als sie zum Eingang des Hauses gingen. Eine Amsel, die sich frierend unter einer Hecke verkrochen hatte, flog schimpfend auf.

Dirk Köcher klingelte. Es blieb still im Haus. Un-geduldig klingelte Dirk Köcher ein zweites Mal.

»Ja, ja, ich komm ja schon«, ertönte eine resignierte weibliche Stimme. Gleich darauf wurde die Tür einen Spalt breit geöffnet. Eine magere, etwas verhärmt aussehende Frau mittleren Alters mit schmalem Gesicht und kinnlangem, glattem braunen Haar musterte die Kommissare misstrauisch.

»Frau Specht?«

Sie nickte. Wartete.

Die Kommissare stellten sich vor. »Wir hätten gerne mit Ihrem Sohn Sebastian Specht gesprochen. Ist er zu Hause?«

»Ja, er ist in seinem Zimmer.«

»Dürfen wir reinkommen?« Josef Pfeil machte entschlossen einen kleinen Schritt auf sie zu.

Frau Specht gab widerstrebend die Haustür frei und ließ die Kommissare eintreten. In dem engen Flur mit dem hohen Buntglasfenster, durch das milchiges Licht einfiel, roch es nach Bohnerwachs.

»Was wollen Sie von meinem Sohn?«

Josef Pfeil ignorierte die Frage. »Würden Sie bitte Ihren Sohn rufen!«

»Er hat nix getan!«

»Frau Specht! Bitte!«

Frau Specht in ausgebeulten Jeans und blauem Schlabberpulli lehnte sich an das hölzerne Treppengeländer, reckte den Kopf Richtung Obergeschoss und rief: »Basti!«

Von oben war laute Musik zu hören. Aggressiv und disharmonisch! »Bastiii!«

»Er hört nix«, entschuldigte sich Frau Specht und begann, die Treppe in den ersten Stock hochzusteigen. »Bastiii!« Eine Tür ging auf und ein Schwall Musik schwappte heraus. Josef Pfeil verzog genervt das Gesicht. »Basti, komm runter, die Polizei ist hier!«

Die Musik verstummte. Ein schlaksiger junger Mann erschien am oberen Treppenabsatz.

»Die Polizei will mit dir sprechen!« Frau Specht blickte ihrem Sohn argwöhnisch entgegen.

Betont lässig schlenderte Sebastian Specht die Treppe herab. Eine Strähne seines blonden Haars hing ihm in die Stirn und fiel über sein linkes Auge. Abwartend blickte er die Kommissare an.

»Herr Specht, wie Sie wahrscheinlich schon gehört haben, führen wir Ermittlungen im Todesfall Hofbauer durch«, eröffnete Josef Pfeil das Gespräch. Wie uns bekannt ist, haben Sie sich am Tattag ganz in der Nähe des Tatortes aufgehalten.«

»Ich war es nicht!« Panik flackerte in Sebastian Spechts blauen Augen auf. Breitbeinig stand er vor den Kommissaren und verschränkte die Arme vor der Brust.

»Das haben wir auch nicht behauptet«, beruhigte ihn Josef Pfeil. »Wir suchen nach eventuellen Zeugen.«

»Ich hab nix gesehen!«

»Bitte denken Sie genau nach. Jede Kleinigkeit, die Ihnen vielleicht unbedeutend erscheint, könnte uns helfen!«

Sebastian Specht zog die Nase hoch, strich sich eine Haarsträhne aus dem Gesicht und tat, als denke er angestrengt nach.

»Wahrscheinlich überlegt er, wie er uns schnellstmöglich wieder loswird«, mutmaßte Dirk Köcher im Stillen. »Könnten wir kurz Platz nehmen, um uns zu unterhalten?«

Mutter und Sohn reagierten nicht. »Oder möchten Sie lieber auf dem Präsidium eine Aussage machen?«, wandte sich Josef Pfeil an Sebastian Specht. Augenblicklich erwachten Mutter und Sohn aus ihrer Erstarrung.

Zögerlich geleitete Frau Specht die Herren Kommissare ins Wohnzimmer. Der Sohn folgte widerstrebend. Der Raum war überraschenderweise topmodern eingerichtet, ein absoluter Widerspruch zum Ambiente des alten Fachwerkhauses. Unter einem deckenhohen, weiß furnierten Regal thronte ein Flachbildfernseher mit überdimensionalem Bildschirm. Im Regal standen neben Koch- und Backbüchern überwiegend Werke von Rosamunde Pilcher und Barbara Cartland, garniert mit bunten Porzellanfiguren. Auf einigen gerahmten Familienfotos waren lachende Babys und ernst blickende ältere Herrschaften abgebildet. Vor den Fenstern blühten weiße und rosa Orchideen. Eine graublaue Couchgarnitur gruppierte sich um einen rechteckigen Glastisch, den ein Adventskranz mit roten Kerzen und goldener Schleife schmückte. Es war kühl im Raum.

Das Leder der Sitzgruppe quietschte vernehmlich,

als die Kommissare Platz nahmen. Mutter und Sohn blieben abwartend stehen.

»Also«, begann Josef Pfeil an Sebastian Specht gewandt, »bitte versuchen Sie, sich zu erinnern. Ist Ihnen an dem Dienstag, als Herr Hofbauer starb, irgendetwas aufgefallen? War etwas anders als sonst? Haben Sie jemanden gesehen?«

Sebastian Specht schüttelte stumm den Kopf.

»Bestand Sichtkontakt zu Ihren Kollegen, während Sie arbeiteten?«

»Nein, wir haben uns nicht dauernd angeguckt.«

Dirk Köcher verkniff sich das Lachen und Josef Pfeil formulierte seine Frage um.

»Waren Sie und Ihre drei Kollegen den ganzen Nachmittag beisammen?«

»Ja, klar!«

»Die Kollegen haben sich den ganzen Nachmittag in Ihrer Nähe aufgehalten?«

»Ja.«

»Da sind Sie sich sicher?«

»Klar.«

»Ihr Kollege Alexander Birk hat ausgesagt, er sei kurz zum Waldparkplatz gelaufen, um ein Werkzeug aus dem Wagen zu holen.«

»Kann sein!«

»Eine Zeugin hat angegeben, dass auf dem Waldparkplatz ein weißer Kleinwagen stand. Ist Ihnen der Wagen auch aufgefallen oder wissen Sie, wem das Auto gehören könnte?«

Sebastian Specht dachte kurz nach. Dann hellte sich seine Miene auf. »Diana!«

»Wem?«

»Der Diana vom Forstamt. Die parkt manchmal da!«

»Wie heißt diese Diana mit Nachnamen, wissen Sie das?«

»Wiesner, sie heißt Diana Wiesner.«

»Und was für ein Auto fährt Frau Wiesner?«

»Einen weißen Fiat Punto.«

# 50

Josef Pfeil kramte seinen Haustürschlüssel aus der Tasche, doch Annegret hatte ihn bereits kommen hören und öffnete ihm die Tür.

»Siehst müde aus! Schweren Tag gehabt?«

Er nickte nur. Annegret wusste, dass sie ihn jetzt nicht mit Fragen bestürmen durfte und verschwand in der Küche.

Josef Pfeil schlüpfte in seine Filzpantoffeln und ging ins Bad, wo er sich gründlich die Hände wusch und diese anschließend vor dem Abtrocknen so schwungvoll schüttelte, dass Wassertropfen auf die Wandfliesen bis hoch zum Spiegel spritzten.

Annegret hantierte in der Küche. Geschirr klapperte. Sie hatte Suppe gekocht. Maultaschen in der Brühe. Genau das Richtige an diesem kalten Tag. Josef Pfeil schlurfte mit müden Schritten ins Wohnzimmer und ließ sich aufatmend aufs Sofa fallen. Er griff zur Fernbedienung und schaltete den Fernseher ein.

Annegret balancierte ein Tablett mit dampfender Suppe ins Wohnzimmer und stellte es auf dem Couchtisch vor Josef Pfeil ab. Er hob den Löffel, tauchte ihn in die würzige Brühe und hielt einen Moment inne, bevor er ihn zum Mund führte. Annegret beobachtete ihn. Die Suppe schien ihm zu schmecken.

Annegret räumte in der Küche die Spülmaschine ein. Leises Schnarchen drang aus dem Wohnzimmer. Im Fernsehen lief eine politische Sendung. Annegret schlich sich ins Wohnzimmer, ließ sich leise in ihrem Sessel nieder, griff zur Fernbedienung und schaltete um.

# 51

Dirk Köcher erhitzte eine Lasagne in der Mikrowelle. Eine schöne heiße Dusche hätte ihm jetzt gutgetan, doch die Vorstellung, anschließend gründlich die Dusche putzen und trocken reiben zu müssen, schreckte ihn ab. Dafür war er heute definitiv zu müde!

Dirk Köcher hatte erst wenige Bissen von seiner Lasagne gegessen, als sein Handy klingelte. Er blickte auf das Display. Seine Mutter!

»Hallo, Mama!«

»Hallo, Dirk, bist du schon daheim?«

»Ja, vorhin gekommen.«

»Was machst du?«

»Ich will gerade etwas essen.«

»Du, horch, wir haben noch keinen Weihnachtsbaum. Müllers steht schon seit fast einer Woche draußen auf ihrem Balkon.«

»Ja, Mama!«

»Nicht, dass die schönsten Bäume schon weg sind!«

»Der Verkauf fängt doch gerade erst an.« Dirk Köcher seufzte resigniert.

»Stell dir vor, wer wieder ein Kind kriegt!«

»Weiß nicht!«

»Die Nicole!«

»Ach!«

»Die hatte doch mal ein Auge auf dich geworfen, da kannst du mir erzählen, was du willst! Das hat jeder gemerkt, außer dir. War ein nettes Mädchen. Ihr Vater ist Abteilungsleiter beim Liegenschaftsamt.«

»Ich weiß«, entgegnete Dirk Köcher unbehaglich.

»Nicoles Mann ist Geschäftsführer einer Bankfiliale.«

»Aha.«

»Nicole hat es nicht schlecht getroffen.«

»Gut!«

»Wenn das mit euch was geworden wäre, hättest du vielleicht jetzt auch bald das zweite …«

»Mama!«

»Ich mein ja nur!«

Dirk Köcher stocherte lustlos in seiner Lasagne. Sie war inzwischen kalt. Aber ihm war eh der Appetit vergangen!

# 52

Oberstaatsanwalt Klaus Bogenschütz saß in seinem Büro, trank bereits die zweite Tasse Kaffee an diesem Morgen und las die Zeitung. Gleich auf der ersten Seite der Heiligenbrunner Stimme prangte in dicken schwarzen Lettern: **Mord an Johannes H. Polizei tappt im Dunkeln!**

Stirnrunzelnd las Klaus Bogenschütz weiter: Noch immer keine heiße Spur im Fall des ermordeten Großbauern Johannes H. aus Bodenfeld. Auf Nachfrage hieß es seitens der Polizei lediglich, man ermittle in alle Richtungen.

Bereits am Vortag hatte sich Klaus Bogenschütz über die Presse ärgern müssen. Ein Boulevardblatt hatte reißerisch verkündet: **Serienmörder treibt sein Unwesen in Bodenfeld. Wann schlägt er wieder zu?** In der Bevölkerung wachse die Angst und damit der Druck auf die Polizei, den Täter zu fassen.

Oberstaatsanwalt Klaus Bogenschütz seufzte und legte die Zeitung weg. Er würde sich am Nachmittag von Kriminalhauptkommissar Pfeil auf den neuesten Stand der Ermittlungen bringen lassen. Er griff sich die Akte seines aktuellen Falles und seine Robe. Höchste Zeit für die anstehende Verhandlung!

Auf dem Flur stieß Klaus Bogenschütz mit seinem Kollegen, Staatsanwalt Stefan Bosnickel zusammen. »So schwungvoll, Herr Kollege?«, kommentierte Bosnickel den Zusammenprall mit schiefem Lächeln und bückte sich ächzend, um seine auf dem Boden verstreuten Papiere aufzusammeln. Neidisch sah er dem davoneilenden Klaus Bogenschütz nach, der Ankläger in einem aufsehenerregenden Mordfall war, während er wieder nur den »kriminellen Kleinkram« abarbeiten musste. Wie das heutige Beispiel anschaulich bewies:

Der Berufskriminelle Igor W. war eigens aus dem Ausland angereist, um sich im Villenviertel von Heiligenbrunn nach lohnenden Zielobjekten umzusehen. Eine schicke weiße Villa, die von einem großen Garten mit hohen Hecken umgeben war, stach ihm ins Auge. Diese Villa roch nach Geld!

Igor W. war Profi. Er studierte sein Zielobjekt einige Tage lang sehr genau. Und kam zu dem Schluss, dass die Bewohner verreist waren. Was, wie sich später herausstellte, auch tatsächlich der Fall war. Dann schritt Igor W. zur Tat. Er schlüpfte in sein schwarzes Dienstoutfit und schulterte sein Handwerkszeug.

Jede Deckung nutzend schlich sich Igor W. durch den Garten zum Haus. Er umrundete die Villa einige Male auf der Suche nach einem günstigen Einstieg und entschied sich dann mit sachverständigem Blick für ein Kellerfenster. Gekonnt und routiniert entfernte er ein Eisengitter und zertrümmerte das Fensterglas.

Dann begann er, sich durch das schmale Kellerfenster zu zwängen. Und beging einen verhängnisvollen Fehler! Er unterschätzte seinen Körperumfang!

Hilflos zappelnd steckte Igor W. stundenlang im Kellerfenster fest, wo ihn, von seinen kläglichen Hilferufen alarmiert, am frühen Morgen endlich die Zeitungsträgerin fand! Dumm gelaufen!

# 53

Das Gewehr über der Schulter stapfte Rainer Neider durch den Wald. Die Wildschweine hatten sich in diesem Jahr stark vermehrt. Da sie in die Maisfelder einiger Bauern eingefallen waren und dort ordentlich Schaden angerichtet hatten, gab es Ärger mit einigen Bauern. »Fehlt nur noch, dass der Wolf einwandert«, dachte Rainer Neider unbehaglich und blickte vorsorglich über seine Schulter.

Es war später Vormittag. Schwere dunkle Wolken hingen am Himmel. Ein frischer Wind fuhr in die Baumkronen und ließ Äste leise ächzen. Die mit Raureif überzogenen Blätter raschelten leise unter seinen Schritten.

Rainer Neider kannte die Lieblingsplätze der Wildschweine im Wald. Um sie nicht vorzeitig aufzuschrecken und damit zu verjagen, bewegte er sich nun langsamer und vorsichtiger. Da bemerkte er rechts von sich in einiger Entfernung eine Bewegung. Abrupt blieb er stehen. Griff zu seinem Fernglas, das um seinen Hals hing. Blickte hindurch. Und atmete geräuschvoll aus. Eine junge Frau ging mit festen, entschlossenen Schritten vor ihm auf dem Waldweg. Er kannte sie. Diana Wiesner, die Praktikantin vom Forstamt.

Diana Wiesner studierte Forstwirtschaft und absolvierte ein mehrmonatiges Praktikum im Forstamt. Sie war mittelgroß und besaß Rundungen an den richtigen Stellen. Eine lange, dunkelbraune Lockenmähne umrahmte ihr ovales Gesicht mit den strahlenden grünen Augen und den vollen Lippen, die meist zu einem kleinen, leicht übermütigen Lächeln verzogen waren. Diana Wiesner war jung und unbeschwert. Das Leben war ein Spiel für sie, ein spannendes Abenteuer.

Rainer Neider fühlte sich von Diana Wiesner angezogen, obwohl sie um einiges jünger war als er. An Kirchweih hatte er nach reichlich Alkoholgenuss schließlich den Mut gefunden, sie zum Tanzen aufzufordern. Und sich einen Korb geholt! Diana Wiesners Kollegen vom Forstamt hatten ihn unverhohlen ausgelacht, als er mit hochrotem Kopf davonstolperte. Doch während Diana Wiesner den Vorfall augenblicklich vergaß und sich weiter kräftig amüsierte, hatte er diese Kränkung noch immer nicht verwunden.

»Sie sollte nicht allein durch den Wald gehen«, dachte Rainer Neider jetzt.

Das heißere Krächzen einer Krähe durchbrach die Stille. Dann krachte ein Schuss!

# 54

Familie Hofbauer saß am Mittagstisch bei Siedfleisch mit Meerrettichsoße und Pellkartoffeln und plante das Weihnachtsmenü. Traditionell gab es am ersten Weihnachtsfeiertag knusprigen Gänsebraten, gefüllt mit Maronen, dazu Semmelknödel und gemischten Salat.

Die bedauernswerte Gans, die als Braten auf der Festtafel landen sollte, bezogen Hofbauers alljährlich von ihrem Nachbarn Egon Neider. Trotz des angespannten nachbarlichen Verhältnisses verkaufte Egon Neider ihnen stets junge Gänslein, deren Fleisch zart und saftig war. Da ließ sich Egon Neider nichts nachsagen, das musste man ihm lassen.

»Also, bestellen wir wieder eine Gans beim Egon?«, fragte die Hofbäuerin in die Runde.

Evi Hofbauer zuckte die Schultern.

»Sag du doch auch mal was!«, wandte sich die Hofbäuerin ungeduldig an Siegfried.

»Von mir aus können wir eine Gans bestellen«, bestätigte Siegfried kauend.

# 55

Als der Schuss fiel, machte Diana Wiesner erschrocken einen Satz zur Seite. Sie sah sich um und entdeckte in einiger Entfernung einen Mann mit angelegtem Gewehr. Ein Wildschwein stob laut grunzend davon. Der Mann drehte den Kopf und Diana Wiesner erkannte ihn.

Rainer Neider hob grüßend die Hand und kam gemessenen Schrittes auf Diana Wiesner zu. Sein Gesicht war gerötet. Er schnaufte. »Hallo, was machst du denn hier so alleine im Wald?«

»Ich überprüfe die Wildtierkameras!«

»Ach so! Und was hoffst du in unserem Wald für Wild zu entdecken?«

»Wildschweine zum Beispiel!« Diana Wiesner lachte.

»Hm, ja«, Rainer Neider hüstelte verlegen. »Das Vieh ist mir entwischt!«

»Warum machst du Jagd auf Wildschweine?«

»Sie vermehren sich unkontrolliert.«

»Und wo ist das Problem?«

»Sie verwüsten die Felder der Bauern!«

»Momentan sind doch alle Felder abgeerntet!«

»Der nächste Sommer kommt bestimmt!«

Diana Wiesner trat von einem Bein aufs andere. Unter den Blicken Rainer Neiders, der sie ungeniert musterte, fühlte sie sich unbehaglich. Sehr unbehaglich!

# 56

Am Samstagvormittag machte sich Dirk Köcher auf den Weg nach Bad Wimpfenburg, um über den bei Alt und Jung äußerst beliebten und daher hoffnungslos überfüllten altdeutschen Weihnachtsmarkt zu bummeln und anschließend bei Siegfried Hofbauer eine Tanne für das bevorstehende Fest zu kaufen.

Dirk Köcher parkte seinen Wagen auf dem großen Parkplatz jenseits der Ortsdurchfahrt und ließ sich dann mit dem Menschenstrom Richtung Innenstadt treiben. »I'm dreaming of a white Christmas ...«, schlug es ihm beim Näherkommen aus dem Lautsprecher eines Kinderkarussells entgegen. Der Geruch von Glühwein und gebrannten Mandeln stieg ihm in die Nase. Freudig erregte Menschen keilten ihn ein und schoben ihn vor sich her. Kaum gelang es ihm, im Vorübergehen einen Blick auf die verschiedenen Stände und ihr Angebot zu erhaschen.

Nachdem er genüsslich eine Bratwurst verzehrt und sich den Senf von der Jacke gewischt hatte, machte sich Dirk Köcher auf die Suche nach Siegfried Hofbauer. Im dichten Gedränge kam er nur langsam voran. Schließlich entdeckte er ihn inmitten von

Tannen jeglicher Größe, umringt von Kunden. Das Geschäft schien gut zu laufen.

Unschlüssig begutachtete Dirk Köcher die Tannenbäume. Beobachtete Siegfried Hofbauer, wie er Bäume herzeigte und anpries. Befürchtete, am Ende nur noch ein windschiefes Exemplar abzubekommen. »Gleich bin ich bei Ihnen!«, rief Siegfried Hofbauer.

Der ältere Herr, der soeben bedient wurde, schien in puncto Weihnachtsbaum höchst anspruchsvoll zu sein. Er umrundete mit kritischen Blicken die Tanne, die Siegfried Hofbauer ihm geduldig hinhielt, und bemängelte, dass der Stamm krumm sei. Bei der nächsten Tanne wurde das Geäst als zu dürftig empfunden. Schließlich fand sich doch noch ein Baum, der die Zustimmung des Kunden fand. Doch gerade als Siegfried Hofbauer sich anschickte, die Tanne zu verpacken, erklärte der ältere Herr, der Baum sei wohl doch zu groß. Und ging!

Siegfried Hofbauer wendete sich an Dirk Köcher. »Hallo, Herr Kommissar! Kann ich helfen?«

Dirk Köcher wies auf eine junge Frau, die vor ihm an der Reihe war. Die schüttelte jedoch schnell den Kopf und entgegnete rasch: »Ich überlege noch!«

»Was für einen Baum haben Sie sich denn vorgestellt?«, fragte Siegfried Hofbauer freundlich und offerierte Dirk Köcher eine schön gewachsene, mittelgroße Tanne. Dirk Köcher legte den Kopf schief und nickte. »Die wäre nicht schlecht!« Nachdem er sich noch drei weitere Bäume hatte zeigen lassen, entschied er sich für das erste Exemplar. Siegfried Hofbauer lächelte erfreut und überzog die Tanne zum besseren Transport mit einem grünen Netz. »Einen schönen Tag noch!«

Dirk Köcher klemmte sich seinen Baum unter den Arm und wendete sich zum Gehen. Winzige Schneeflöckchen wirbelten vom Himmel. Im Halbkreis der Tannen stand noch immer die junge Frau.

# 57

Oberstaatsanwalt Klaus Bogenschütz plante einen Skiurlaub mit der Familie und hatte den gesamten Sonntagnachmittag damit verbracht, im Internet nach einem Hotel oder einer Ferienwohnung in Österreich zu suchen. Und darüber gestaunt, dass fast alle Unterkünfte über Silvester ausgebucht waren. Schließlich fand er doch noch ein akzeptables Hotel, allerdings zum doppelten Preis, und schlug zu, bevor ihm andere zuvorkommen konnten.

Voller Vorfreude berichtete Klaus Bogenschütz beim Abendessen seiner Tochter und seinem Sohn vom bevorstehenden Skiurlaub in Österreich.

»Gibt es im Hotel eine Disco?«, fragte Lisa.

»Hat das Hotel ein Hallenbad?«, wollte Felix wissen.

Klaus Bogenschütz zuckte mit den Schultern. Disco und Hallenbad waren keine Auswahlkriterien gewesen.

»Wenn es keine Disco gibt«, begann Lisa, »und auch kein Hallenbad«, ergänzte Felix, »dann ist das Hotel doof!«

»Es soll in der Nähe vom Hotel ausgezeichnete Skipisten geben!«, versuchte Klaus Bogenschütz seinen Nachwuchs zu begeistern.

»Mit meinen alten Kinderskiern fahre ich nicht mehr«, maulte Lisa. »Wie sieht das denn aus?«

# 58

Am Montagmorgen im Büro erzählte Klaus Bogenschütz Jessie von seinen Urlaubsplänen. Dann widmete er sich dem Aktenstudium, denn am Nachmittag fand die Verhandlung gegen den geständigen Luigi M. statt, dessen Chancen vor Gericht nicht schlecht standen.

Der Nachwuchs-Auftragskiller Luigi M. war nach Heiligenbrunn beordert worden, um die Betreiberin einer Pizzeria zu eliminieren, die sich hartnäckig weigerte, Schutzgeld zu bezahlen. Eine große Chance für Luigi M.! Ein Karrieresprung! Er durfte diese Aufgabe nicht vermasseln.

Bestens vorbereitet, weil zuvor von einem Profi gründlich geschult, machte sich Luigi M. mit einem Sack Zement im Kofferraum und dem genauen Rezept, wie der Zement anzurühren sei, sowie einem Verzeichnis der tiefsten Flüsse und Seen der Umgebung auf den Weg nach Heiligenbrunn.

Als Luigi M. die Betreiberin der Pizzeria diskret observierte, musste er feststellen, dass sie die schönste Frau war, die er je gesehen hatte! Undenkbar, ihren entzückenden Füßchen einen Zementschuh zu verpassen! Er entbrannte in heißer Liebe zu ihr, schulte zum Pizzabäcker um – und zahlte Schutzgeld an die ehemaligen Kollegen!

# 59

Gerlinde Hofbauer parkte ihren Wagen vor dem Wohnhaus der Familie Neider. Man hatte sie bereits kommen hören. Denn sie war kaum aus dem Auto gestiegen, als auch schon die Haustür geöffnet wurde. Egon Neider stand im Türrahmen und erwartete sie.

»Hallo, Gerlinde! Du willst deine Gans abholen«, rief er übertrieben freundlich.

Gerlinde Hofbauer nickte.

»Komm rein!«

Egon Neider ging voran in die Wohnküche.

»Setz dich!«

Gerlinde Hofbauer schüttelte den Kopf. »Ich kann nicht lange bleiben.«

»Aber ein paar Minuten wirst du doch Zeit haben?«

»Ich wollte nur schnell unsere Gans abholen.«

»Meine Frau bringt sie gleich. Jetzt setz dich doch einen Moment!«

Widerstrebend nahm Gerlinde Hofbauer auf der Eckbank Platz.

»Wie geht es euch? Wie geht es eurer Mutter?«

»Geht schon.«

»Schlimme Geschichte!« Egon Neider wiegte den

Kopf. »Weiß man inzwischen, wer Johannes das angetan hat?«

»Nein!« Gerlinde Hofbauer zuckte ratlos die Schultern.

»Tja!« Egon Neider räusperte sich. Zögerte einen Moment. »Gerlinde, bitte versteh mich nicht falsch. Aber ich hätte mit euch und eurer Mutter zu reden!«

Gerlinde Hofbauer erstarrte. Ihr Körper versteifte sich. Kerzengerade saß sie da.

»Ja, also«, begann Egon Neider verlegen. »Ich bin euer direkter Nachbar. Ich weiß ja nicht, aber wenn ihr daran denkt, Land zu verkaufen, also, ich wäre interessiert.«

Fassungslos starrte Gerlinde Hofbauer ihren Nachbarn an. Abwehrend schüttelte sie den Kopf.

»Nichts für ungut.« Egon Neider hob beschwichtigend die Hände.

Gerlinde Hofbauer fehlten die Worte. Ihr Vater war kaum unter dem Boden und schon kreisten die Geier über seinem Besitz. Egon Neider fühlte sich ein wenig unbehaglich. Vielleicht war sein Vorgehen doch etwas pietätlos gewesen. Die Wanduhr tickte laut in der stillen Wohnküche.

»Will mal sehen, wo meine Frau mit der Gans bleibt«, sagte Egon Neider und erhob sich.

# 60

Zornbebend warf Gerlinde Hofbauer die Tür hinter sich ins Schloss.

»Was ist?« Harry Windig erhob sich aus seinem Sessel.

»Das ist doch eine Unverschämtheit!« Gerlinde Hofbauer hyperventilierte.

»Was ist los? Warum regst du dich so auf?«

»Der Egon Neider hat doch tatsächlich die Frechheit besessen ...« Noch immer völlig außer sich berichtete Gerlinde Hofbauer vom Angebot des Nachbarn.

Harry Windig sagte nichts. Blickte nur nachdenklich vor sich hin. Wartete darauf, dass seine Frau sich beruhigte. Als ihr größter Zorn verraucht war, meinte er vorsichtig: »Aber es ist doch im Hinblick auf unsere finanzielle Situation beruhigend, dass es notfalls Kaufinteressenten gibt, die ...«

Weiter kam er nicht. »Waaas?«, funkelte Gerlinde ihn an.

Harry Windig wechselte das Thema. »Wann muss Friedbert zum Verbandswechsel? Ich hatte mich ja angeboten, ihn zu fahren.«

# 61

Kriminalhauptkommissar Pfeil und Kriminalober-kommissar Köcher waren im schwarzen Dienst-SUV auf dem Weg nach Bad Wimpfenburg zu Forstarbeiter Jochen Tanner. Es war Spätnachmittag. Eine bleiche Sonne lugte hinter hellgrauen Wolken hervor.

»Diese Vernehmung könnten wir uns sparen. Der hat genauso wenig beobachtet wie seine Kollegen Förster, Birk und Specht«, mutmaßte Dirk Köcher.

»Das glaube ich auch«, bestätigte Josef Pfeil. »Aber wir müssen jeder Spur nachgehen, auch wenn sie wenig vielversprechend ist.«

»Ich hätte im Büro jede Menge Papierkram zu er-ledigen«, klagte Dirk Köcher.

»Und mir sitzt Oberstaatsanwalt Bogenschütz im Genick und will endlich Ermittlungsergebnisse sehen«, seufzte Josef Pfeil.

»Sie haben Ihr Ziel erreicht«, ertönte das Navi.

Ein hoher, grauer Wohnblock türmte sich vor den Kommissaren auf. Satellitenschüsseln auf den Bal-konen, Fenster mit schräg hängenden Jalousien, flat-ternde Wäsche. Josef Pfeil und Dirk Köcher näherten sich der mit Graffiti beschmierten grauen Haustür, die nur angelehnt war, und traten ein.

Mief schlug ihnen in dem düsteren Hausflur entgegen. Sie gingen an verbeulten Briefkästen vorbei, die fast die gesamte Wand einnahmen und auf eine Vielzahl an Bewohnern schließen ließen. Die steinernen Treppenstufen waren klebrig und starrten vor Schmutz.

Jochen Tanner wohnte im dritten Stock. Kinderwagen standen auf Treppenabsätzen, Schuhe stapelten sich in Regalen. Vor den Flurfenstern welkten Pflanzen in ihren Töpfen. Essensgerüche waberten in der Luft, vermischten sich zu einem undefinierbaren Geruchswirrwarr. Laute Stimmen schallten durchs Haus, Kindergeschrei. Mehrsprachiges Schimpfen.

Schwer atmend standen Josef Pfeil und Dirk Köcher vor Jochen Tanners Tür, klingelten. Lauschten auf Geräusche aus der Wohnung. Alles blieb still. Warteten. Dirk Köcher klingelte erneut. Und nochmals, etwas energischer. Eine Tür hinter ihnen öffnete sich. »Der ist nicht da!«

Eine Frau mittleren Alters mit grellrot gefärbten Haaren, Piercing in der Nase und tätowierten Armen starrte die Beamten misstrauisch an. Die Kommissare wiesen sich aus.

»Was wollen Sie von ihm?« Die Augen der Frau wurden schmal.

»Wissen Sie, wann er kommt?«, fragte Josef Pfeil statt einer Antwort.

Die Frau schüttelte den Kopf, zog sich zurück und schloss mit Nachdruck die Tür.

# 62

Dirk Köcher hatte mehrere Chorproben geschwänzt. Schlechten Gewissens raffte er sich abends auf und fuhr zum Gemeindezentrum. Es war neblig und kalt, teilweise waren die Straßen glatt.

Der Chorleiter wirkte beleidigt, als er ihn begrüßte. Dirk Köcher beeilte sich, ihm zu erzählen, dass er quasi Tag und Nacht im Einsatz sei und kaum noch zum Schlafen komme.

»Habe von dem Fall gehört«, meinte der Chorleiter versöhnlich. »Schon weitergekommen?«

Dirk Köcher lächelte vielsagend und gab zu verstehen, dass er sich aus ermittlungstaktischen Gründen hierzu leider nicht äußern könne. Der Chorleiter war beeindruckt.

Der Chor studierte ein neues Lied als Kanon ein. »O wie wohl ist mir am Abend …« Nicht unbedingt Dirk Köchers Geschmack. Aber einige Chormitglieder, die des Englischen nicht so mächtig waren, hatten sich beschwert und ein deutschsprachiges Lied gefordert.

Dirk Köcher nahm seinen Platz neben der fülligen Cornelia Maier ein und ergriff sein Notenblatt. Er schielte zu Sabrina hinüber. Sie sah blass aus.

»O wie wohl ist mir am Abend …«, sang Dirk

Köcher. Und fühlte ein wohlbekanntes Kribbeln im Hals. »O wie wohl ...«, fiel ein Teil des Chors ein. Dirk Köchers Zwerchfell hüpfte, sein Magen hob sich. »O wie wohl ...«, japste er. Seine Mundwinkel zitterten, seine Augen füllten sich mit Tränen.

»O wie wohl ...«, röchelte Dirk Köcher.

# 63

Klaus Bogenschütz stöberte im Keller nach seiner Skiausrüstung. Er turnte über leere Sprudelkisten und hangelte sich am Regal mit Susannes selbst eingekochter Erdbeermarmelade entlang. An der rechten hinteren Kellerecke lehnten die Skier, eingestaubt und mit Spinnweben überzogen.

Unbehaglich erinnerte sich Klaus Bogenschütz an seinen letzten Skiurlaub. Rasant war er eine steile Piste hinuntergebrettert, bis seine Schussfahrt ins Tal plötzlich von einem Stein gebremst wurde, der ihn krachend zu Fall brachte. Als er mühsam das Knäuel seiner Beine und Skier entwirrt hatte und aufzustehen versuchte, schoss ihm ein heftiger Schmerz in den linken Knöchel. Woraufhin er stöhnend in den Schnee zurücksank und hilflos auf Rettung wartete. So lautete jedenfalls die offizielle Version, die er seinen Kollegen von der Staatsanwaltschaft auftischte, als er nach dem Urlaub auf Krücken ins Büro humpelte. Inoffiziell war Klaus Bogenschütz an jenem Tag allerdings gemächlich einen sanften Hügel hinabgewedelt, als ihm jäh und unerwartet ein Felsbrocken in den Weg sprang.

Klaus Bogenschütz inspizierte seine Skier. Aufgrund des Unfalls war die Außenkante seines linken

Skis verbogen. Er hatte ihn nicht reparieren lassen. Er würde nie wieder Ski fahren, hatte er sich nach dem Unfall geschworen. Im Leben nicht! Doch plötzlich und für ihn ganz unerwartet, sehnte er sich nach der tief verschneiten Bergwelt mit ihren sonnenbeschienenen Gipfeln. Dem Gefühl, auf Skiern über glitzernden Schnee einen Hang hinabzugleiten, den frischen Fahrtwind im Gesicht. Klaus Bogenschütz blickte ratlos auf seinen verbogenen linken Ski und seufzte.

# 64

Rolf Sparmann eilte mit großen Schritten über den kopfsteingepflasterten Marktplatz seiner Bankfiliale in Bodenfeld zu. Er hatte die Mittagspause in der einzigen Pizzeria des Ortes verbracht und mit gutem Appetit eine große Pizza Marinara mit Meeresfrüchten, Sardellen, Thunfisch, Knoblauch und Petersilie verspeist. Sich dazu noch ein Glas roten, halbtrockenen Bardolino gegönnt. Eigentlich hätte er sich zu Hause den Erbseneintopf vom Vortag in der Mikrowelle erhitzen sollen. Doch er hatte seiner Ehefrau Sonja mit gut gespieltem Bedauern erklärt, dass seine Mittagspause aufgrund hohen Arbeitsanfalls heute wahrscheinlich gänzlich entfiele. Als Sonja daraufhin anbot, einige Brote zu schmieren, wiegelte Rolf Sparmann rasch ab. Und erinnerte seine Frau an die Bäckerei in unmittelbarer Nähe der Bankfiliale. »Also gut«, gab sich Sonja Sparmann zufrieden. Und stellte ihrem Mann zum Trost den Erbseneintopf für den Abend in Aussicht.

Rolf Sparmann hatte seinen Arbeitsplatz fast erreicht, als er aus dem Augenwinkel Ottmar Raffke erspähte, der sich ihm von rechts näherte. Das Ziel vor Augen beschleunigte Rolf Sparmann seinen Schritt. Ottmar Raffke ließ sich jedoch nicht abschütteln.

»Hallo, Herr Sparmann!«

Rolf Sparmann blieb stehen und drehte sich um. »Herr Raffke!«, rief er scheinbar überrascht.

»Gut, dass ich Sie treffe«, keuchte Ottmar Raffke.

»Hätte die Bedienung in der Pizzeria nicht so getrödelt, wäre ich längst weg gewesen«, ärgerte sich Rolf Sparmann im Stillen.

»Ich hätte mit Ihnen etwas zu besprechen, hätten Sie kurz Zeit?«

»Heute passt es ganz schlecht!«

»Es dauert auch nicht lange!«

»Eventuell nächste Woche.«

»Es ist dringend!«

Rolf Sparmann gab sich geschlagen. »Also gut!«

Ottmar Raffke, ein untersetzter Mann mittleren Alters mit braunen, glatten, an den Schläfen ergrauenden Haaren, folgte Rolf Sparmann in die Bank. Seine wässrigen blauen Augen blickten hoffnungsvoll.

Rolf Sparmann legte Mantel und Schal ab, rieb sich die kalten Hände und bat seinen Besucher, Platz zu nehmen. Ottmar Raffke griff in die Tasche seines dunkelblauen Anoraks, zog ein weißes Taschentuch hervor und schnäuzte sich umständlich. Rolf Sparmann wartete geduldig. »Kann ich Ihnen einen Kaffee anbieten?« Ottmar Raffke schüttelte stumm den Kopf. Verstohlen blickte Rolf Sparmann auf die Uhr an der Wand. Durch die halb geschlossenen grauen Rollos fiel trübes Winterlicht.

Unruhig rutschte Ottmar Raffke auf seinem Stuhl

hin und her. Beugte sich schließlich leicht vor. »Sie wissen ja, dass die letzte Ernte schlecht ausgefallen ist«, begann er zögernd. »Schuld war das Wetter. Im Frühjahr war es viel zu heiß und zu trocken. Dafür hatten wir im Hochsommer zur Erntezeit Sturzregen und Hagel. Hat die Ernte fast völlig vernichtet!«

Rolf Sparmann nickte mitfühlend.

»Und der Milchpreis ist wieder gesunken! Wir Bauern kriegen für die abgelieferte Milch nur noch einen Spottpreis! Auch das Fleisch soll möglichst billig sein. Viehhaltung lohnt sich kaum noch!«

Rolf Sparmann zuckte bedauernd die Schultern und fühlte sich ertappt. Auch er schielte im Supermarkt vor dem Kauf eines Produktes stets auf den Preis.

»Die Politik verlangt Investitionen zugunsten des Tierwohls. Das kostet! Und für die Umweltschützer sind wir Bauern eh der Buhmann!«

Rolf Sparmann widersprach nicht.

»Wie Sie wissen, habe ich mir einen neuen Mähdrescher angeschafft. Das war dringend nötig. Der alte Mähdrescher war defekt. Wenn er zur Erntezeit ausgefallen wäre! Nicht auszudenken! Eine Reparatur hat sich nicht mehr gelohnt. 's ist wie bei einem alten Auto. Irgendwann überlegt man sich, ob man noch mehr Geld in Reparaturen investiert oder ob man sich nicht besser gleich ein neues Auto zulegt.«

Rolf Sparmann kannte diese Überlegungen.

»So ein Mähdrescher ist sauteuer! Deshalb wollten

wir uns den Mähdrescher gemeinsam anschaffen, der Hofbauer und ich. Also habe ich den Mähdrescher bestellt. Aber als er geliefert und bezahlt werden sollte, hat der Hofbauer einen Rückzieher gemacht. Hat einfach behauptet, sein eigener Mähdrescher tut es noch einige Jahre. Und außerdem hätte er anderweitige Investitionen geplant und brauche sein Geld.« Ottmar Raffke schnaufte zornig. Sein Gesicht war hochrot.

»Ich konnte vom Vertrag nicht mehr zurücktreten«, fuhr Ottmar Raffke fort. Ich habe es natürlich versucht. Aber da ich ja selbst dringend einen neuen Mähdrescher brauchte, habe ich bei Ihrer Bank einen Kredit aufgenommen und den Mähdrescher vollständig bezahlt.«

Rolf Sparmann nickte bestätigend.

»Hat mich einfach hängen lassen! Man soll ja über Tote nichts Schlechtes sagen, aber …« Ottmar Raffke brach ab, zuckte hilflos die Schultern und starrte auf seine ineinander verkrampften Hände.

Rolf Sparmann wusste, worauf das Gespräch hinauslief. Hätte Ottmar Raffke entgegenkommen können. Doch er blieb stumm, wartete.

»Ich bräuchte kurzfristig einen weiteren Kredit«, brach es aus Ottmar Raffke heraus.

Rolf Sparmann seufzte. »Sie wissen, Ihr Kreditrahmen ist ausgeschöpft. Mir sind da die Hände gebunden!«

»Nur bis zum Ende des nächsten Sommers! Wenn

ich die Ernte eingebracht habe, zahle ich den Kredit zurück!«

Rolf Sparmann lockerte seine Krawatte. Er hätte gerne geholfen. Der verzweifelte Mann tat ihm leid.

»Der Hofbauer ist schuld«, stieß Ottmar Raffke hervor. »Der hat mich in diese Situation gebracht. Ich habe auf sein Wort vertraut!«

»Ob Herr Raffke etwas mit dem Tod des Hofbauer zu tun hat?«, schoss es Rolf Sparmann durch den Kopf. Wütend, enttäuscht und verzweifelt, wie er war!

»Ich bin seit Jahrzehnten Kunde Ihrer Bank«, sagte Ottmar Raffke leise. »Nie bin ich Ihnen etwas schuldig geblieben!«

»Ich werde versuchen, mich bei unserer Bank für Sie einzusetzen. Mehr kann ich nicht versprechen.«

»Danke«, murmelte Ottmar Raffke tonlos und erhob sich schwerfällig.

Rolf Sparmann begleitete seinen Besucher zur Tür. Dann ging er zur Kaffeemaschine und goss sich einen Kaffee ein. Gab Milch dazu und ein Stück Zucker. Kehrte zum Schreibtisch zurück und rührte gedankenverloren in seiner Tasse. Ließ sich das Gespräch mit Ottmar Raffke nochmals durch den Kopf gehen. Und überlegte, ob er der Polizei einen Hinweis geben sollte!

»Du riechst nach Knoblauch!«, stellte Sonja fest, als Rolf Sparmann abends heimkam.

# 65

Das Forstamt befand sich im Behördenzentrum von Heiligenbrunn. Doch es gab eine Nebenstelle in Bad Wimpfenburg. Kriminalhauptkommissar Pfeil und Kriminaloberkommissar Köcher hofften, dort Diana Wiesner anzutreffen.

Dirk Köcher steuerte den Dienst-SUV über die viel befahrene Umgehungsstraße von Bad Wimpfenburg. Die Sonne hatte sich an diesem Morgen zwischen den Wolken hindurchgekämpft und Dirk Köcher kniff die Augen zusammen. Er bog in eine ruhige Wohngegend ab. Vor einem mehrstöckigen, weiß gestrichenen Gebäude aus der Vorkriegszeit hielt er an und parkte den Wagen am Straßenrand.

Das stattliche Haus mit den hohen Sprossenfenstern und den dunkelgrünen, hölzernen Fensterläden stand eingebettet in einen großen, naturbelassenen Garten, den penible Nachbarn wohl als verwildert oder zumindest als ungepflegt bezeichnet hätten. Die weit ausladenden Äste einer knorrigen alten Eiche beschirmten Haus und Garten. Ein schmaler, asphaltierter Fußweg führte zwischen Rhododendren hindurch zum Eingang. Kletterrosen rankten an einem an der Wand angebrachten Spalier.

Josef Pfeil drückte die Klinke der schweren braunen Eingangstür. Fünf steinerne Stufen führten in ein hellgrün gestrichenes Treppenhaus. Über eine Glastür, durch die milchiges Licht schimmerte, gelangten die Kommissare in einen langen, mit weißem Raugips verputzten Flur, von dem rechts und links zahlreiche Türen abgingen.

Die Dielenbretter knarrten leise unter den Schritten der Kommissare, als sie den Flur entlanggingen. Vor einer Tür mit der Aufschrift »Sekretariat« blieben beide stehen. Rechts an der Wand stand auf einem grünen Namensschild zu lesen: »Sibylle Klingbeil«. Josef Pfeil klopfte energisch und trat ein.

Sibylle Klingbeil, eine unattraktive Frau Ende vierzig mit strähnigem dunkelblondem Haar, das sie im Nacken lieblos zu einem wirren Knoten zusammengezwirbelt hatte, blickte die Kommissare über ihre Lesebrille hinweg unwirsch an. Sie konnte sich nicht daran erinnern, »Herein« gerufen zu haben. »Sie wünschen?«, fragte sie spitz.

Josef Pfeil machte sich den Spaß, diese »wichtige« Dame ein wenig einzuschüchtern. Er baute sich mitten im Raum auf, sah ihr fest in die Augen und donnerte: »Kriminalhauptkommissar Pfeil!«

Sibylle Klingbeil zuckte prompt zusammen und zog die Schultern vor. »Ja, bitte?«, fragte sie vorsichtig.

»Wir müssen Frau Wiesner sprechen.«

»Äh, Frau Wiesner??? Äh?«

»Frau Wiesner! Die arbeitet doch hier?«

»Ja! Nein! Das heißt, sie ist Praktikantin bei uns.«

»Kann ich also mit Ihrer Praktikantin Wiesner sprechen?«

»Äh, nein!«

»Nein?«

»Frau Wiesner ist nicht im Hause.«

»Aha, und wann ist sie wieder im Hause?«, fragte Josef Pfeil, wobei er die Worte »im Hause« extra betonte.

»Sie hat Urlaub!«

»Ach!« Josef Pfeil war enttäuscht. »Haben Sie eine Adresse, unter der sie erreichbar ist?«

»Moment!«

Umständlich zog Sibylle Klingbeil die Tastatur ihres Computers näher zu sich heran. Josef Pfeil fixierte sie durchdringend. Sibylle Klingbeil wurde nervös und vertippte sich. Begann verlegen von Neuem.

»Hier!«, rief Sibylle Klingbeil erleichtert und nannte die Adresse von Diana Wiesner.

»Danke«, sagte Josef Pfeil und wandte sich zum Gehen.

»Da fällt mir ein, Frau Wiesner wollte über Weihnachten zu ihren Eltern fahren. Die wohnen irgendwo im Odenwald!«

# 66

Friedbert Hofbauer humpelte auf Krücken zum Auto seines Schwagers Harry Windig und zwängte sich mühsam auf den Beifahrersitz. »Nett von dir, dass du mich fährst!«

»Ist doch selbstverständlich«, erwiderte Harry Windig jovial und lächelte hintergründig. Er startete den Motor.

Friedbert Hofbauer hätte es vorgezogen, sich zwecks Nachkontrolle und Verbandswechsel von seiner Mutter zum Klinikum Heiligenbrunn fahren zu lassen. Aber ausgerechnet heute fand eine Sitzung der Landfrauen statt, an der sie teilnehmen musste. Die übrigen Familienmitglieder waren ebenfalls an diesem Tag beschäftigt. Dafür hatte sein Schwager Harry sofort angeboten, ihn zu fahren. Hatte behauptet, ihm zuliebe wichtige Termine zu verlegen. »Als ob Harry wichtige Termine hätte!«, dachte Friedbert verächtlich. Er sah seinen Schwager von der Seite an. Er traute ihm nicht.

# 67

Im Hofladen der Hofbauers drängten sich die Kunden. Gerlinde Hofbauer hatte alle Hände voll zu tun. Die Leute deckten sich für das bevorstehende Fest mit Lebensmitteln ein. Reißenden Absatz fand das Weihnachtsgebäck. Gerlinde kam mit Backen kaum nach.

Sina, die Tochter eines Nachbarn, half im Laden aus. Gerlinde mochte das Mädchen. Sina schien ihre Arbeit, mit der sie ihr Taschengeld aufbesserte, Spaß zu machen. Freundlich im Umgang mit Kunden stellte sie rasch das Gewünschte zusammen, wog Kartoffeln und Zwiebeln ab, brachte Nudeln und Brot herbei, holte Marmelade und Honig aus dem Regal. Stellte alles neben Gerlindes Kasse ab. Gerlinde erstellte die Rechnung, kassierte das Geld. Sie waren ein eingespieltes Team.

Heute hatte der Hofladen bis in den frühen Abend geöffnet. Die Dämmerung setzte bereits ein, als endlich der letzte Kunde dieses Tages bedient war. Gerlinde bedankte sich bei Sina für ihren Einsatz und zahlte ihr ihren Lohn aus. »Ein tüchtiges Mädchen«, dachte sie erneut.

Gerlinde Hofbauer betrat die Küche. Sie war müde. Der Tag war anstrengend gewesen. Wo blieben Harry und Friedbert? Sie hätten eigentlich längst zurück sein müssen. Gerlinde beschloss, die Zeit zu nutzen und im Büro Belege und Quittungen abzulegen. Sie stieg die schmale Treppe hoch ins Dachgeschoss, wo sie und Harry sich ein kleines Büro eingerichtet hatten.

Unter der Dachschräge stand ein großer, dunkelbrauner Schreibtisch, ein wahres Ungetüm, das sie von Gerlindes Großvater geerbt hatten. Das weiße, schmucklose Regal an der Wand war mit Ordnern gefüllt. Papierstapel türmten sich auf dem fleckigen grauen Teppich. An der Wand hing ein verblichenes Foto in einem wurmstichigen braunen Rahmen, das Gerlindes Großvater auf der Jagd zeigte. Auf dem Bild posierte der Großvater stolz vor einem erlegten Hirsch. Das verlöschende Licht des Tages fiel durch das kleine Sprossenfenster mit der weißen Rüschengardine.

Die Luft in dem ungeheizten Raum war abgestanden. Gerlinde knipste die kleine Schreibtischlampe an und nahm auf dem Bürostuhl Platz, einem Modell aus schwarzem Lederimitat mit verstellbarer Sitzhöhe, das man in Harrys früherer Firma ausrangiert hatte. Ihr Blick wanderte kurz über die Schreibtischplatte. Rechts von der dunkelgrünen Schreibtischunterlage stand der Computerbildschirm mit Tastatur, links davon ein wuchtiger schwarzer Drucker, dem der Geruch von Druckerfarbe entströmte. In einer Schale lagen zahlreiche bunte Kugelschreiber verschiedener Firmen, daneben befanden sich ein großer Locher und ein Gefäß mit Heftklammern.

Der Schreibtisch besaß eine große Schublade. Rechts und links davon gab es jeweils Schubfächer hinter verschließbaren Türen. Vereinbarungsgemäß nutzte Gerlinde die rechten Schubfächer für ihre Angelegenheiten, Harry die Schubfächer auf der linken Seite des Schreibtisches. Die Schlüssel der Türen des Schreibtisches steckten üblicherweise im Schloss.

Gerlinde beugte sich vor, um eines ihrer Schubfächer aufzuziehen. Dabei glitt ihr eine Quittung aus den Fingern und fiel zu Boden. Sie bückte sich seufzend. Ihr Rücken war steif nach dem anstrengenden Tag im Hofladen. Als sie sich wieder aufrichtete, fiel ihr Blick auf Harrys Seite des Schreibtisches. Der kleine Schlüssel an der Tür fehlte!

Vielleicht war der Schlüssel zu Boden gefallen, überlegte Gerlinde. Sie suchte den Teppichboden ab. Ohne Erfolg. Wahrscheinlich hatte Harry den Schlüssel, zerstreut wie er war, abgezogen und in die Schreibtischschublade gelegt. Sie zog die Schublade auf. Ein buntes Sammelsurium quoll ihr entgegen: ein langes Lineal, ein Geodreieck, ein Zirkel, Radiergummis, Bleistifte, Bleistiftspitzer, Textmarker, Heftklammern, Schlüsselanhänger, ein Vorhängeschloss, Notizblöcke, ein Nähset, ein Schraubenzieher, eine Zange, diverse Schlüssel. Gerlinde wühlte mit den Händen in der Schublade. Den Schlüssel für den Schreibtisch fand sie nicht.

Wo war der Schlüssel und warum hatte Harry ihn abgezogen? Doch Gerlinde wusste längst, dass sämtliche

Schlüssel des Schreibtisches in beide Türen passten. Sie zog also ihren eigenen kleinen Schreibtischschlüssel ab und steckte ihn ins Schloss. Öffnete die Schreibtischtür. Zog langsam ein Schubfach auf! Und erstarrte!

Motorengeräusch ertönte. Ein Auto fuhr auf den Hof. Gerlinde eilte zum Fenster, beobachtete, wie Harry aus dem Wagen stieg. Zu ihrem erleuchteten Fenster hochsah. Er war allein.

Gerlinde eilte zum Schreibtisch. Hektisch schob sie das Schubfach zurück. Knallte die Tür des Schreibtischs zu. Drehte den Schlüssel im Schloss. Er hakte. Treppenstufen knarrten.

»Was suchst du?«, ertönte Harrys Stimme argwöhnisch hinter Gerlinde.

»Wo ist Friedbert?«, fragte Gerlinde zurück.

# 68

Die Staatsanwaltschaft hatte sich zu ihrer alljährlichen Weihnachtsfeier versammelt. Die steifen Anzugträger mit den strengen Mienen, vor denen Angeklagte vor Gericht zitterten, trugen Jeans und Wollpullover. Mit Ausnahme von Rechtsreferendar Kevin Grünlich, der nach knapp bestandenem ersten juristischen Staatsexamen stolz in Anzug, weißem Hemd und Krawatte erschienen war.

Oberstaatsanwalt Klaus Bogenschütz kostümierte sich im Nebenzimmer. Er schlüpfte in sein neues rotes Nikolausgewand mit dem weißen Pelzbesatz, stülpte sich die Kapuze über den Kopf und band sich den weißen Rauschebart um. Dann griff er zu Rute und Leinensack.

Ein kräftiges Klopfen ließ die Kolleginnen und Kollegen von Klaus Bogenschütz aufhorchen. Stimmengewirr und Gelächter verstummten. Jessie tänzelte zur Tür und öffnete sie schwungvoll.

»Hohoho«, rief Klaus Bogenschütz mit verstellter Stimme und polterte in den Raum.

»Seid ihr auch alle brav gewesen?«, fragte Klaus Bogenschütz streng, schwang drohend seine Rute und packte den verdutzen Rechtsreferendar Kevin

Grünlich energisch bei der Krawatte. Dann griff er bedächtig zu seinem in rotes Leder gebundenen Notizbuch, in dem er akribisch jedes Fettnäpfchen notiert hatte, in das seine Kolleginnen und Kollegen das Jahr über getreten waren. Blätterte langsam die Seiten um, schob seine Brille auf die Nasenspitze und las zur allgemeinen Erheiterung jedem der Anwesenden genüsslich die Leviten. Anschließend griff er in seinen großen Leinensack und überreichte jedem ein Tütchen mit bunt gemischtem Weihnachtsgebäck.

Eine Metzgerei hatte große Platten mit Brötchen geliefert, belegt mit verschiedenen Käse- und Wurstsorten, mit Mett oder auch Lachs, dekoriert mit Tomatenscheiben, Zwiebelringen und Gürkchen. Getränke, alkoholische und nichtalkoholische, standen auf dem Tisch. Der intensive Geruch von heißem Glühwein waberte durch den Raum.

Die Stimmung stieg. Der Alkoholpegel auch! Und der Geräuschpegel sowieso! Jeder suchte den anderen zu übertönen. Ausgelassenes Gelächter erscholl. Rechtsreferendar Kevin Grünlich, der längst sein Jackett abgelegt hatte und dem das weiße Hemd aus der Hose hing, erhob sich von seinem Stuhl und dozierte mit großen Gesten über die Vor- und Nachteile des deutschen Rechtssystems. Staatsanwalt Stefan Bosnickel legte Oberstaatsanwalt Klaus Bogenschütz vertraulich den Arm um die Schulter und wollte Bruderschaft trinken.

Die Stunden vergingen. Der Alkohol tat seine

Wirkung. Augenlider wurden schwer und Gesichtszüge entgleisten. Oberstaatsanwalt Klaus Bogenschütz packte sein Nikolauskostüm ein. Es war wieder einmal eine gelungene Weihnachtsfeier gewesen!

# 69

Auf der Rückfahrt vom Verbandswechsel im Klinikum von Heiligenbrunn hatte Friedbert Hofbauer seinen Schwager Harry Windig gebeten, ihn bei seinem Freund Emanuel Predigtmann abzusetzen, der sich bei seinen Eltern im alten Pfarrhaus in Bodenfeld aufhielt.

»Jetzt noch?«, fragte Harry Windig ungehalten.

Friedbert sah seinen Schwager überrascht an. »Warum nicht?«

»Ich mein ja nur! Und wie kommst du anschließend nach Hause?«

»Emanuel wird mich heimfahren.«

»Ach so.«

Der Lehramtsstudent Emanuel Predigtmann war der Sohn von Pfarrer Fürchtegott Predigtmann. Er hatte an der Uni Heidelberg die Fächer Religion und Geschichte belegt. Sein Vater war darüber etwas enttäuscht gewesen. Er hatte gehofft, dass sein Sohn Theologie studieren und später auf der Kanzel einer Kirche stehen würde. Die Predigtmanns waren seit Generationen Pfarrer. Aber Emanuel kam in dieser Hinsicht wohl eher nach seiner Mutter.

Rosemarie Predigtmann wollte eigentlich

Religionslehrerin werden. Doch dann traf sie im zweiten Uni-Semester den Theologiestudenten Fürchtegott Predigtmann. Beide heirateten überraschend schnell, kurz bevor Rosemarie ein strammes Sieben-Monats-Kind zur Welt brachte.

Nach dem fünften Kind betete Rosemarie flehentlich zum Herrn: »O Herr, lass nach mit deinem Segen!« Und tatsächlich stellte sich kein weiterer Nachwuchs ein, was wohl weniger mit nachlassendem Segen als eher damit zu tun hatte, dass Pfarrer Predigtmann seinen ehelichen Pflichten nur noch sporadisch nachkam. »Der Stress«, sagte er entschuldigend zu seiner Frau. Rosemarie lächelte verständnisvoll und warf heimlich einen dankbaren Blick auf das Kruzifix über der Tür!

Harry Windig stoppte abrupt vor dem Pfarrhaus. Er machte keine Anstalten, Friedbert aus dem Wagen zu helfen. Friedbert löste den Sicherheitsgurt und griff nach seinen Krücken. Kletterte umständlich aus dem Auto. Die hohe braune Holztür des Pfarrhauses schwang auf. Emanuel eilte seinem Freund entgegen, griff ihm unter die Arme. Beide verschwanden im Haus. Harry Windig trat das Gaspedal durch.

Rosemarie Predigtmann eilte in den Flur, nahm Friedbert Jacke und Schal ab. Musterte ihn besorgt. »Dünn bist du geworden«, stellte sie besorgt fest. »Komm erst mal rein!«

Friedbert humpelte ins Wohnzimmer und ließ sich auf die weiche, dunkelbraune Ledercouch fallen, stopfte sich eines der bunten Kissen in den Rücken.

Sah sich um. Schwere, dunkelbraune Möbel. Regale, die von Büchern überquollen. Hohe Papierstapel auf dem Schreibtisch. Ein Gummibaum in der Ecke. Drei kleine Fenster, durch die dämmriges Winterlicht fiel. Eine hohe Stehlampe mit gelbem Schirm neben der Couch. In der Luft lag der Geruch von Möbelpolitur und alten Büchern.

»Was möchtest du trinken? Einen Kaffee?«

Friedbert schüttelte den Kopf. »Nein danke. Wenn ich um diese Uhrzeit Kaffee trinke, kann ich nachts nicht schlafen!«

Rosemarie Predigtmann nickte. »Ich bring dir ein Wasser. Aber ein Stück Gugelhupf isst du doch bestimmt?«

Friedbert lächelte erfreut. »Gern.«

Rosemarie Predigtmann stellte Wasser und Gugelhupf, dazu Gläser und Teller auf dem Holztisch vor der Couch ab und entfernte sich dann diskret. Schloss die Tür hinter sich.

»Wie geht's dir?«, fragte Emanuel.

»Geht schon.«

»Alter, du machst Sachen!«

Friedbert grinste schief.

»Und sonst?«

Friedbert zuckte die Schultern.

»Tut mir echt leid, das mit deinem Vater!«

Friedbert nickte stumm, senkte den Kopf, betrachtete eingehend den abgetretenen roten Perserteppich zu seinen Füßen.

»Und wie geht es jetzt weiter bei euch?«

Friedbert hob den Kopf. »Wie? Weiter bei uns? Was meinst du damit?«

»Wie kommt ihr zurecht? Führt Siegfried den Hof jetzt allein?«

Friedbert, der der Realität gerne entfloh und sich in höhere Sphären flüchtete, entgegnete vage: »Bis jetzt läuft alles!«

»Aha! Dann ist ja gut!«

»Der Kuchen schmeckt fein.«

»Iss noch ein Stück!«

»Nein danke.«

»Sag mal, wie kommen eigentlich Siegfried und seine Frau miteinander klar?«

Friedbert blickte seinen Freund erstaunt an. »Gut, soviel ich weiß. Warum fragst du?«

»Nur so!«

»Sag schon!«

»Na ja, man hört so einiges!«

»Was hört man?«

»Nichts, vergiss es!«

»Komm schon!«

Emanuel rang sichtlich mit sich. »Also, die Leute vermuten, dass Siegfried fremdgeht!«

»Waaas! Wie kommen die Leute dazu, so etwas zu behaupten?«

»Man hat Siegfried gesehen!«

»Wer?«

»Spielt keine Rolle!«

Friedbert blickte seinen Freund abwartend an. Der sah ein, dass er sich zu weit vorgewagt hatte, um jetzt noch einen Rückzieher zu machen.

»Das hast du aber jetzt nicht von mir!«

»Okay!«

»Vielleicht ist ja an dem Gerücht auch gar nichts dran!«

Friedbert seufzte ungeduldig.

»Also, man hat Friedbert mehrmals mit der kleinen Praktikantin vom Forstamt gesehen.«

»Das muss gar nichts heißen!«

»Pfffff!«

# 70

Rolf Sparmann schmückte seinen Weihnachtsbaum. Die Lichterkette war bereits angebracht. Jetzt griff er vorsichtig zu den Glaskugeln, verteilte sie möglichst gleichmäßig rund um die Tanne. Seine Gedanken schweiften zurück in die Kindheit. Leise Wehmut ergriff ihn.

Bunte Glaskugeln in allen Farben, mit und ohne Verzierung, hatten die Christbäume seiner Kindheit geschmückt, weil jede zerbrochene Kugel mit einer Glaskugel anderer Farbe ersetzt worden war. Kitschige Engel schwebten zwischen den Zweigen. Strohsterne und diverse Holzfigürchen baumelten von den Ästen und Lametta glitzerte in dicken Strängen. Rolf Sparmann erinnerte sich daran, wie sein Vater die echten Wachskerzen entzündet hatte. Eine feierliche Prozedur!

Jetzt schmückte Rolf Sparmann seinen eigenen Christbaum. Blaue und goldfarbene Glaskugeln, künstliche Beleuchtung. Ein eleganter Baum, kühl und unpersönlich. Er hätte in die Vorhalle einer Bank gepasst.

»Möchtest du Gans oder Pute am ersten Weihnachtsfeiertag?«, fragte Sonja. Sie hielt einen abstrakt gestalteten Engel aus Silberblech in Händen, der nur mit viel Phantasie als solcher zu erkennen war.

»Ja«, antwortete Rolf Sparmann zerstreut.

»Sag mal, hörst du mir überhaupt zu?« Sonja runzelte verärgert die Stirn.

»Natürlich!«

»Gans oder Pute?«

»Mir egal.«

»Das hilft mir weiter!«

»Mir schmeckt beides.«

»Wo bist du denn mit deinen Gedanken?«

Rolf Sparmann verließ das Land seiner Kindheit und kehrte gedanklich in die Gegenwart zurück. Prompt stieg das verzweifelte Gesicht Ottmar Raffkes vor seinem inneren Auge auf, bleich wie ein Gespenst. Rolf Sparmann seufzte. Noch immer hatte er keine Entscheidung darüber getroffen, ob er die Polizei über den Inhalt seines Gespräches mit Ottmar Raffke informieren sollte. Würde er damit den Verdacht auf einen Unschuldigen lenken? Eventuell sogar das Bankgeheimnis verletzen?

Ottmar Raffke und der Hofbauer hatten sich zum Kauf eines neuen Mähdreschers entschlossen. Der Hofbauer war kurzfristig von dem Geschäft abgesprungen und hatte Ottmar Raffke auf den Kosten sitzen lassen. Worauf selbiger sich nun in einer verzweifelten finanziellen Situation befand. War es darüber zum handfesten Streit gekommen? Hatte Ottmar Raffke die Beherrschung verloren? Andererseits, warum hatte Ottmar Raffke seinen Zwist mit dem Hofbauer ihm gegenüber erwähnt und sich damit selbst verdächtig gemacht?

Sonja riss Rolf Sparmann aus seinen Überlegungen. »Hast du dich jetzt entschieden?«

»Ich halte mich raus!«, entgegnete Rolf Sparmann entschlossen.

»Okay, dann Pute mit Preiselbeeren und Klößen am ersten Weihnachtsfeiertag!«

# 71

Feierlicher Glockenklang hallte durchs Dorf. Die kleine Barockkirche war an Heiligabend bis zum letzten Platz besetzt. Hinter den Bankreihen waren zusätzliche Stühle aufgestellt worden. Auch sie waren allesamt besetzt. Dorfbewohner, die das ganze Jahr über einen Bogen um die Kirche machten, quetschten sich nun eigensinnig mit halber Pobacke auf das äußerste Ende einer Kirchenbank. Und zischten gereizt in Richtung ihrer Partner: »Hab ich dir nicht gesagt, wir müssen früher losgehen, damit wir noch einen Platz in der Kirche bekommen?«

Dirk Köcher saß mit seinen Eltern in einer Kirchenbank unter der Empore, eingekeilt von festlich gekleideten Kirchenbesuchern. Rechts neben ihm hatte eine alte Dame Platz genommen, deren schwarzer Mantel wohl nur an Weihnachten zum Einsatz kam, denn er roch durchdringend nach Mottenkugeln. Sie versuchte, ihre glückselige Weihnachtsstimmung auf Dirk Köcher zu übertragen, indem sie lächelnd ihr vergilbtes, leicht schräg sitzendes Gebiss entblößte.

Die Glocken verklangen. Die Orgel setzte mächtig ein. »Es ist ein Ros entsprungen«, sang die Gemeinde. Brustkörbe hoben und senkten sich. Münder klappten auf und zu. Viele sangen. Manche taten nur so.

Pfarrer Fürchtegott Predigtmann kündigte das alljährliche Krippenspiel an. Verkleidete Knirpse agierten mit großem Eifer. Stolze Mütter drückten heimlich die Daumen. Besorgte Väter hofften, dass der Nachwuchs nicht stecken blieb. Gerührte Großmütter zückten Taschentücher und gelangweilte Großväter ließen das gefühlt siebzigste Krippenspiel ihres Lebens stoisch über sich ergehen.

Pfarrer Fürchtegott Predigtmann thronte auf seiner Kanzel und verkündete die Frohe Botschaft. Neben ihm erstrahlte der mit Strohsternen behangene Christbaum. Zum Abschluss des Gottesdienstes sang die Gemeinde aus Leibeskräften: »O du fröhliche …«

Die letzten Orgelklänge verstummten. Kirchentüren wurden knackend geöffnet. Die Gemeinde erhob sich und drängte zum Ausgang. Dirk Köcher bahnte sich mit betont heiterer Miene seinen Weg durch die Menge. Da wurde ein Arm emporgereckt. Jemand winkte ihm. Die korpulente Margit steuerte auf ihn zu. Da gab es kein Entrinnen!

Margit Großmann, die den Bibelspruch »Seid fruchtbar und mehrt euch« etwas gar zu wörtlich genommen hatte, und Dirk Köcher waren Klassenkameraden in der Grundschule gewesen, bevor Dirk Köcher aufs Gymnasium wechselte. »Unsere Zoe hat beim Krippenspiel auch mitgemacht«, verkündete Margit stolz, als sie sich schnaufend zu Dirk Köcher durchgekämpft hatte. »Ich kann behaupten, sie ist hochbegabt!«

»Als ob du das beurteilen könntest«, dachte Dirk Köcher verdrossen und erinnerte sich daran, dass Margit ihren Hauptschulabschluss erst im zweiten Anlauf und nur mit dem größten Wohlwollen ihrer erschöpften Lehrer bestanden hatte. Er stellte seine Ohren auf Durchzug!

Kaum war Dirk Köcher der wie ein Wasserfall sprudelnden Margit entronnen, da stieß ihm seine Mutter energisch den Ellbogen in die Rippen. Mit dem Kinn deutete sie auf ein Grüppchen Leute, das plaudernd beisammenstand. Dirk Köcher folgte ihrem Blick und erkannte Nicole, die laut fester Überzeugung seiner Mutter einst ein Auge auf ihn geworfen hatte. Nicoles dicker Bauch war nicht zu übersehen. In diesem Moment drehte sie den Kopf und sah Dirk Köcher an. Sie lächelte. Stolz? Freudig? Triumphierend?

Fröhliche Weihnachten!

# 72

Gut gelaunt und völlig gipsfrei kehrte Oberstaatsanwalt Klaus Bogenschütz nach seinem Silvesterurlaub in Österreich ins Büro zurück. Das Gesicht braun gebrannt, die Wangen leicht gerötet, strahlte er Vitalität und Frische aus. Ganz im Gegensatz zu seiner Sekretärin Jessie, die stark erkältet war. Mit roter Nase im grünlich blassen Gesicht wünschte sie ihrem Chef mit schwitzig-feuchter Hand ein gutes neues Jahr.

»Sie hat es ja ordentlich erwischt. Wo haben Sie sich das denn eingefangen?« Prüfend sah Klaus Bogenschütz seine Sekretärin an.

»Weiß auch nicht«, antwortete Jessie kläglich und verschwieg geflissentlich, dass sie auf der Silvesterparty leicht bekleidet ausgelassen gefeiert hatte.

»Ein Freund von mir hatte auch mal so eine schwere Erkältung. Seitdem riecht und schmeckt er nichts mehr«, unkte Klaus Bogenschütz.

Erschrocken riss Jessie die Augen auf und wurde noch eine Spur blasser.

»Kann ich Sie in Ihrem geschwächten Zustand um einen Kaffee bitten?«

Jessie eilte davon.

Klaus Bogenschütz drehte die Heizung herunter. Der Raum war völlig überheizt. Mit gerunzelter Stirn betrachtete er die neuen Aktenberge auf seinem Schreibtisch. Mord und Totschlag unterm Weihnachtsbaum!

Jessie brachte den Kaffee. »Wie war's im Skiurlaub?«, fragte sie.

Klaus Bogenschütz streckte die Beine unter dem Schreibtisch aus, verschränkte die Arme hinter dem Kopf und lächelte versonnen. Der Skiurlaub in Österreich war ein voller Erfolg gewesen.

Das schicke Hotel mit dem tief herabgezogenen Dach und den langen Holzbalkonen, das Klaus Bogenschütz für sich und seine Familie gebucht hatte, strahlte rustikalen Charme aus. Das Essen war vorzüglich gewesen. Es gab ein reichhaltiges Frühstücksbuffet. Abends gönnte sich Klaus Bogenschütz saftige Steaks, Wildgerichte oder gemischte Grillteller. Ehefrau Susanne bestellte Kaiserschmarrn, Marillenknödel und Salzburger Nockerl. Die Kinder aßen Pommes frites mit Hähnchen, Pommes frites mit Wiener Schnitzel, Pommes frites mit Würstchen.

Weißer Pulverschnee, strahlender Sonnenschein und ein tiefblauer Himmel hatten Klaus Bogenschütz täglich auf die Piste gelockt. Von morgens bis abends wedelte er mit tausend anderen Skifahrern unablässig die Hänge herab, um sich anschließend zum Skilift zu begeben und sich geduldig in die lange Schlange von dreihundert anderen Wartenden einzureihen.

Susanne war Dauergast im Wellnessbereich des Hotels gewesen. Sie badete in Stutenmilch, ließ sich Schlammpackungen verabreichen und genoss diverse Massagen. Den krönenden Abschluss bildete eine Gesichtsmaske aus Meeresalgenextrakt.

Sohn Felix hatte im Hallenbad sogleich Anschluss an Gleichaltrige gefunden. Er ließ sich nur zu den Mahlzeiten blicken. Tochter Lisa freundete sich mit einem netten Jungen namens Lukas an. Beide verstanden sich prächtig. Stundenlang saßen sie einträchtig nebeneinander und blickten auf ihre Smartphones.

Klaus Bogenschütz und seine Ehefrau Susanne hatten den Abend regelmäßig in der gemütlichen Bauernstube am flackernden Kaminfeuer ausklingen lassen, jeder mit einer dicken Tasse Glühwein vor sich.

Klaus Bogenschütz nahm die Akte Hofbauer zur Hand. Ging die Verhörprotokolle durch. Noch immer war kein Durchbruch erzielt worden. Zwar vermutete Klaus Bogenschütz eine Beziehungstat. Doch wenn er sich irrte? Wenn tatsächlich ein psychisch gestörter und damit brandgefährlicher Täter die Tat begangen hatte?

# 73

Mechthild und Georg Wiesner betraten das imposante rote Backsteingebäude, erbaut im Jahre 1918, in dem der örtliche Polizeiposten untergebracht war. »Wir hätten vielleicht noch warten sollen«, meinte Georg Wiesner zögerlich. »Wir haben lange genug gewartet«, entgegnete Mechthild Wiesner entschieden.

»Was kann ich für Sie tun?«, fragte der Polizeibeamte, ein blonder Mittfünfziger mit Bauchansatz, hinter seinem Computer hervor und erhob sich gemächlich von seinem grauen Drehstuhl.

»Wir vermissen unsere Tochter«, stieß Mechthild Wiesner hervor.

»Name, Alter?«

»Mechthild Wiesner, 56 Jahre alt.«

Der Beamte blickte irritiert. »Der Name und das Alter Ihrer Tochter bitte!«

»Ach so! Entschuldigung! Ich bin ein bisschen aufgeregt. Diana heißt sie, Diana Wiesner!«

»Und wie alt ist Diana?«

»Sie ist im vergangenen November 21 Jahre alt geworden.«

»Wann hatten Sie letztmals Kontakt zu Ihrer Tochter?«

»Das war noch vor Weihnachten.«

»Wann genau? Können Sie sich an das Datum erinnern?«

»Nein, das hab ich mir nicht gemerkt.« Hilfesuchend wandte sich Mechthild Wiesner an ihren Mann. »Weißt du noch, wann genau Diana angerufen hat?« Georg Wiesner schüttelte bedauernd den Kopf. »Ist schon eine Weile her!«

»Schildern Sie mir bitte kurz den Inhalt Ihres Gespräches mit Ihrer Tochter«, bat der Beamte, sichtlich um Geduld bemüht.

»Diana hat gesagt, sie plane, über Weihnachten und Neujahr eventuell mit einer Freundin zum Skilaufen nach Südtirol zu fahren. Das sei aber noch nicht sicher. Falls die Freundin ihr absage, käme sie Weihnachten heim.«

»Und sie hat sich seither nicht mehr bei Ihnen gemeldet?«

»Nein.«

»Haben Sie versucht, Ihre Tochter anzurufen?«

»Natürlich. Sie geht nicht an ihr Handy.«

»Das Handy ist ausgeschaltet«, mischte sich Georg Wiesner ein und ergänzte: »Seit längerer Zeit schon, sagt unser Sohn.«

»Vielleicht hat Ihre Tochter ein zweites Handy! Könnte das sein?«

Mechthild und Georg Wiesner zuckten die Schultern. »Das wissen wir nicht.«

»Nun ja«, der Beamte räusperte sich, »Ihre Tochter

ist volljährig. Erwachsene haben das Recht, Ihren Aufenthaltsort frei zu bestimmen. Wir können erst tätig werden, wenn Gefahr für Leib oder Leben besteht.«

»Um Himmels willen!« Mechthild Wiesner wurde blass.

»Jetzt machen Sie sich mal keine Sorgen. Ihre Tochter wird sich sicher bald bei Ihnen melden«, beruhigte der Beamte.

»Das hoffen wir«, murmelte Mechthild Wiesner tonlos.

# 74

Seit er die Leiche von Johannes Hofbauer im Wald gefunden hatte, drehte Gerhard Schulze seine gewohnten Joggingrunden sicherheitshalber in Dorfnähe. Meist umrundete er mehrmals den Sportplatz. Was ihn zunehmend langweilte. Doch heute wollte er den Bann brechen und auf seiner gewohnten Laufstrecke durch den Wald joggen.

Gerhard Schulze warf seinen Schlüssel auf den hellbraunen Schuhschrank im Flur seines Hauses und stellte seine Aktenmappe ab. Er hatte heute im Büro früher Schluss gemacht. Es war Spätnachmittag, eine gute Stunde blieb ihm bis zum Einbruch der Dunkelheit. Die wollte er nutzen.

Er schlüpfte in sein dunkelblaues Jogging-Outfit und seine ausgetretenen Laufschuhe. Schnappte sich aus der Sprudelkiste eine Flasche Mineralwasser. Griff nach Mütze, Schal und Handschuhen und verließ das Haus.

Der Waldparkplatz lag einsam und verlassen da. Gerhard Schulze parkte sein Auto und stellte den Motor ab. Die Stille, die sich plötzlich im Wagen ausbreitete, wirkte erdrückend. Gerhard Schulze atmete tief ein und langsam wieder aus. Spähte durch die

Windschutzscheibe. Gab sich energisch einen Ruck und öffnete entschlossen die Fahrertür. Stieg langsam aus. Blickte sich unsicher um.

Dämmriges Licht fiel durch die kahlen Baumkronen. Ein leichter Windstoß strich durch die Wipfel der Tannen. Stellenweise lag noch Schnee, verschluckte jedes Geräusch. Gerhard Schulze setzte seine blaue Wollmütze auf, schlang sich den dicken Schal um den Hals und zog seine gefütterten Handschuhe an. Hielt unentschlossen einen Moment inne. Etwas hielt ihn zurück.

»Sei nicht albern«, schalt sich Gerhard Schulze selbst, ignorierte ein mulmiges Gefühl und setzte sich in Bewegung, verschwand um die nächste Wegbiegung.

# 75

Kriminalhauptkommissar Josef Pfeil saß in seinem Büro und starrte verdrießlich aus dem Fenster. Er trank bereits seine dritte Tasse Kaffee, aber er kam einfach nicht in die Gänge. Lustlos ließ er den Blick über die Aktenberge auf seinem Schreibtisch schweifen. Seufzte gelangweilt und biss in einen zähen Zimtstern. Das Läuten seines Telefons schreckte ihn auf. Er legte die rechte Hand auf den Hörer des Telefons und wartete einen Moment, bevor er abnahm und sich meldete.

»Ist dort die Kriminalpolizei?«, fragte eine weibliche Stimme aufgeregt. »Ich will mit der Kriminalpolizei sprechen.«

»Ich bin Kriminalhauptkommissar Pfeil, was kann ich für Sie tun?«

»Ich war schon bei der Polizei, aber die hilft mir nicht.«

»Um was handelt es sich denn Frau …?«

»Wiesner, Mechthild Wiesner.«

»Also, Frau Wiesner, was ist der Grund Ihres Anrufs?«

»Meine Tochter ist verschwunden.«

»Unser Dezernat ist nicht zuständig für Vermisstenfälle.«

Mit schriller, sich überschlagender Stimme kreischte Mechthild Wiesner: »Es will wieder keiner zuständig sein. Wenn man die Polizei einmal braucht!«

»Frau Wiesner …!«

Hysterisches Schluchzen drang durch den Telefonhörer.

»Frau Wiesner! Jetzt beruhigen Sie sich doch!«

»Entschuldigung!«

»Also, was genau ist passiert?«

»Unsere Tochter …« Mechthild Wiesners Stimme brach. Sie rang um Fassung.

Josef Pfeil wartete. Ließ ihr Zeit. Dann fragte er behutsam: »Was ist mit Ihrer Tochter?«

»Sie meldet sich nicht. Lässt nichts mehr von sich hören. Nicht einmal zu Weihnachten oder Neujahr hat sie angerufen. Da stimmt etwas nicht!«

»Aha. Und wie alt ist Ihre Tochter?«

»Das hat mich der andere Polizist auch gleich gefragt. Und dann hat er gesagt, er unternimmt nichts, weil Diana schon erwachsen ist.«

»Ihre Tochter ist bereits erwachsen?«

»Diana ist im November 21 Jahre alt geworden. Ein halbes Kind noch!«

Josef Pfeil seufzte leise. Dann fragte er vorsichtig: »Bitte verstehen Sie mich nicht falsch! Wie ist Ihr Verhältnis zu Ihrer Tochter?«

»Ob wir Streit hatten, meinen Sie?«

»Nun, ja!« Josef Pfeil räusperte sich.

»Die jungen Leute haben ihren eigenen Kopf, das weiß man ja. Die lassen sich nix mehr sagen. Aber wir hatten keinen Streit. Bestimmt nicht!«

»Wie, sagten Sie, ist der Name Ihrer Tochter?«, fragte Josef Pfeil, plötzlich hellhörig geworden.

»Diana! Diana Wiesner. Sie ist Praktikantin im Forstamt.«

Kriminalhauptkommissar Pfeils Unterbewusstsein schlug Alarm.

# 76

Gerhard Schulzes Atem dampfte, als er in gemäßigtem Tempo durch den Wald joggte. Er musste auf den Weg achten. Eine vereiste Pfütze hätte ihn gleich zu Beginn seiner Laufrunde fast zu Fall gebracht. Wild mit den Armen rudernd hatte er im letzten Moment sein Gleichgewicht wiedererlangt. Auf das Laufen konzentriert, den Blick vor sich auf den Boden geheftet, achtete Gerhard Schulze wenig auf seine Umgebung. Im trüben Dämmerlicht wirkte der Wald trostlos, dunkel und kahl. »Vielleicht hätte ich doch meine üblichen Runden um den Sportplatz drehen sollen«, dachte er unbehaglich.

Gerhard Schulze hob den Kopf. In etwa einhundert Metern Entfernung bog rechts ein schmaler Forstweg in einen noch abgelegeneren Teil des Waldes ab. Dieser Pfad führte in einem großen Bogen zum Parkplatz zurück. Sollte er ihm folgen oder besser umkehren? Gerhard Schulze zögerte.

Es war völlig windstill, als hielte der Wald den Atem an. Gerhard Schulze biss die Zähne zusammen, gab sich einen Ruck und bog in den schmalen Pfad ein. Hohe, dichte Tannen säumten seinen Weg. Er trieb sich zur Eile an. Bald würde es dunkel werden.

Schmale Reifenspuren schlängelten sich den Forstweg entlang. Sie schienen nicht von einem forstwirtschaftlichen Fahrzeug zu stammen. Gerhard Schulze folgte ihnen. Und stutzte plötzlich! Das Fahrzeug war jäh vom Weg abgebogen und hatte den Pfad verlassen! Mit den Augen folgte Gerhard Schulze den tiefen Spurrillen, die zu einer Baumgruppe führten und dahinter verschwanden. Unschlüssig blieb er stehen. Dann verließ er kurzentschlossen den Pfad und folgte den Spuren ins Unterholz. Und fand dort nach wenigen Metern zwischen dichten Tannen gut versteckt einen weißen Kleinwagen!

# 77

Auf dem Titelblatt einer bekannten Boulevardzeitung prangte in großen Lettern:

## STUDENTIN VERSCHWUNDEN
## NEUES OPFER DES BODENFELD-KILLERS?
### (Seite 4)

Auf Seite 4 fand sich ein Artikel über die vermisste 21-jährige Forstamtspraktikantin Diana W. nebst einem großformatigen Foto.

In der Heiligenbrunner Zeitung wurde das Verschwinden von Diana W. nur kurz erwähnt. Daher übersah Gerhard Schulze die schmale Spalte mit dem Bericht, als er in seiner Mittagspause die Zeitung überflog und verdrießlich den Sportteil studierte, weil sein Fußballverein erneut ein wichtiges Spiel haushoch verloren hatte.

Als Gerhard Schulze abends heimkam, begrüßte ihn seine Gattin bereits im Flur mit den Worten: »Hast du schon gehört …?«

Gerhard Schulze ließ sich die Zeitung geben. Ein Suchaufruf! Die Forstamtspraktikantin Diana Wiesner wurde vermisst. Sie fuhr einen weißen Fiat Punto, der ebenfalls verschwunden war! Gerhard Schulze griff zum Telefon.

# 78

»Da!« Gerhard Schulze blieb stehen und wies mit
dem Zeigefinger seiner rechten Hand auf ein Tannengehölz. Kriminalhauptkommissar Pfeil, der ihm
mit matschbeschmutzten Schuhen und schlamm-
bespritzten Hosenbeinen folgte, stoppte ebenfalls.
Ebenso Kriminaloberkommissar Köcher, dessen fins-
terer Miene man das Vergnügen über diesen Ausflug
unschwer ansah.

Im Stelzschritt balancierten die Kommissare über
den sumpfigen Waldboden in Richtung Tannengehölz,
gefolgt von den Leuten der Spurensicherung. Wasser
schwappte in Schuhe, schmatzende Geräusche ertönten bei jedem Schritt. Zwischen dunklem Tannen-
grün schimmerte es weiß. Langsam und bedächtig,
um keine eventuellen Spuren zu verwischen, näherte
man sich dem abgestellten Fahrzeug. Tannenzweige
wurden beiseitegeschoben. Zahlreiche Augenpaare
spähten aufmerksam durch die mit Tannennadeln
übersäten Fenster ins dunkle Innere des Wagens. Der
Fahrgastraum war leer.

Das Auto war nicht abgeschlossen. Die Türen ließen sich öffnen. Auf dem Beifahrersitz befand sich
eine blaue Umhängetasche. Auf dem Rücksitz lag eine

karierte Decke in Brauntönen. Daneben stapelten sich diverse forstwirtschaftliche Lehrbücher, Notizblocks, Kugelschreiber, ein Päckchen Taschentücher. Überraschenderweise steckte der Zündschlüssel im Schloss. An einem ledernen hellrosa Schlüsselbund baumelten weitere Schlüssel.

»Wir sollten im Kofferraum nachsehen!«, schlug Dirk Köcher vor. Ein junger Mann von der Spurensicherung ging zum Fahrzeugheck. Josef Pfeil und Dirk Köcher folgten ihm. Machten sich auf einen schaurigen Anblick gefasst. Hielten unbewusst den Atem an. Mit einem leisen Quietschen schwang der Kofferraumdeckel auf. Josef Pfeil und Dirk Köcher atmeten erleichtert auf. Keine Spur von Diana Wiesner. Stattdessen befanden sich im Kofferraum zwei große Reisetaschen. Aus einer dieser Taschen lugten in buntes Weihnachtspapier verpackte Geschenke hervor.

Die Männer fröstelten.

# 79

Die alte Hofbäuerin schlief schlecht in letzter Zeit. Auch in der vergangenen Nacht hatte sie wach gelegen, neben sich das leere, kalte Bett ihres verstorbenen Gatten. Etwas Lauerndes, Drohendes lag über dem Hof! Sie fühlte es ganz deutlich. Innerhalb der Familie beäugte man sich misstrauisch. Der alten Hofbäuerin waren die prüfenden Blicke nicht entgangen, die sich die Familienmitglieder gegenseitig zuwarfen, wenn sie sich unbeobachtet glaubten.

Unausgeschlafen und wie gerädert schleppte sich die Hofbäuerin durch den Tag. Soeben wurde die Totenglocke geläutet! »Weißt du, wer im Dorf gestorben ist?«, fragte sie ihre Tochter Gerlinde, die in diesem Moment die Küche betrat.

»Der Vater vom Metzger.«

»Ach, den hab ich doch neulich noch spazieren gehen sehen.«

»Er habe morgens tot im Bett gelegen, heißt es.«

»Ein schöner Tod.«

»Gehst du zur Beerdigung?«, fragte Gerlinde.

»Weiß noch nicht. Zumindest einer aus unserer Familie sollte sich dort sehen lassen.«

»Hm.«

»Du, sag mal, was ist eigentlich los bei euch?«

»Wieso?«

»Ich spür doch, dass zwischen dir und Harry etwas nicht stimmt!«

»Was soll schon sein?« Gerlinde zuckte die Achseln.

»Mir machst du nichts vor!«

Die Hofbäuerin drehte sich zu ihrer Tochter um und fixierte sie durchdringend. »Also, was ist?«

»Der Harry und ich … Also wir …« Gerlinde brach ab und senkte beschämt den Kopf.

Die Hofbäuerin gab Brühe zum Kartoffelsalat. Dann schob sie die Schüssel mit einem Ruck von sich und forderte ihre Tochter energisch auf: »So, du erzählst mir jetzt sofort, was los ist!«

Und Gerlinde berichtete schluchzend, wie sie oben im Büro gestanden und Harrys Schubfach im Schreibtisch geöffnet hatte.

# 80

Suchmannschaften durchkämmten mit aufgeregt bellenden Spürhunden den Wald rund um die Stelle, wo man Diana Wiesners Wagen aufgefunden hatte. Gab es noch eine Chance, Diana Wiesner lebend zu finden? Keiner glaubte mehr daran.

Es war ein frostiger Januarmorgen. In der Nacht waren die Temperaturen stark gefallen. Kalte Luft stach in die Lungen der Männer und Frauen, mit Raureif überzogenes Laub raschelte unter ihren Schritten, gefrorene Pfützen knackten und brachen unter ihren Tritten.

Ein Hund schlug an. Die allgemeine Aufmerksamkeit richtete sich auf einen hohen Reisighaufen. Schicht um Schicht wurde abgetragen. Hatte man Diana Wiesners Ablagestelle gefunden? Das letzte Reisig wurde entfernt. Nichts! Falscher Alarm! Enttäuschung und Erleichterung gleichermaßen bei den Suchenden.

Eine Pause wurde eingelegt. Man trank heißen Kaffee aus Thermoskannen. Rieb sich die kalten Hände. Zog Mützen über gerötete Ohren. Biss mit dampfendem Atem in belegte Brötchen. Suchte weiter. Den ganzen Tag. Die Dämmerung brach herein. Morgen würde man weitersuchen.

# 81

Im großen Sitzungssaal fand eine Pressekonferenz statt. Reporter drängten in den Raum, kämpften um die besten Plätze. Positionierten ihre Kameras. Auch das Fernsehen war da. Etwas erhöht hinter dem dunkelbraunen Richtertisch saß Oberstaatsanwalt Bogenschütz, dem Anlass entsprechend in Anzug, Hemd und Krawatte, dezent und farblich aufeinander abgestimmt. Helles Licht fiel durch die hohen Fenster.

Auf dem Weg zu einer Verhandlung warf Staatsanwalt Stefan Bosnickel einen neidischen Blick auf seinen Kollegen Bogenschütz, der seiner Ansicht nach wieder völlig zu Unrecht im Rampenlicht stand, während er einen Jugendlichen anzuklagen hatte, der versucht hatte, einer Oma die Handtasche zu klauen. Der Raub war im Versuchsstadium stecken geblieben, weil die beherzte Oma ihre Handtasche eisern festhielt und dem Jugendlichen laut kreischend mit ihrem Rollator in die Kniekehlen fuhr. Woraufhin selbiger die Flucht ergriff. Gänzlich ohne Beute.

Die Journalisten unterhielten sich gedämpft. Blickten auf die Uhr. Einer eilte noch schnell auf die Toilette. Man wartete auf Kriminalhauptkommissar Pfeil. Rechtsreferendar Kevin Grünlich stolzierte mit wichtiger Miene durch den Sitzungssaal, seine schwarze Leihrobe lässig über dem Arm.

Etwas außer Atem und mit leicht gerötetem Gesicht ließ sich Kriminalhauptkommissar Pfeil auf einen Stuhl rechts neben Oberstaatsanwalt Bogenschütz fallen. Blickte prüfend in die Runde. Annegret hatte ihn vor der Pressekonferenz noch zum Friseur geschickt, was ordentlich Überredungskunst gekostet hatte.

Oberstaatsanwalt Bogenschütz rückte das Mikrofon zurecht. Begrüßte die Anwesenden. Gab einen kurzen Überblick über die Ermittlungsergebnisse im Fall Johannes Hofbauer. »Wir haben einige vielversprechende Ansätze«, log er.

Ein beleibter Journalist der Heiligenbrunner Stimme gab Handzeichen und fragte: »Gibt es einen Zusammenhang zwischen dem Fall Hofbauer und der vermissten Praktikantin Diana Wiesner?«

»Es ist noch zu früh, hier Vermutungen anzustellen«, wich Oberstaatsanwalt Bogenschütz aus. Erteilte das Wort Kriminalhauptkommissar Pfeil.

»Gibt es Hinweise darauf, wo sich Diana Wiesner aufhalten könnte?«, fragte eine Reporterin des Südwestfunks.

»Leider nein!«, gab Kriminalhauptkommissar Pfeil zu.

»Haben Sie im Fahrzeug von Diana Wiesner Spuren sichern können?«

»Aus ermittlungstaktischen Gründen können wir hierzu leider keine Angaben machen.«

»Das sagen die Kommissare im Fernsehen auch immer.«

Gelächter im Saal.

# 82

Die beiden Brüder saßen beim Frühstück. Siegfried trank seinen Kaffee und blätterte in der Heiligenbrunner Zeitung, Friedbert beschmierte eine Scheibe Hefezopf dick mit Butter und Erdbeermarmelade und biss herzhaft hinein. Beide schwiegen. Nur Friedberts leises Kauen war zu hören. Vor dem Fenster waberte undurchdringlicher grauer Nebel.

Siegfried blätterte langsam eine Seite um und hielt jäh inne, als sein Blick auf ein Bild von Diana Wiesner fiel, über dem in großen schwarzen Lettern der Aufruf prangte:

**DIANA, BITTE MELDE DICH!**

In den folgenden Zeilen flehte Dianas verzweifelte Mutter die Bevölkerung an: »Wenn Sie Diana gesehen haben oder Hinweise geben können, wo sie sich aufhält, bitte setzen Sie sich mit uns in Verbindung! Falls Sie Diana in Ihrer Gewalt haben, bitte geben Sie uns unsere Tochter zurück!«

Wie paralysiert starrte Siegfried den Zeitungsartikel an. Bemerkte erst jetzt, dass Friedbert ihn aufmerksam musterte. »Was ist?«, fragte er mürrisch.

»Nichts!«

»Warum guckst du mich so an?«

»Kennst du Diana Wiesner?«

Siegfried schüttelte den Kopf.

»Da hab ich aber was anderes gehört!«

»Was hast du gehört?«, fuhr Siegfried auf.

»An Kirchweih sollst du dich gut mit ihr amüsiert haben!«

»Wenn ich mich an jede erinnern wollte, mit der ich mich mal amüsiert habe, hätte ich viel zu tun.«

»Man munkelt, du hättest was mit ihr.«

»Wer sagt das?« Siegfried beugte sich drohend vor und funkelte seinen Bruder zornig an.

Friedbert zuckte die Schultern.

»Sag schon! Wer zerreißt sich das Maul über mich?«

Friedbert drehte sich auf seinem Stuhl um und wollte sich erheben. Doch Siegfried legte blitzschnell seine Hand auf seinen rechten Unterarm und hielt ihn fest. »Hiergeblieben! Erst sagst du mir, wer über mich herzieht!«

»Lass mich los!«

Siegfrieds Hand umklammerte den Arm seines Bruders wie ein Schraubstock.

»Warum regst du dich so auf?«

»Ich bin ein verheirateter Mann!«

»Wie heißt es so schön: Die Katze lässt das Mausen nicht!«

»Was willst du damit sagen?«

Statt einer Antwort lächelte Friedbert wissend.

»Ach, leck mich doch!«
»Darauf möchte ich dankend verzichten!«

# 83

Diana Wiesners Auto war zwischenzeitlich kriminaltechnisch untersucht worden. Zahlreiche Spuren wurden gesichert. Einen Treffer in der Datenbank gab es jedoch leider nicht. Die Suche nach Diana Wiesner ging derweil unermüdlich weiter. Der Radius um den Fundort ihres Wagens im Wald wurde beständig erweitert. Bislang jedoch ohne Erfolg. Der Aufruf ihrer Mutter in der Heiligenbrunner Stimme brachte zahlreiche Hinweise. Zeugen wollten Diana Wiesner an den verschiedensten Orten gesehen haben. Sämtlichen Hinweisen wurde nachgegangen. Doch Diana Wiesner blieb verschwunden.

Kriminalhauptkommissar Pfeil und Kriminaloberkommissar Köcher waren auf dem Weg nach Bad Wimpfenburg, um die Mitarbeiter des Forstamts zum Vermisstenfall Diana Wiesner zu befragen. Die Sekretärin, Sybille Klingbeil, hatte den Auftrag erhalten, die Kollegen zusammenzutrommeln.

Als die Kommissare den großen, mit rustikalen Eichenmöbeln ausgestatteten Gemeinschaftsraum des Forstamts betraten, an dessen mit Jagdmotiven tapezierten Wänden diverse Trophäen hingen, drehten sich zahlreiche Köpfe neugierig nach ihnen um. Die Anwesenden verstummten.

Kriminalhauptkommissar Pfeil ergriff das Wort, stellte sich und seinen Kollegen kurz vor und kam ohne Umschweife zum Grund des Zusammentreffens.

»Wann wurde Diana Wiesner zuletzt gesehen?«

»Vor ihrem Weihnachtsurlaub«, sagte einer.

»Geht es etwas genauer?«

»Moment, ich sehe in der Urlaubskartei nach«, versprach Frau Klingbeil und eilte davon.

»Sie hat uns fröhliche Weihnachten gewünscht und ist gegangen«, sagte ein anderer.

»Kannte jemand von Ihnen Frau Wiesner näher?«

»Was heißt näher?«, fragte ein grobschlächtig wirkender Mann mittleren Alters und lachte anzüglich.

»Sie war kein Kind von Traurigkeit!«, warf ein anderer ein.

»Will heißen?«

»Na ja, sie hat den Männern gern den Kopf verdreht.«

»Wem zum Beispiel?«

Gelächter ertönte. Die Herren bezichtigten sich gegenseitig, den Reizen der hübschen Diana Wiesner erlegen zu sein. Protestierten laut, stritten es verlegen ab.

»Wann wurde Frau Wiesner nach Weihnachten im Forstamt zurückerwartet? Hat man sie hier nicht bereits vermisst?«

»Nein«, schaltete sich Frau Klingbeil ein. »Frau

Wiesner sollte erst Ende Januar ihr Praktikum im Forstamt fortsetzen. Nach Weihnachten musste sie an der Fachhochschule Heidelberg einige Klausuren schreiben und Berichtshefte abgeben.«

»Hat Frau Wiesner erzählt, was sie über Weihnachten vorhat?«

»Mir gegenüber war Frau Wiesner sehr verschlossen, fast schon abweisend«, klagte Frau Klingbeil.

Die Männer schmunzelten verständnisvoll.

»Aber sie hat Ihnen gesagt, dass sie Weihnachten zu ihren Eltern fahren will«, hakte Kriminalhauptkommissar Pfeil nach.

»Ob das gestimmt hat, kann ich Ihnen auch nicht sagen.«

»Gut, dann haben wir im Moment keine weiteren Fragen. Falls Ihnen noch etwas einfällt, setzen Sie sich bitte mit uns in Verbindung.«

# 84

Stockend und von Schluchzern unterbrochen hatte Gerlinde ihrer Mutter gebeichtet, was sie beim Öffnen von Harrys Schreibtischschublade entdeckt hatte. Einen gewaltigen Stapel an unbezahlten Rechnungen, Mahnbescheiden, Vollstreckungstiteln!

Geschockt schlug die Hofbäuerin die Hände vors Gesicht. Seufzte schwer. Gerlinde, die neben ihr am Küchentisch saß, schwieg jetzt. Schämte sich. Griff zu einem Taschentuch, schnäuzte sich geräuschvoll. Hagelkörner prasselten an die Fensterscheibe. Unbeachtet stand der Kartoffelsalat auf dem Küchentisch und wartete auf seine Fertigstellung.

»Wie konnte das passierten?«, fragte die Hofbäuerin fassungslos.

Gerlinde sank auf ihrem Stuhl zusammen. »Ich weiß es nicht!«

Es klopfte an die Tür. Sina trat ein, wunderte sich, dass der Hofladen noch nicht geöffnet hatte. Sah Gerlinde in Tränen aufgelöst.

»Ist jemand gestorben?«, fragte Sina und riss erschrocken die Augen auf.

»Noch nicht!«, sagte die Hofbäuerin grimmig.

# 85

Kriminalhauptkommissar Pfeil lehnte sich in seinem Stuhl zurück und blickte nachdenklich aus dem Fenster. Ließ sich die Befragung von Dianas Kollegen im Forstamt nochmals in allen Einzelheiten durch den Kopf gehen. Dann griff er zum Telefon und rief die forstwirtschaftliche Fakultät in Heidelberg an. Nannte den Grund seines Anrufs.

»Moment, ich verbinde Sie weiter«, sagte eine freundliche Frauenstimme. Ein Musikstück ertönte. Einmal, zweimal, dreimal. Schon wollte Josef Pfeil auflegen, als sich schließlich doch noch eine Männerstimme meldete: »Oh, da sind Sie bei mir verkehrt. Ich gebe das Gespräch an die Zentrale zurück!«

In der Zentrale waren mittlerweile alle Leitungen besetzt: »Bitte haben Sie einen Moment Geduld!«

Josef Pfeil widmete sich ausgiebig dem Aktenstudium, bis sich endlich jemand erbarmte und versprach: »Ich verbinde ich Sie mit dem Sekretariat.«

# 86

Im Sekretariat der forstwirtschaftlichen Fakultät erfuhr Kriminalhauptkommissar Pfeil, was er bereits geahnt hatte. Diana Wiesner hatte sich im Januar nicht zurückgemeldet. Sie hatte weder Klausuren mitgeschrieben noch ihre Berichtshefte abgegeben. Er kontaktierte Oberstaatsanwalt Klaus Bogenschütz. Dieser hatte es eilig, da er seinen erkrankten Kollegen Stefan Bosnickel im Strafprozess gegen Django S. vertreten musste.

Teppichhändler Django S. hatte einem reichen Unternehmer einen sündhaft teuren Perserteppich verkauft. Eine wahre Rarität. Das Echtheitszertifikat wollte Django S. nachreichen. Aber als der Unternehmer anschließend mit glänzenden Augen sein Prachtstück bewunderte, fiel ihm an der Unterseite des Teppichs ein kleines Schild auf: **Made in China.**

# 87

Josef Pfeil schloss die Haustür hinter sich. Streifte sich die Schuhe von den Füßen und schlüpfte in seine weichen grauen Filzpantoffeln. Trat zu Annegret in die Küche.

»Habt Ihr das vermisste Mädchen gefunden?«

»Nein, noch nicht.«

»Was kann ihr nur passiert sein?«

»Ich befürchte das Schlimmste.«

»Die armen Eltern!«

Josef Pfeil warf einen hungrigen Blick in den Topf, in dem Annegret rührte.

»Erbsensuppe mit Speck!«, verkündete Annegret.

»Das richtige Essen bei dieser Kälte!«

»Heute Abend läuft im Fernsehen die Fahndungssendung Aktenzeichen XY ungelöst.«

»Habe selbst genug ungelöste Fälle«, brummte Josef Pfeil.

»Wendet euch doch ans Fernsehen, wenn ihr nicht weiterkommt.«

»Das fehlte noch!«

»Doch, ich meine das ganz ernst! Das ist doch keine schlechte Idee, findest du nicht?«

Josef Pfeil schüttelte abwehrend den Kopf.

»Und du trittst dann im Fernsehen auf, so wie die anderen Kommissare, die man immer in der Sendung sieht.«

»Um Himmels willen!«

# 88

Dirk Köcher sang aus Leibeskräften: »Oh happy day!«
Den Chor und die damit verbundenen sozialen Kontakte wollte er nicht aufgeben, obwohl er sich gerne vor den Chorproben drückte. Ganz besonders freute sich die füllige Cornelia Maier über sein Kommen. An diesem Abend trug sie eine hellgraue Hose aus weichem Wollstoff, die den rhythmischen Schwingungen ihres ausladenden Hinterteiles wenig entgegenzusetzen hatte. Dirk Köcher schielte verstohlen hinüber zu Sabrina. Sie trug einen flauschigen himmelblauen Mohairpullover und weiße Perlenohrringe. Das lange blonde Haar umrahmte ihr zartes Gesicht. Der Gegensatz zwischen den beiden jungen Frauen hätte nicht größer sein können.

Nach der Chorprobe winkte Sabrina Dirk Köcher zu und rief: »Einige von uns gehen nachher noch etwas trinken. Kommst du mit?«

»Ja«, antwortete Dirk Köcher überrascht und errötete vor Freude. »Gern.« Und hörte im Geiste die Engel singen: »Oh happy day!«

# 89

Rainer Neider schulterte das Gewehr und leinte seinen Schäferhund Hasso an. Heute sollte es einer Wildsau an den Kragen gehen, da war er sich ganz sicher. Die verflixten Biester hatten ihn lange genug genarrt. Jedes Mal schien sich die Rotte buchstäblich in Luft aufgelöst zu haben, wenn er sie ins Visier nehmen wollte. »Na wartet«, dachte er grimmig. »Heute werde ich es euch zeigen!«

Mit energischen Schritten überquerte Rainer Neider den elterlichen Hof, stapfte entschlossen am Ententeich vorbei und folgte dem murmelnden Bachlauf in Richtung Wald. Es war früher Nachmittag. Durch eine graue Wolkendecke kämpften sich vereinzelte Sonnenstrahlen. Die Luft war kalt und klar. Ein frierender Vogel flog auf. Der kleine Bach führte nach der Schneeschmelze reichlich Wasser, das glucksend über bemooste Steine sprang.

Rainer Neider atmete tief durch und fühlte sich befreit, wie immer, wenn er dem strengen Regiment seines dominanten Vaters entronnen war. Er hatte die Ohrenklappen seiner Fellmütze heruntergeklappt. Ein brauner, grob gestrickter Schal wärmte seinen

Hals. Sein Atem dampfte. Die weiche, feuchte Erde federte unter seinen Schritten.

Er hatte den Waldrand erreicht und folgte einem schmalen Trampelpfad ins dämmrige Gehölz. Ging in Richtung der Stelle, an der er tags zuvor die Rotte gesichtet hatte. Kam zu dem Platz und fand ihn leer. Es war wie verhext!

Rainer Neider drang tiefer in den Wald ein. Suchte die Parzelle systematisch ab. Nichts! Keine Sau ließ sich blicken! Als hätten die schlauen Tiere den Braten gerochen. Buchstäblich!

Das Unterholz wurde dichter. Rainer Neider kämpfte sich durch dorniges Gestrüpp, kletterte über vermoderndes Geäst. Da wurde der Hund neben ihm plötzlich unruhig. Zerrte an seiner Leine. »Wild!«, fuhr es Rainer Neider durch den Kopf. »Hasso wittert Wild!« Er lauschte angestrengt. »Ruhig, Hasso!«, mahnte er leise.

Hasso legte die Ohren an, klemmte den Schwanz ein und winselte kläglich. Rainer Neider lockerte die Leine und folgte dem aufgeregt schnüffelnden Hund, der ihn zu einem hoch aufgeschichteten Reisighaufen zog. »Er hat wohl einen Dachs oder einen Fuchs aufgespürt«, vermutete Rainer Neider. Hasso begann mit den Pfoten zu scharren. Fuhr erschrocken zurück. Aus dem Gezweig ragte eine zarte weiße Hand!

# 90

Rot-weißes Absperrband kennzeichnete die Stelle im Wald, wo Polizeikräfte Diana Wiesners Leiche freigelegt hatten. Die junge Frau lag unter Reisig verborgen auf dem Rücken, den Mund zum stummen Schrei geöffnet, die Augen angstvoll aufgerissen, die Hände zu Krallen erstarrt.

»Scheiße«, entfuhr es Kriminalhauptkommissar Josef Pfeil, der mit diesem Kraftausdruck verriet, wie betroffen ihn der gewaltsame Tod der jungen Frau machte. Oberstaatsanwalt Klaus Bogenschütz hatte die Hände in den Taschen vergraben. »Das kann man wohl sagen!«, bestätigte er. Kriminaloberkommissar Dirk Köcher nickte schweigend. Er war blass um die Nase.

Routiniert unterzog die Rechtsmedizinerin Dr. Sandra Leichner den Körper von Diana Wiesner einer ersten Begutachtung.

»Und?«, fragte Oberstaatsanwalt Klaus Bogenschütz, als Dr. Leichner sich schließlich erhob und zu den wartenden Männern trat.

»Sie ist erwürgt worden, so viel kann ich schon sagen.«

»Wann etwa?«

Frau Dr. Leichner wiegte den Kopf. »Bereits vor einigen Wochen, schätze ich. Näheres nach der Obduktion.« Sie nickte den Männern kurz zu und verabschiedete sich.

# 91

Evi Hofbauer hockte in der Küche auf der Eckbank und blätterte in der Zeitung, vor sich einen Becher Kaffee. »Ich lese gerade, meine Schulkameradin Franziska heiratet demnächst den Achim vom Aussiedlerhof«, sagte sie zur Hofbäuerin, die einen Brotteig knetete. »Was die an diesem dicken Kerl findet? Der wiegt doch gut und gerne 150 Kilo«, lästerte Evi. »Kannst du dir die zarte Franziska und den dicken Achim zusammen im Bett vorstellen?«

»Unter einem Heuhaufen ist noch keine Maus erstickt«, schmunzelte die Hofbäuerin.

»Ein guter Hahn wird selten fett!«, konterte Evi süffisant.

»Was für ein Hahn?«, fragte Friedbert von der Tür her.

»Mein Gott«, stöhnte Evi und verdrehte die Augen.

Gerlinde stürzte an Friedbert vorbei in die Küche und sprudelte aufgeregt hervor: »Sie haben Diana Wiesner gefunden! Tot!«

Die schaurige Nachricht vom Leichenfund machte in Bodenfeld rasch die Runde. Ein Großaufgebot von Presseleuten versammelte sich im Ort und machte Jagd auf jeden, der es wagte, einen Fuß vor die Tür zu setzen.

Eine schrumplige alte Frau erklärte den Reportern mit zittriger Stimme, künftig nicht mehr bei offenem Fenster schlafen zu wollen, da man nicht wissen könne, was dieser Unhold hilflosen Frauen antat. Mütter hielten krampfhaft die Hände ihrer Kinder fest und versicherten, ihren Nachwuchs nicht mehr unbeaufsichtigt auf die Straße zu lassen. Das große Rätselraten um den Täter begann erneut, und jeder hatte diesbezüglich seine eigene Theorie.

# 92

Rainer Neider kauerte kreidebleich auf einem Stuhl in der Küche seines Elternhauses und ließ die Schultern hängen. Er stand noch immer unter Schock. Der Schreck war ihm in alle Glieder gefahren, als er im Wald Diana Wiesners Leiche gefunden hatte. Kopflos war er davongestürmt.

»Was hatten Sie in diesem abgelegenen Teil des Waldes zu suchen?«, fragte Kriminalhauptkommissar Pfeil, der Rainer Neider in der Küche gegenübersaß.

»Eine W… W… Wildsau«, stotterte Rainer Neider.

»Was?«

»Eine Wildsau.«

»Und? Haben Sie die Wildsau gefunden?«

»Nein.«

»Sondern?«

»Diana Wiesner.«

Kriminalhauptkommissar Pfeil ächzte vernehmlich. Falscher Ansatz!

Kriminaloberkommissar Dirk Köcher grinste verstohlen.

Missmutig verfolgte Egon Neider die Befragung seines Sohnes. War ja klar, dass ausgerechnet Rainer, dieser Pechvogel, die Leiche finden musste. Das brachte Scherereien mit sich, auf die man gerne verzichten konnte.

»Else«, rief er energisch nach seiner Frau.

Eine verhuschte Person in blauer Kittelschürze erschien in der Tür. Egon Neider wünschte sich gelegentlich, dass mit seiner Frau etwas mehr Staat zu machen wäre. Und bedachte dabei nicht, dass Else im Verlauf ihrer Ehe auf diejenige Größe geschrumpft war, die ein Zusammenleben mit ihm gerade noch ermöglichte.

»Bring den Herren ein Glas Most!«

»Danke«, wehrten die Kommissare ab, »wir sind im Dienst.«

# 93

Oberstaatsanwalt Klaus Bogenschütz schlüpfte aus seiner schwarzen Robe und warf sie achtlos über die Lehne eines Stuhls. Dann ließ er sich, noch immer ungläubig lächelnd, in seinen gepolsterten Oberstaatsanwaltssessel fallen. Er hatte seinen noch immer erkrankten Kollegen Stefan Bosnickel im Strafverfahren gegen Werner Z. vertreten.

Der smarte Heiratsschwindler Werner Z. alias Tassilo von Felsenstein hatte eine vermögende Witwe reiferen Jahrgangs um mehrere tausend Euro betrogen. Aus enttäuschter Liebe hatte sie ihn angezeigt. Jetzt, im Prozess, bat sie um ein mildes Urteil für ihn. Als Begründung hatte sie angeführt, in ihrem Alter nochmals solche Frühlingsgefühle erleben zu dürfen, sei einfach unbezahlbar!

Oberstaatsanwalt Klaus Bogenschütz griff zum Telefon und rief Kriminalhauptkommissar Pfeil an. »Gibt es neue Erkenntnisse in den Fällen Hofbauer oder Wiesner?«

Stille am anderen Ende der Leitung. Dann ein leises Seufzen. Das sagte genug!

# 94

Die Tür des Hofladens öffnete sich und herein trat ein amtlich wirkender Herr mit einer braunen Aktentasche unter dem Arm. »Friedrich Treibein, Gerichtsvollzieher«, stellte er sich vor. Er habe seinen Besuch Herrn Windig schriftlich angekündigt.

Gerlinde Windigs Herzschlag setzte aus. Der Boden unter ihren Füßen schwankte. Halt suchend klammerte sie sich an die Ladentheke. »Mein Mann ist unterwegs«, hörte sie sich sagen.

Herr Treibein, Anzugträger mit akkuratem Seitenscheitel, verkündete mit unbeweglicher Dienstmiene, dass zahlreiche Forderungen diverser Gläubiger ihn hergeführt hätten. Gerlinde schnappte nach Luft und vergaß völlig Sina, die mit großen Augen dem Geschehen beiwohnte. Die eilte anschließend prompt heim und berichtete brühwarm ihren Eltern vom Besuch des Gerichtsvollziehers im Hause Hofbauer. Und nur wenige Stunden später hatte das Dorf neuen, brisanten Gesprächsstoff.

Die Neuigkeit erreichte auch Egon Neider. Der hockte höchst vergnügt in seiner Wohnküche und verpasste seiner verblüfften Gattin aus purem Übermut einen saftigen Klaps auf ihre magere Kehrseite.

# 95

Man hatte Fremd-DNA unter den Fingernägeln sowie an der Kleidung von Diana Wiesner feststellen können. Einen Treffer in der Datenbank gab es jedoch nicht.

»Wäre auch zu schön gewesen!«, grummelte Kriminalhauptkommissar Pfeil.

»Ein Massengentest?«, schlug Kriminaloberkommissar Köcher vor.

»Gleicht der berühmten Suche nach der Nadel im Heuhaufen«, wehrte Josef Pfeil ab. »Wir sollten noch einmal mit den Mitarbeitern des Forstamts reden.«

# 96

»Guten Morgen, Frau Knickbein«, grüßte Kriminalhauptkommissar Pfeil.

»Klingbeil«, verbesserte die Bürodame des Forstamts pikiert.

»Wie Sie sicherlich gehört haben, ist aus dem Vermisstenfall Diana Wiesner ein Mordfall geworden.«

Sybille Klingbeil nickte beklommen.

»Bei unserer letzten Befragung im Forstamt konnten uns die Mitarbeiter leider kaum weiterhelfen. Gibt es im Haus einen Ausbilder, der speziell die Praktikanten betreut?«

»Ja, Herr Reinike.«

»Wo finden wir Herrn Reinike?«

»Im ersten Stock, Zimmer fünf.«

»Danke.«

Benno Reinike hatte seine nassen Wollsocken zum Trocknen über den Heizkörper gehängt, was den muffigen Geruch, der den Beamten beim Betreten des Zimmers entgegenschlug, zumindest teilweise erklärte. Er hob den braunen Wuschelkopf und blickte den Kommissaren neugierig entgegen. Kriminalhauptkommissar Pfeil und Kriminaloberkommissar Köcher stellten sich vor und nannten den Grund ihres Kommens.

Benno Reinike stand von seinem Stuhl auf. Ein Kerl wie ein Eichbaum mit einem freundlichen, jungenhaften Gesicht. Sein kräftiger Händedruck ließ Josef Pfeil unmerklich in die Knie gehen.

»Furchtbar«, stieß Benno Reinike kopfschüttelnd hervor. »Das arme Mädchen! Wer tut so etwas?«

»Das wollen wir herausfinden«, entgegnete Josef Pfeil.

»Bitte«, sagte Benno Reinike und wies auf zwei Besucherstühle vor seinem Schreibtisch. »Wie kann ich Ihnen helfen?«

»Sie waren Diana Wiesners Ausbilder hier im Forstamt?«

»Ja, ich betreue üblicherweise die Praktikanten.«

»Was können Sie uns über Diana Wiesner sagen?«

Benno Reinike dachte kurz nach, legte die Stirn in Falten. »Sie war sehr lernwillig und interessiert an ihrem künftigen Beruf.« Er nickte zur Bestätigung. Dann lachte er. »Allerdings hatte sie auch einige Flausen im Kopf!«

»Inwiefern?«

»Na ja, sie träumte davon, später einmal nach Brasilien zu gehen und im Regenwald zu arbeiten.«

»Wie war ihr Verhältnis zu Männern?«

»Unbekümmert, würde ich sagen.«

»Wie meinen Sie das?«

»Sie flirtete gern, machte sich aber keine Gedanken über falsche Hoffnungen, die sie dadurch in Männern weckte.«

»Spielen Sie auf einen bestimmten Mann an?«

Benno Reinike überlegte kurz, schüttelte dann den Kopf. »Obwohl …«

»Obwohl?«

»An Kirchweih hat sie es wirklich übertrieben.«

Die Kommissare sahen ihn abwartend an.

»Wie sie da mit einem Kerl getanzt hat, das war nicht mehr jugendfrei!«

»Kennen Sie den Mann?«

»Klar. Und er ist verheiratet.«

»Sein Name?«

»Siegfried Hofbauer.«

# 97

An Kirchweih traf man sich alljährlich mit Nachbarn, Freunden und Bekannten, unterhielt sich, tauschte Neuigkeiten aus. Für das leibliche Wohl war stets gut gesorgt. Man konnte wählen zwischen Rehbraten mit Spätzle, Schweinebraten mit Kartoffelsalat oder Bratwurst mit Pommes frites. Die Landfrauen verkauften selbst gebackenen Kuchen. Auf dem Festplatz von Bodenfeld wurde stets ein großes, weißes Festzelt errichtet. Am Sonntagmorgen fand darin ein meist gut besuchter Gottesdienst statt.

»He, Siggi, hast du heute Ausgang?«, frotzelte ein Kumpel, als Siegfried Hofbauer in Begleitung seiner Familie die letztjährige Kirchweih besuchte, und hob grüßend sein Bierglas.

»Ich habe meinen Aufpasser dabei!«, konterte Siegfried lachend und wies auf seine Ehefrau Evi.

Evi trug ein sommerliches Trägerkleid mit Blümchenmuster, das ihren schlanken, straffen Körper betonte. Das offene Haar fiel ihr locker auf die Schultern. Sie hatte den Fehler begangen, ihre Tischnachbarin mit einem unverbindlichen »Na, wie geht's?« zu begrüßen. Was diese zum Anlass nahm, sämtliche Krankheiten aufzuzählen, die sie je im Leben durchlitten hatte.

Sohn Paul hatte hastig seine Bratwurst verzehrt und war dann aus dem Zelt gestürmt, um sich mit seinen Freunden zu treffen.

Der örtliche Musikverein spielte zum Tanz auf. Meist erklangen Oldies wie »Rote Lippen soll man küssen …« oder »Hello Mary Lou«. Die mittleren und älteren Jahrgänge strömten, aufgelockert durch einige Gläschen Wein oder Bier, auf die provisorische Tanzfläche und genossen ihr wahrscheinlich einziges Tanzvergnügen des gesamten Jahres.

Siegfried pflegte in seiner Sturm-und-Drang-Zeit kaum einen Tanz auszulassen. Die meisten Männer waren Tanzmuffel. Doch Siegfried begriff früh, dass gute Tänzer die besten Chancen bei der Damenwelt hatten. Nun zog er Evi hinter sich her zur Tanzfläche. Sie sah hübsch aus an diesem Abend, fand er. Evi schmiegte sich in die Arme ihres Mannes. Sie war glücklich.

Am späteren Abend drängte Evi zum Aufbruch. Sie fröstelte, da sie vergessen hatte, eine Jacke mitzunehmen. Und Sohn Paul war müde, nachdem er sich ausgetobt hatte. Doch Siegfried saß inmitten seiner Kumpel, amüsierte sich prächtig und führte das Wort. Er hatte noch keine Lust, heimzugehen. Evi verabschiedete sich. Auf das prahlerische Geschwätz der Männer hatte sie keinen Bock.

Einige Tische weiter saßen die Mitarbeiter des Forstamtes. Auch sie in gehobener Grundstimmung. Unter ihnen eine hübsche junge Frau. Siegfried registrierte, wie sie redete und gestikulierte und beim Lachen übermütig den Kopf zurückwarf. Ihre Blicke trafen sich. Siegfried verstand die Signale der Frauen zu deuten. Er forderte sie zum Tanz auf.

»Wie heißt du?«

»Diana«, schnurrte sie und presste ihren weichen vollen Busen gegen seine stählernen Brustmuskeln. »In der römischen Mythologie war Diana die Göttin der Jagd.«

»Ach!«

»Wusstest du nicht?«

»Nein«, gestand Siegfried. Erriet jedoch unschwer, dass Diana soeben auf der Jagd nach ihm war.

Durch Alkohol unkontrollierbar gewordene Hormone gewannen die Oberhand.

# 98

Forstarbeiter Jochen Tanner plagte nach reichlich Biergenuss ein menschliches Bedürfnis. Er begab sich zu den Dixi-Klos vor dem Zelt. Doch die Toiletten waren entweder besetzt oder in einem Zustand, dass er angewidert auf dem Absatz kehrtmachte. Zur Deckung gab es hinter dem Festzelt genügend Bäume und Büsche!

Es war eine laue Sommernacht. Der Mond schien. Die Grillen zirpten. Musik drang an Jochen Tanners Ohr. Und noch ein anderes Geräusch! Neugierig ging er ihm nach. Und ertappte Siegfried Hofbauer und Diana Wiesner in flagranti!

# 99

Kriminaloberkommissar Dirk Köcher hätte schwören können, dass er Diana Wiesner niemals persönlich begegnet war. Doch auf den Bildern, die er von ihr gesehen hatte, war sie ihm seltsam bekannt vorgekommen. Jetzt, nachdem die Verbindung zu Siegfried Hofbauer hergestellt war, fiel es ihm wie Schuppen von den Augen. Er erinnerte sich daran, bei welcher Gelegenheit ihm die junge Frau aufgefallen war!

Vor seinem inneren Auge sah Dirk Köcher Diana Wiesner auf dem Weihnachtsmarkt in Bad Wimpfenburg stehen, inmitten von Christbäumen, die Siegfried Hofbauer verkaufte. Unbewusst hatte er registriert, wie wenig sie sich für die Tannen zu interessieren schien. Jetzt war ihm alles klar! Nicht die Bäume hatten es Diana Wiesner angetan, sondern anscheinend deren Besitzer!

Kriminaloberkommissar Köcher setzte Kriminalhauptkommissar Pfeil von seiner Beobachtung in Kenntnis. »Wir werden Herrn Hofbauer zum Verhör ins Kommissariat einbestellen«, ordnete der an.

»Unverzüglich!«

# 100

»Was können die von dir wollen?«, fragte die Hofbäuerin beunruhigt.

»Ich weiß nicht.« Siegfried zuckte die Schultern und legte das Telefon weg. Er war blass geworden.

»Ich ruf gleich unseren Rechtsanwalt an«, bestimmte die Hofbäuerin.

Rechtsanwalt Dr. Rüdiger Rechtsbruch hatte Familie Hofbauer in diversen zivilrechtlichen Streitigkeiten beraten und vertreten. Als Strafverteidiger taugte er daher nur bedingt.

»Hätte Friedbert mal besser Jura studiert anstatt Philosophie. Dann hätten wir uns das Geld für diesen Rechtsverdreher sparen können«, hatte der alte Hofbauer oft gemurrt, wenn ihm wieder saftige Anwaltsrechnungen ins Haus flatterten.

»Das wäre nichts für den Buben gewesen«, verteidigte die Hofbäuerin ihren Jüngsten dann stets. »Du weißt doch, wie sensibel Friedbert ist!«

»Zu was taugt der überhaupt?«

»Friedbert ist der Erste in der Familie, der studiert.«

»Da haben wir was davon!«

»Vielleicht kriegt er noch einen Doktortitel! Dann sagen die Leute Herr Doktor zu ihm!«

»Pah!«

»Oder vielleicht wird er Professor an der Universität!«

»Träum weiter!«

# 101

Friedberts Füße hatten zeitlebens nie die Chance bekommen, Hornhaut zu bilden. So scheuerten die ungewohnten Gummistiefel ihm die Füße wund, trotz der dicken Socken, die er vorsorglich trug. Siegfried hatte Friedberts Mithilfe auf dem Hof eingefordert. Statt reiner Denkarbeit solle er gefälligst die Mistgabel schwingen! Eine Zumutung, fand Friedbert. Aber Siegfried hatte Friedbert klargemacht, dass der Hof schließlich auch sein Studium finanzierte.

Mit Leidensmiene war Friedbert zum Stall gehumpelt. Prallte zurück, als ihm eine Dunstwolke tierischer Ausscheidungen entgegenschlug. Hielt kurz den Atem an. Krauste die Nase. Beobachtete angeekelt eine Kuh, die den Schwanz hob und sich geräuschvoll erleichterte. Mürrisch und leise vor sich hin schimpfend machte sich Friedbert an die Arbeit.

Verborgen hinter der Stalltür beobachtete Friedbert wenig später, wie Siegfried in Begleitung von Rechtsanwalt Dr. Rechtsbruch über den Hof zu seinem Auto ging, einstieg und davonfuhr. Ihm war nicht wohl in seiner Haut. Er hatte die Kommissare angelogen. Am Todestag seines Vaters hatte er das Seminar »Kants kategorischer Imperativ« in Heidelberg geschwänzt.

Sein Freund hatte für ihn auf der Anwesenheitsliste unterschrieben. Friedbert hatte an jenem Tag andere Pläne gehabt!

# 102

Siegfried scharrte nervös mit den Füßen. Rechtsanwalt Dr. Rechtsbruch blätterte geschäftig in seinen Akten. Der kahle Verhörraum mit seinem kleinen, vergitterten Fenster wirkte wenig einladend.

Endlich öffnete sich die Tür und Kriminalhauptkommissar Pfeil und Kriminaloberkommissar Köcher traten ein. »Entschuldigung, dass Sie warten mussten«, grüßte Josef Pfeil mit gestresster Miene und hob bedauernd die Schultern. In Wahrheit hatte er Siegfried bewusst etwas schmoren lassen.

»Können wir Ihnen etwas zu trinken anbieten?«

Siegfried schüttelte den Kopf.

»Herr Hofbauer, in welchem Verhältnis standen Sie zu Diana Wiesner, der Praktikantin des Forstamts?«

Siegfried riss überrascht die Augen auf. Er hatte erwartet, zum Tod seines Vaters befragt zu werden.

»Frau Wiesner wurde tot aufgefunden, wie Ihnen sicherlich bekannt ist.«

Siegfried nickte wortlos.

»Herr Hofbauer?«

»Bitte?«

»In welchem Verhältnis standen Sie zu Diana Wiesner?«, wiederholte Josef Pfeil.

»In keinem!« Siegfried verschränkte die Arme vor der Brust.

»Sie haben Frau Wiesner gekannt?«

»Was heißt gekannt?«

»Sagen Sie es mir!«

»Ich kannte sie vom Sehen!«

»Zeugen haben ausgesagt, Sie hätten an Kirchweih mit ihr getanzt.«

»Kann sein. Ich hab mit vielen getanzt.«

»Sie erinnern sich also daran, mit Diana Wiesner getanzt zu haben?«

»Jetzt, wo Sie es sagen!«

»Hatten Sie nach Kirchweih noch Kontakt zu Frau Wiesner?«

»Nein, wieso sollte ich?«

»Diana Wiesner wurde mit Ihnen auf dem Weihnachtsmarkt in Bad Wimpfenburg gesehen«, schaltete sich Dirk Köcher ein.

»Ich habe auf dem Weihnachtsmarkt Tannen verkauft. Ich war im Advent fast täglich dort«, verteidigte sich Siegfried. »Sie wird einen Christbaum gekauft haben.«

# 103

Oberstaatsanwalt Klaus Bogenschütz legte seinen Fahrradhelm auf dem Schreibtisch ab und griff zu seinem Deo. Zur Steigerung seiner Fitness strampelte er neuerdings mit dem Rad zur Arbeit. Er hatte eine geführte Radtour durch Kuba gebucht. Schweiß gebadet und mit hängender Zunge dem Tross hinterherzuhecheln ließ sein Ehrgeiz nicht zu. Warum er seinem Körper diese Gewalttour antun wolle, fragte Susanne verständnislos und schüttelte den Kopf. Sie wies darauf hin, dass komfortable Rundreisen im klimatisierten Reisebus angeboten wurden. Doch Klaus Bogenschütz ließ sich von seinem Vorhaben nicht abbringen. Und schwor sich trotzig: »Keine Gnade für die Wade!«

Staatsanwalt Stefan Bosnickel steckte den Kopf zur Tür herein und fragte nach einer Akte. Er hatte seinen Dienst nach krankheitsbedingter Abwesenheit wieder aufgenommen. Doch statt für die Vertretung durch Oberstaatsanwalt Klaus Bogenschütz dankbar zu sein, mäkelte er an dessen Prozessführung herum. Klaus Bogenschütz nahm's gelassen. Er plane demnächst eine längere Rundreise durch Kuba, verkündete er, und da könne sich Stefan Bosnickel gerne revanchieren. Er habe einige haarige Fälle auf dem Tisch, die er ihm mit Vergnügen übertragen wolle.

Stefan Bosnickel wurde prompt kurzatmig, hüstelte demonstrativ und erklärte, aufgrund seines angegriffenen Gesundheitszustandes eine Kur in Erwägung zu ziehen. Und entfernte sich eilig.

Oberstaatsanwalt Bogenschütz ließ sich in seinen Sessel fallen und griff zum Telefon.

»Was hat die Befragung von Siegfried Hofbauer ergeben?«, erkundigte er sich bei Kriminalhauptkommissar Pfeil nach dem Stand der Ermittlungen.

»Er hat nicht abgestritten, Diana Wiesner gekannt zu haben. Mehr ist ihm nicht nachzuweisen!«

# 104

Egon Neider saß in seiner Wohnküche und las die Zeitung. Ein neu gewählter Minister kündigte Steuererhöhungen an und die Streichung diverser Subventionen. Das ärgerte Egon Neider. »Wenn ein Würstchen an die Macht kommt, streicht es als Erstes den Senf«, brummte er verdrießlich.

Er blätterte weiter und las, dass in Bodenfeld ein neues Baugebiet erschlossen werden sollte. »Grund und Boden ist das einzig Wertbeständige«, sinnierte er. Apropos Land!

Im Besitz der Hofbauers gab es gewisse Grundstücke … »Ich sollte einen neuen Vorstoß wagen«, dachte Egon Neider. »Bevor mir irgendein Nachbar zuvorkommt!«

»Ich muss dir was sagen«, störte Else seine Gedankengänge.

»Jetzt nicht!«, herrschte Egon Neider seine Frau ungehalten an. Else drehte sich wortlos um und verließ die Küche.

»Ich sollte es diesmal schlauer anstellen«, überlegte Egon Neider. »Ich könnte der alten Hofbäuerin einen Besuch abstatten und meine Hilfe anbieten. Jetzt, wo ihr Mann tot ist, wird auf dem Hof sicherlich jede

Hand gebraucht.« Nachbarschaftshilfe nannte man das. Von Friedbert, diesem verhätschelten Muttersöhnchen, war ja wenig Hilfe zu erwarten. Egon Neider verzog verächtlich das Gesicht.

Da kam Egon Neider ein genialer Einfall! Er würde seinen Sohn Rainer zu den Hofbauers schicken. Rainer war jung und kräftig und konnte zupacken. Nebenbei konnte er ein wenig die Ohren offen halten. Schließlich hatten Hofbauers kürzlich erst Besuch vom Gerichtsvollzieher!

Else erschien erneut in der Küche. Blickte ihren Mann abwartend an.

»Was denn?«, fragte Egon Neider gnädig gestimmt und blinzelte vergnügt.

»Der Fuchs hat eine unserer Gänse geholt!«

# 105

Kriminalhauptkommissar Pfeil und Kriminaloberkommissar Köcher klingelten an der Tür des Forstarbeiters Jochen Tanner, um ihn als möglichen Zeugen im Todesfall Johannes Hofbauer zu befragen. Sie warteten. Klingelten erneut. Doch hinter der Tür blieb alles still.

»Wir treffen ihn wahrscheinlich wieder nicht an«, befürchtete Dirk Köcher.

»Vielleicht hätten wir uns doch vorher anmelden sollen«, gab Josef Pfeil zu.

Da waren schnelle Schritte zu hören. Die Tür öffnete sich. »Ja, bitte?«, fragte eine zierliche Frau mittleren Alters mit frischer Dauerwelle im braun gefärbten Haar. Die Kommissare wiesen sich aus, nannten den Grund ihres Kommens.

»Mein Mann ist noch bei der Arbeit«, sagte Frau Tanner.

»Oh«, entfuhr es Josef Pfeil enttäuscht.

»Er müsste aber jeden Moment kommen«, versicherte Frau Tanner.

Die Kommissare sahen sich fragend an. Bleiben und warten oder wieder gehen?

»Kommen Sie doch rein«, forderte Frau Tanner

die Beamten auf und nahm ihnen die Entscheidung ab.

Die Wohnung war blitzsauber und penibel aufgeräumt. Frau Tanner führte die Herren ins Wohnzimmer. »Kann ich Ihnen etwas anbieten?«

»Nein danke.« Die Kommissare schüttelten den Kopf.

»Ich habe einen Gugelhupf gebacken.«

»Ich vertrage leider keinen Kuchen«, entschuldigte sich Josef Pfeil lächelnd.

»Wahrscheinlich das Backpulver«, vermutete Frau Tanner. »Warten Sie!« Damit eilte sie davon. Gleich darauf erschien sie mit einer Kristallschale, gefüllt mit aufgeschnittenem zartem Hefezopf. Die braunen Rosinen glänzten feucht. »Probieren Sie!«, forderte sie die Kommissare auf. Der Hefezopf zerging auf der Zunge.

Im Schloss der Eingangstür wurde ein Schlüssel gedreht.

»Ah, da kommt mein Mann«, rief Frau Tanner erleichtert. Sie erhob sich und ging ihrem Mann entgegen. »Die Kriminalpolizei ist da!«

Jochen Tanner, mittelgroß und drahtig mit einem freundlichen Jungengesicht, wirkte etwas eingeschüchtert. »Meine Kollegen haben mir schon gesagt, dass sie wegen dem toten Hofbauer verhört worden sind und dass ich wahrscheinlich auch noch drankomme.«

Kriminalhauptkommissar Pfeil nickte bestätigend.

»Aber ich habe nichts gesehen und nichts gehört«, versicherte Jochen Tanner schnell und ließ sich in einen Sessel fallen.

»Haben Sie Herrn Hofbauer gekannt?«

»Klar! Kurz bevor er totgeschlagen wurde, haben wir noch zusammen im Wirtshaus gehockt.«

»Ach!«, sagte Josef Pfeil überrascht. »Hat Herr Hofbauer Ihnen erzählt, ob er mit jemandem Streit hatte oder bedroht wurde?«

»Nein. Aber der Hannes hat sich halt von niemandem etwas bieten lassen!«

»Verstehe«, sagte Josef Pfeil. »Ist er in letzter Zeit mit jemandem aneinandergeraten?«

»Weiß nicht. Über Tote soll man ja nichts Schlechtes sagen. Aber der Hannes war arg aufbrausend. Das habe ich neulich erst zu spüren bekommen.«

»Inwiefern?« Josef Pfeil horchte auf.

»Na ja, ich habe ja bereits gesagt, dass wir zusammen im Wirtshaus waren. Wir haben im Lauf des Abends einige Gläser Wein getrunken und Wein lockert ja bekanntlich die Zunge. Da konnte ich mal wieder meinen Mund nicht halten.«

»Was haben Sie zu Herrn Hofbauer gesagt?«

Jochen Tanner wand sich sichtlich. »Der Hannes hat wieder mal mit seinem Siegfried angegeben. Hat ihn über den grünen Klee gelobt. Geradezu in den Himmel hat er ihn gehoben. Da konnte ich es mir nicht verkneifen, ihm zu stecken, dass sein Siegfried kein Unschuldsengel ist.«

»Erzählen Sie!«

»Habe ihm gesteckt, dass ich an Kirchweih seinen tollen Siegfried dabei erwischt habe, wie er es mit der Praktikantin vom Forstamt getrieben hat.«

Frau Tanner errötete und senkte den Blick.

»Was?«, fuhr Josef Pfeil hoch. »Sind Sie sicher?«

»Ich hab doch Augen im Kopf!«

»Wie hat Herr Hofbauer reagiert?«

»Der ist hochgegangen wie eine Rakete.«

»Hat er Ihnen geglaubt?«

»Der Hannes ist fuchsteufelswild geworden. Ich hab gedacht, dass ihn gleich der Schlag trifft.«

»Der hat ihn dann buchstäblich später getroffen«, dachte Josef Pfeil unbehaglich.

»Siegfried Hofbauer hat uns in Bezug auf Diana Wiesner belogen«, stellte Josef Pfeil auf dem Heimweg fest.

»Vielleicht war es nur ein One-Night-Stand?«, überlegte Dirk Köcher.

»Das werden wir Siegfried Hofbauer fragen müssen.«

# 106

Rainer Neider war »not amused«, dass sein Vater ihn zu den Hofbauers abkommandieren wollte. Zu Spionagezwecken! Wie er die Winkelzüge seines Vaters hasste! Der wiederum fand, seinem Sohn gehe jeglicher Geschäftssinn ab. »Wenn ich es nicht besser wüsste, würde ich glauben, Rainer ist nicht von mir«, sagte er zu seiner Frau. »Er kommt leider ganz nach dir«, warf er ihr enttäuscht vor.

Rainer Neider hatte vorgehabt, Familie Hofbauer seine Hilfe in möglichst unverbindlicher Form anzubieten. Aber da hatte er die Rechnung ohne seinen alten Herrn gemacht. Der setzte nämlich entschlossen seinen grünen Filzhut auf und begab sich umgehend zu den Hofbauers.

»Keine Widerrede«, protestierte er, als die Hofbäuerin sein Hilfsangebot dankend ablehnen wollte. Die war allerdings auch nicht von gestern und witterte hinter seiner großzügigen Geste nicht nur reine Nächstenliebe. »Wie soll ich das nur wiedergutmachen?«, jammerte sie theatralisch.

»Wir sind doch Nachbarn«, flötete Egon Neider gönnerhaft. Die Hofbäuerin gab sich geschlagen. Und wenn sie ehrlich war, konnte sie auf dem Hof wirklich jede Hilfe gebrauchen.

»Abgemacht, ab morgen kommt Rainer zu euch und packt mit an.«

Rainer Neider trat also anderntags seinen Dienst bei Familie Hofbauer an. An Arbeit in der Landwirtschaft gewöhnt, fiel ihm der Einsatz nicht schwer. Nachdem er anfangs ein wenig gefremdelt hatte, fühlte er sich bereits nach kurzer Zeit bei den Hofbauers ausgesprochen wohl. Er saß mit am Mittagstisch, das Essen schmeckte ihm und er genoss die familiäre Atmosphäre. Und Gerlinde hatte er schon immer gern gemocht! Seinem gespannt auf Nachrichten lauernden Vater konnte Rainer allerdings nur wenig Neues berichten. Doch dann konnte Rainer seinem Vater schließlich doch eine brisante Neuigkeit verkünden. Siegfried Hofbauer war erneut aufs Kommissariat bestellt worden.

# 107

»Herr Hofbauer«, leitete Kriminalhauptkommissar Pfeil das Verhör ein, »ich frage Sie jetzt direkt: Hatten Sie ein Verhältnis mit Diana Wiesner?«

»Nein, das sagte ich Ihnen doch bereits beim letzten Mal«, entgegnete Siegfried Hofbauer ungehalten.

»Ein Zeuge hat ausgesagt, Sie beim Geschlechtsverkehr mit Frau Wiesner beobachtet zu haben.«

»Wer ist der Spanner?«, fuhr Siegfried Hofbauer zornig auf. Seine Augen blitzten.

Rechtsanwalt Dr. Rechtsbruch neigte sich zu seinem Mandanten und versuchte, ihn zu beruhigen.

Kriminalhauptkommissar Pfeil lehnte sich auf seinem Stuhl zurück, verschränkte die Arme vor der Brust und schwieg.

»Ich will es wissen!«, beharrte Siegfried Hofbauer erregt.

»Das tut nichts zur Sache!«

»Sie vernehmen meinen Mandanten im Zusammenhang mit einem Tötungsdelikt. Er wird des Ehebruchs mit dem Opfer bezichtigt. Wir haben ein Recht darauf, zu erfahren, wer diesbezügliche Beschuldigungen erhebt.« Rechtsanwalt Dr. Rechtsbruch kam endlich in Fahrt.

»Hatten Sie Geschlechtsverkehr mit Frau Wiesner?« Kriminalhauptkommissar Pfeil ließ nicht locker.

»Das geht Sie gar nichts an!«, wurde Siegfried Hofbauer grob.

»Herr Hofbauer!«

»Ist es neuerdings verboten, zu ficken?«

»Nein, natürlich nicht. Wir ermitteln in einem Mordfall und überprüfen in diesem Zusammenhang sämtliche Kontaktpersonen.«

Siegfried Hofbauer knickte ein. »Es ist halt passiert«, gestand er leise und zuckte hilflos die Schultern. »Es war Kirchweih. Wir waren alle nicht mehr ganz nüchtern.«

»Ist es bei dem einen Mal geblieben?«

Siegfried Hofbauer senkte den Kopf. Knetete nervös seine Hände.

»Herr Hofbauer?«

»Nein, wir haben uns anschließend öfter getroffen.«

»Warum haben Sie abgestritten, ein Affäre mit Frau Wiesner gehabt zu haben?«

»Ich bin ein verheirateter Mann.«

»Wir brauchen eine DNA-Probe von Ihnen für einen Abgleich mit der DNA von Frau Wiesner.«

Siegfried Hofbauer blickte seinen Anwalt hilfesuchend an. Dr. Rechtsbruchs Gehirnwindungen ratterten, doch er fand auf die Schnelle keinen Grund, abzulehnen. Er nickte.

# 108

»Was haben die schon wieder von dir gewollt?«, fragte die Hofbäuerin bei Siegfrieds Rückkehr und blickte ihren Ältesten prüfend an.

»Nichts Besonderes.«

»Nichts?«

Siegfried wollte durch die Küchentür flüchten, doch die Hofbäuerin stellte sich ihm in den Weg, stemmte die Hände in die Hüften.

»Also, was ist los? Wissen die inzwischen, wer meinen Hannes umgebracht hat?«

»Nein!«

»Haben Sie jemand in Verdacht?«

»Nein!«

»Was wollten Sie dann von dir?«

»Sie wollten wissen, ob ich vielleicht einen Verdacht hätte, wer der Täter sein könnte«, schwindelte Siegfried lahm.

»Das haben die uns doch schon mehrmals gefragt.«

»Die kommen halt nicht weiter.«

»Scheint mir auch so.«

# 109

Oberstaatsanwalt Klaus Bogenschütz saß in seinem Büro, in eine Fallakte vertieft.

Der schmalbrüstige Buchhalter Oswald O. hatte im Urlaub die bildhübsche, zwanzig Jahre jüngere Thailänderin Kanita S. kennengelernt und geheiratet. Ihre gesamte Großfamilie beglückwünschte sich zu dieser Hochzeit.

Kanita genoss ihr neues Leben. Doch es blieb ihr nicht verborgen, dass ihr schmächtiger Ehemann im Vergleich mit kapitaleren Exemplaren schlecht abschnitt. Und während Oswald O. still vergnügt Zahlenkolonnen addierte und Excel-Tabellen erstellte, ging sie fremd. Oswald O. ertappte sie dabei und griff erbost zum Briefbeschwerer.

Das Telefon auf dem Schreibtisch von Oberstaatsanwalt Bogenschütz klingelte. Kriminalhauptkommissar Pfeil meldete sich und verkündete, dass der DNA-Abgleich zwischen Diana Wiesner und Siegfried Hofbauer eine Übereinstimmung ergeben habe. Und dass Siegfried Hofbauer eine Affäre mit Diana Wiesner eingeräumt habe.

»Aha!«, sagte Oberstaatsanwalt Klaus Bogenschütz.

# 110

Die Hofbäuerin spürte instinktiv, dass Siegfried ihr etwas verschwieg. Sie beschloss, Rechtsanwalt Dr. Rechtsbruch anzurufen. Vielleicht konnte der ihr Auskunft geben.

»Herr Dr. Rechtsbruch ist bei Gericht«, erklärte die überlastete Mitarbeiterin seiner Kanzlei, als der Hofbäuerin nach etlichen Versuchen und diversen Vertröstungen, »Please hold the line!«, endlich die telefonische Kontaktaufnahme gelang.

»Wann kommt er zurück?«

»Herr Dr. Rechtsbruch wird am Nachmittag im Hause erwartet.«

»Dann rufe ich später wieder an.«

»Herr Dr. Rechtsbruch hat am Nachmittag durchgehend Besprechungen.«

»Ich rufe trotzdem an.«

»In welcher Angelegenheit bitte?«

»Das sag ich dem Anwalt schon selber.«

Resigniertes Seufzen. »Gut, wie Sie meinen.«

# 111

Herr Dr. Rechtsbruch hatte am Vormittag einen Prozess verloren und war übelst gelaunt. Seinem höflich professionellen Ton war der Frust darüber jedoch nicht anzuhören, als ihm seine Mitarbeiterin zwischen zwei Terminen Frau Hofbauer durchstellte.

»Frau Hofbauer, was kann ich für Sie tun?«

»Ich will wissen, was die Polizei von meinem Sohn wollte, als er neulich mit Ihnen auf dem Kommissariat war.«

Rechtsanwalt Dr. Rechtsbruch stutzte. »Warum fragen Sie nicht Ihren Sohn?«

»Weil ich es von Ihnen wissen will.«

»Frau Hofbauer, ich kann Ihnen leider keine Auskunft erteilen.«

»Warum nicht?«

»Ich habe eine Verschwiegenheitspflicht gegenüber meinem Mandanten.«

»Siegfried?«

»Ja.«

»Aber ich bin seine Mutter!«

»Tut mir leid, auf Wiederhören, Frau Hofbauer!«

Rechtsanwalt Dr. Rechtsbruch legte auf.

»Na sowas?« Die Hofbäuerin schüttelte fassungslos

den Kopf. Und sagte im Stillen zu Dr. Rechtsbruch: »Ich krieg raus, was da läuft. Auch ohne dich! Verlass dich drauf!«

# 112

Evi Hofbauer war nicht entgangen, dass Siegfried sich verändert hatte. Ihr tatkräftiger, Energie sprühender Mann war wortkarg geworden, ging seiner Arbeit nach und wirkte dabei geistesabwesend. Evi schrieb diese Veränderung dem gewaltsamen Tod seines Vaters zu. Dieses Unglück, das über die Familie hereingebrochen war, war in der Tat schwer zu verkraften. Kein Wunder, dass Siegfried damit zu kämpfen hatte. Manche klagten laut, andere fraßen den Kummer still in sich hinein. Zu Letzteren gehörte offenbar Siegfried. Dazu kam, dass auf dem Hof sehr viel mehr Arbeit für ihn anfiel, jetzt, wo die Arbeitskraft des alten Hofbauer fehlte. Zwar half Rainer Neider aus, doch dies war keine Dauerlösung.

Evi versuchte, zu Siegfried durchzudringen. Doch wenn sie sich behutsam nach seinem Befinden erkundigte, wies er sie schroff ab. Also respektierte sie seinen Schmerz und behandelte ihn mit liebevoller Geduld. Was ihn allerdings erst recht zu reizen schien.

Als die Wochen vergingen und die Distanz zu ihrem Mann offensichtlich größer wurde, anstatt sich zu verringern, wusste Evi sich keinen Rat mehr. »Lass ihm Zeit«, riet ihr die Schwiegermutter. Also stürzte sich Evi in die Arbeit, versuchte, Siegfried zur Hand zu gehen, wo sie konnte, doch er wies ihre Hilfe ab.

Schließlich platzte es aus Evi heraus: »Sag mal, was ist eigentlich los mit dir?«

»Wieso?«, tat Siegfried erstaunt.

»Ich bin anscheinend Luft für dich.«

»Jetzt verstehe ich gar nichts mehr.«

»Typisch!«

»Bin ich Hellseher? Sag, was du von mir willst!«

»Ich verstehe, dass du um deinen Vater trauerst. Dass du wütend darüber bist, was man ihm angetan hat. Aber ich kann nichts dafür.«

»Hab ich das behauptet?«

»Nein, aber du lässt deinen Frust an mir aus!«

»Stimmt doch gar nicht!«

»Doch!« Evi kämpfte mit den Tränen.

»Tut mir leid, ist halt alles ein wenig viel für mich im Moment!«, beschwichtigte Siegfried.

Evi nickte. Bereute schon fast, ihm Vorwürfe gemacht zu haben. Trat auf Siegfried zu und wollte ihm die Arme um den Hals legen. Liebevoll und tröstlich. Doch er schüttelte sie ab, drehte sich um und ließ sie stehen.

# 113

Staatsanwalt Stefan Bosnickel saß mit versonnenem Lächeln in der Kantine, stillvergnügt in den Anblick seiner Königsberger Klopse vertieft. Sein letzter Fall ging ihm nicht aus dem Kopf.

Die vollbusige Blondine Lolita M. hatte ihre dritte Brustvergrößerung hinter sich und war mit dem Ergebnis höchst unzufrieden. Ihre rechte Brust habe einen Linksdrall, erklärte sie empört. Der behandelnde Arzt bestritt vehement, einen Kunstfehler begangen zu haben. Im Gegenteil, sein Werk sei prächtig gelungen! Staatsanwalt Stefan Bosnickel hätte zu gerne einen Antrag auf Einnahme des richterlichen Augenscheins gestellt, musste sich jedoch mit dem ärztlichen Gutachten begnügen.

Stefan Bosnickel schreckte hoch, als Oberstaatsanwalt Klaus Bogenschütz schwungvoll sein Essenstablett auf den Tisch klatschte.

»Mahlzeit, Herr Kollege!«

# 114

»In gewisser Beziehung war sie eine Wildkatze«, tönte Siegfried Hofbauer und versuchte ein anzügliches Lächeln, was kläglich misslang. Kriminalhauptkommissar Pfeil hatte ihn im Beisein von Oberstaatsanwalt Bogenschütz und Kriminaloberkommissar Köcher mit der Tatsache konfrontiert, dass seine DNA an der Leiche von Diana Wiesner festgestellt worden war. Insbesondere unter ihren Fingernägeln!

»Wann haben Sie sich zuletzt mit Frau Wiesner getroffen?«

»Weiß ich nicht mehr. Habe mir das Datum nicht gemerkt.«

»War es vor oder nach Weihnachten?«

Siegfried dachte einen Moment nach. »Vor Weihnachten.«

»Sind Sie sicher?«

»Ja, jetzt erinnere ich mich wieder. Sie sagte nämlich, sie wolle über Weihnachten zu ihren Eltern fahren.«

»Wie ist Ihr letztes Treffen verlaufen?«

»Wahrscheinlich wie immer!« Siegfried grinste vielsagend. Dirk Köcher überkam ein Anflug von Neid.

»Sie hatten also Geschlechtsverkehr mit Frau Wiesner?«

»Ich führe nicht Buch!«

»Hat sich Frau Wiesner später noch einmal bei Ihnen gemeldet?«

»Nein, aber als wir uns getrennt haben, war sie noch lebendig. Und wie!« Siegfried rollte die Augen.

# 115

»Macho!«, giftete Dirk Köcher nach dem Verhör.

»Und, hat er Diana Wiesner umgebracht?«, fragte Josef Pfeil in die Runde.

»Nachzuweisen ist ihm die Tat nicht«, befand Oberstaatsanwalt Bogenschütz.

# 116

Siegfried Hofbauer verabschiedete sich von seinem Anwalt Dr. Rechtsbruch, der ihm im Verhör keine große Stütze gewesen war. Äußerlich ruhig, doch innerlich stark aufgewühlt stieg er in sein Auto.

# 117

Harry Windig hatte sich lange gescheut, seinen Schwiegervater Johannes Hofbauer um Geld zu bitten. Doch als ihm das Wasser bis zum Halse stand, keine Bank ihm weitere Kredite gewähren wollte und sämtliche Freunde abwehrend die Köpfe schüttelten und sich nicht weiter anpumpen ließen, da blieb Harry Windig buchstäblich keine andere Wahl. Er hatte einen günstigen Moment abgewartet, seinen ganzen Mut zusammengenommen und dem Hofbauer einen kleinen finanziellen Engpass gestanden.

»Schickt dich Gerlinde?«, hatte der Hofbauer sofort misstrauisch gefragt.

»Nein, nein!«, hatte Harry Windig eilig gerufen und abwehrend die Hände gehoben. »Ich dachte, wir Männer besprechen das unter uns. Ich will nicht, dass Gerlinde sich Sorgen macht.«

»Wie schlimm ist er?«

»Wer?«

»Na, dein sogenannter finanzieller Engpass.«

Harry Windig hatte Hoffnung geschöpft und vage erklärt: »Einige meiner Kunden sind in Zahlungsverzug.«

»Jetzt bin ich so schlau wie vorher!«

Harry Windig hatte kurz überlegt, ob er seinem Schwiegervater das gesamte Ausmaß seines finanziellen Desasters gestehen sollte. Doch er schämte sich. Aber er benötigte eine beträchtliche Summe Geld. So hatte er sich schließlich einen Ruck gegeben und ihm einen Betrag genannt, der in etwa die Hälfte seiner Schulden ausmachte.

Der Hofbauer war völlig geschockt gewesen. Seine Reaktion war vernichtend! Um nicht zu sagen beleidigend! Der feine Herr solle gefälligst arbeiten gehen, anstatt den ganzen Tag in eine Parfümwolke gehüllt mit seiner Staatskarosse spazieren zu fahren, hatte er geschimpft. Und angefügt: »Ich hatte eine Familie zu ernähren. Weißt du, was Kinder kosten? Natürlich nicht! Ihr habt ja keine!« Damit hatte er sich umgedreht, hatte seine Schubkarre gepackt und war über den Hof davongestiefelt. Genau in dem Augenblick, als Nachbar Egon Neider um die Hausecke bog, sein Fahrrad neben sich herschiebend.

Als Harry Windigs finanzielle Situation immer verzweifelter wurde, wusste er, dass sein Schwiegervater der Einzige war, der ihn noch retten konnte. Er musste erneut mit ihm reden! Dringend!

# 118

Dirk Köcher stellte lustlos seine Sporttasche im Fitnessstudio ab und begann, sich umzuziehen. Er hatte sein Training lange schleifen lassen, und das rächte sich jetzt. Der zarte Muskelansatz, den er sich mühsam aufgebaut hatte, war dahingeschmolzen wie Schnee in der Sonne.

Widerstrebend schlenderte Dirk Köcher in den Fitnessraum und taxierte unentschlossen die diversen Foltergeräte. Sein Blick fiel auf einen athletisch gebauten jungen Mann, der scheinbar mühelos eine schwere Hantel stemmte. Sein Muskelspiel war beeindruckend.

In einem plötzlichen Anfall wilder Entschlossenheit griff Dirk Köcher nach einer großen Hantel, um sie mit einem energischen Ruck vom Ständer zu wuchten. Da fuhr ihm jäh ein mörderischer Schmerz in den unteren Rücken und biss sich in seiner rechten Pobacke fest. Nach Luft schnappend sank Dirk Köcher zu Boden.

»Was ist?«, fragte der athletisch gebaute junge Mann teilnahmsvoll.

»Mein Rücken«, stöhnte Dirk Köcher.

Der junge Mann legte seine Hantel weg und kam

mit federnden Schritten zu Dirk Köcher. »Ich bin Gerd«, stellte er sich vor.

»Dirk«, stammelte Dirk Köcher mit zusammengebissenen Zähnen.

»Also, Dirk, was ist passiert?«

»Ich wollte mir eine Hantel nehmen, und da ist es mir ins Kreuz gefahren!«

»Verstehe«, lächelte Gerd nachsichtig. »Du musst langsam mit dem Training beginnen. Bist du schon einmal in einem Fitnessstudio gewesen?«

Dirk Köcher senkte beschämt den Kopf.

»Kannst du aufstehen?«

»Weiß nicht«, wimmerte Dirk Köcher.

»Moment!« Beherzt griff Gerd Dirk Köcher unter die Arme und stellte ihn behutsam auf die Füße. »Geht's?«

Dirk Köcher nickte. »Danke!« Vor Schmerz traten ihm Tränen in die Augen.

»Du musst zum Arzt. Du brauchst eine Spritze. Bist du mit dem Auto gekommen? Kannst du fahren?«

Dirk Köcher nickte stumm.

Das Wartezimmer des Arztes war brechend voll. In Ermangelung eines Sitzplatzes lehnte Dirk Köcher kreidebleich an der Wand. Zwei Jungen im Teenageralter fläzten breitbeinig auf ihren Stühlen und waren in ihre Smartphones vertieft. Von Dirk Köcher nahmen sie keine Notiz. Ein weißhaariger älterer Herr echauffierte sich darüber. »Zu meiner Zeit besaß die Jugend noch Anstand«, schimpfte er und stieß zornig seinen Gehstock auf den grauen Linoleumboden. »Fehlt nur noch, dass ich aufstehe und dem Herrn dort«, er zeigte auf Dirk Köcher, »meinen Platz anbiete.« Sein weißer Schnurrbart bebte vor Empörung. Die übrigen Patienten im Wartezimmer blätterten verbissen in zerfledderten Zeitschriften.

Der Arzt, ein gestresster Mittfünfziger, hielt sich nicht mit langen Vorreden auf. »Bitte frei machen!«, befahl er mit entsprechender Handbewegung. Dirk Köcher ließ die Hosen herunter und entblößte sein Gesäß. Der Arzt zückte seine Spritze, holte Schwung und stach zu. Dirk Köcher zuckte zusammen.

Als sich Dirk Köcher am nächsten Morgen in gekrümmter Haltung und leicht verdrehter Hüfte über die Flure des Kommissariats schleppte, den Blick vor sich auf den Boden geheftet, traf er Oberstaatsanwalt Klaus Bogenschütz, der bei seinem Anblick prompt frotzelte: »Hoffentlich wird's wieder!«

# 119

Kriminaloberkommissar Dirk Köcher hatte sich nicht krankschreiben lassen. »Ich habe einen Hexenschuss, keinen Dachschaden«, hatte er mit schmerzlichem Lächeln verkündet.

»Ich denke, es ist besser, Sie machen heute Innendienst«, schlug Kriminalhauptkommissar Pfeil seinem schräg auf dem Bürostuhl hängenden Kollegen vor. Der protestierte halbherzig, gab sich aber geschlagen und blieb im Büro. Kaum hatte er die erste Fallakte geöffnet, da klingelte sein Telefon. Mutter!

»Dirk, ich bin es, Mama. Wie geht es deinem Rücken?«

»Geht schon.«

»Wieso bist du eigentlich im Büro?«

»Viel Arbeit!«

»Du solltest dich schonen! Bestimmt hast du einen Bandscheibenvorfall!«

»Vielleicht ist nur ein Nerv eingeklemmt«, beschwichtigte Dirk Köcher.

»Dann frag dich mal, warum der Nerv eingeklemmt ist!«

Dirk Köcher seufzte resigniert.

»Weil nämlich eine Bandscheibe rausgerutscht ist. Deshalb! Und die drückt jetzt auf den Nerv!«

»Kommst du zu meiner Beerdigung?«

»Mach keine Witze! Ich mein es nur gut.«

»Ja, Mama!«

Dirk Köcher schlurfte zur Kaffeemaschine. Goss sich zerstreut einen Kaffee ein. Trank noch im Stehen den ersten heißen Schluck. Ein Bandscheibenvorfall hätte ihm gerade noch gefehlt. Er ging zu seinem Schreibtisch zurück, nahm vorsichtig auf seinem Stuhl Platz und griff zur Akte Hofbauer.

Langsam blätterte Dirk Köcher die Akte Hofbauer durch. Las aufmerksam die Verhörprotokolle. Die Anwesenheitsliste des Seminars »Kants kategorischer Imperativ« hatte einen Knick. Dirk Köcher versuchte, die Seite zu glätten. »Über was sich manche Leute den Kopf zerbrechen!«, dachte er verständnislos. Während er mit den Fingern über die Seiten strich, suchte er mit den Augen den Namen von Friedbert Hofbauer. Fand ihn schließlich. »Diese Unterschrift kann kein Schwein entziffern«, stellte er frustriert fest. Wenn er ehrlich war, hatte er nie verstanden, warum Menschen sich eine möglichst unleserliche Unterschrift zulegten.

Dirk Köcher vertiefte sich in die Akte Hofbauer. Stieß auf eine Unterschrift von Friedbert Hofbauer. Stutzte. Denn diese Unterschrift und die Unterschrift auf der Seminarliste unterschieden sich gravierend!

# 120

Friedbert Hofbauer hatte ein Geheimnis. Sein Geheimnis hieß Friedlinde. Die Ähnlichkeit ihrer Namen war ihm spontan als Wink des Schicksals erschienen. Und so bezeichnete er sie seit einigen Monaten hoffnungsvoll als seine Freundin.

Im Gegensatz zu seiner bäuerlich geprägten Schwester Gerlinde und seiner sportlich gestählten Schwägerin Evi wirkte Friedlinde zart und zerbrechlich. Rotblondes, welliges Haar umrahmte ihr durchscheinend blasses Gesicht mit der kleinen, von Sommersprossen gesprenkelten Stupsnase. Ihre großen, blaugrauen Augen hinter der runden Nickelbrille strahlten eine für ihr jugendliches Alter ungewöhnliche Ernsthaftigkeit aus. Ungezügelte Lebensfreude suchte man bei Friedlinde vergebens. Sie sprach leise und bedächtig und in immer gleichem Tonfall. Friedbert war entzückt!

Es war an einem warmen, sonnigen Spätsommertag im September gewesen, als Friedbert Friedlinde kennenlernte. Ein Buch mit dem Titel »Ich weiß, dass ich nichts weiß« unter den Arm geklemmt war Friedbert in Heidelberg am Ufer des Neckars entlang spaziert auf der Suche nach einem ruhig gelegenen

Bänkchen, auf dem er sich niederlassen und in die Sprüche und Lehren des Philosophen Sokrates vertiefen konnte.

Leider waren sämtliche Sitzbänke, die Friedbert ansteuerte, bereits besetzt. Insbesondere Studenten und Senioren bevölkerten die Uferzone. Um studentischem Geplänkel und Geplauder gelangweilter Senioren zu entgehen, nahm Friedbert schließlich widerstrebend neben einer jungen Mutter mit Kind Platz. Was ein Fehler war! Die junge Mutter redete ununterbrochen auf ihren kleinen Sohn ein, der in seinem Buggy saß und eine Waffel mit Schokoladeneis in der Hand hielt. Das Eis tropfte gemächlich von der Waffel, rann über die Hände des blonden Jungen und bekleckerte den blauen Anorak mit Bärenmuster. Als die Mutter versuchte, ihm das Eis aus der Hand zu nehmen, war ohrenbetäubendes Gebrüll die Folge. Friedbert flüchtete entnervt.

In einiger Entfernung erspähte Friedbert eine grüne Sitzbank, die von einer hohen Eiche beschattet wurde. Vereinzelte Lichtstrahlen fielen durch das Blätterdach. Sonnenflecke tanzten auf dem Boden, wenn der Wind die Äste sacht bewegte. Leider war auch diese Bank bereits besetzt. Friedbert seufzte leise, ließ sich dann aber mit einem knappen »Hallo« neben der jungen Frau auf der Bank nieder. Sie blickte kurz von ihrer Lektüre auf, musterte ihn prüfend, nickte dann grüßend und wendete sich wieder ihrem Manuskript zu.

Friedbert warf einen schnellen Blick auf das braune Wasser des träge dahinfließenden Neckars, schlug dann sein Buch auf und versuchte, sich auf den philosophischen Text zu konzentrieren. Doch die Aura der jungen Frau neben ihm raubte ihm jegliche Konzentration. Was las sie da? Friedbert schielte neugierig auf das Manuskript in ihrer Hand. Konnte den Titel nicht erkennen. Er neigte den Kopf zur Seite. Las: »Das Gottesbild der Feministinnen im Mittelalter.« Sie blickte auf. Friedbert fühlte sich ertappt und errötete. Fragte verlegen: »Theologie?« Sie nickte. Deutete auf sein Buch. »Philosophie?« Er nickte.

Nach diesem etwas holprigen Start gerieten beide ins Gespräch und unterhielten sich bestens. Als sie sich später trennten, hatte das Mittelalter Friedlinde das Gottesbild der Feministinnen noch immer nicht enthüllt und Friedbert wusste nicht, dass er nichts weiß. Dafür hatten Friedbert und Friedlinde ein Date! Gleich am nächsten Nachmittag!

In der Folgezeit trafen sich Friedbert und Friedlinde regelmäßig. Gingen Händchen haltend spazieren und diskutierten ernsthaft die großen Fragen der Menschheit, ohne sie indes lösen zu können. Und in der Zeit, die Friedbert benötigte, um Friedlinde den ersten scheuen Kuss auf die Lippen zu hauchen, hätte sein Bruder Siegfried bereits ein Kind gezeugt. Mindestens!

# 121

»Ein graphologisches Gutachten ist überflüssig«, befand Kriminalhauptkommissar Josef Pfeil. »Die Unterschrift auf der Seminarliste stammt offensichtlich nicht von Friedbert Hofbauer!«

»Das seh ich auch so«, stimmte ihm Kriminaloberkommissar Dirk Köcher zu. »Aber dann hat Friedbert Hofbauer kein Alibi!«

»Aber warum hat Friedbert Hofbauer uns angelogen?«

Dirk Köcher zuckte die Schultern. »Ich kann mir allerdings nicht vorstellen, dass dieser Softie seinen Vater getötet hat.«

»Es gibt nichts, was es nicht gibt, das habe ich in meinem Beruf gelernt!«

»Hm!« Dirk Köcher wiegte den Kopf. »Vielleicht hat er seinen Vater heimlich gehasst, weil der ein Leben lang seinen Bruder Siegfried vorgezogen hat!«

»Der Neid auf seinen Bruder könnte eine Rolle gespielt haben«, überlegte Josef Pfeil. »Aber was war der Auslöser für die Tat?«

»Vielleicht hat der alte Hofbauer etwas gesagt oder getan und der lebenslange Hass auf seinen Vater hat sich entladen.«

»Wir müssen Friedbert Hofbauer zum Verhör einbestellen.«

# 122

»Was hast du angestellt, Kleiner?«, frotzelte Siegfried, als er von Friedberts Einbestellung aufs Kommissariat erfuhr.

»Nichts«, behauptete Friedbert ausweichend und zuckte die Schultern.

»Die werden schon ihre Gründe haben.«

»Ich sag doch, ich weiß nicht, was die von mir wollen«, entgegnete Friedbert gereizt.

»Das glaub ich dir nicht.«

»Dich haben sie doch auch schon verhört! Mehrmals sogar! Was wollten die denn von dir, sag schon! Kein Wort hat man von dir darüber gehört. Hast wohl auch Dreck am Stecken, was?«

»Wenn du jetzt nicht dein vorlautes Maul hältst!« Siegfrieds Augen funkelten zornig.

»Was dann?« Friedbert reckte provozierend das Kinn.

»Das wirst du gleich erleben!« Siegfried fuhr von seinem Stuhl auf und hob drohend die Hand.

»Schluss jetzt!«, ging die Hofbäuerin dazwischen. Sie blickte ihren Jüngsten besorgt an. Friedbert war blass und wirkte nervös. Das Mittagessen, geschmälzte Maultaschen mit Kartoffelsalat, hatte er kaum angerührt. »Wann musst du im Kommissariat sein?«

»14.30 Uhr.«

»Und zieh dir etwas Ordentliches an!«

»Dem kannst du anziehen, was du willst, der sieht immer wie ein Schuljunge aus!«, warf Siegfried verächtlich ein.

»Wie man kommt gegangen, so wird man empfangen«, sprach die Hofbäuerin weise.

# 123

Evi Hofbauer hatte sich an diesem Nachmittag mit ihrer Freundin Nicole verabredet. Seit der Geburt von Nicoles Baby hatten sich beide kaum gesehen. Übernächtigt und gestresst hatte Nicole sämtliche Treffen, die Evi vorschlug, abgeblockt. Dabei hätte Evi gerade jetzt ihre Freundin so dringend gebraucht. Hätte ihr gern ihr Herz ausgeschüttet. Ihr die Probleme mit Siegfried gebeichtet. Einen Rat der Freundin eingeholt. Endlich gab Nicole schlechten Gewissens nach und stimmte halbherzig einem Treffen zu.

Mit einem Blumenstrauß für Nicole und einem kleinen Geschenk für das Baby bewaffnet klingelte Evi um Punkt 15.30 Uhr an der Tür von Nicoles Einfamilienhaus. Das Klingeln verhallte im Haus. Evi wartete. Im Haus blieb alles still. Evi trat von einem Bein aufs andere. Überlegte, ob sie noch einmal klingeln sollte. Streckte die Hand aus. Zögerte, zog ihre Hand wieder zurück. Da endlich waren Schritte zu hören, die sich rasch näherten. Evi atmete erleichtert auf.

Die hellgraue Haustür mit dem Milchglaseinsatz schwang auf. »Entschuldige«, sagte Nicole statt einer Begrüßung. »Ich bin gerade dabei, das Baby zu

wickeln. Setz dich doch schon mal ins Wohnzimmer.«
Damit drehte sich Nicole auf dem Absatz um und
eilte davon.

Evi zog ihren neuen weißen Anorak mit braunem Kunstfellbesatz an Ärmeln und Kapuze aus und
hängte ihn an einen Haken im Flur. Warf einen prüfenden Blick in den hohen Garderobenspiegel, strich
sich eine Haarsträhne aus dem geröteten Gesicht.
»Komme gleich«, ertönte Nicoles Stimme aus den
Tiefen des Hauses.

Evi betrat das Wohnzimmer. Blieb abrupt stehen.
Das Wohnzimmer glich einem Schlachtfeld! Auf dem
hölzernen Couchtisch stapelten sich Babyartikel. Die
hübschen, bunten Dekokissen auf dem Sofa waren
zerknautscht. Eine fleckige blaue Babydecke mit
Spielzeugdesign hing lässig über einer Sessellehne.
Evi hob erstaunt die Augenbrauen. Dann lächelte sie
nachsichtig. Nicole war sichtlich im Stress. Dabei war
Nicole früher gerne über junge Mütter hergezogen!
Hatte manch guten Rat für sie parat gehabt. Aber
Theorie und Praxis waren eben zweierlei!

Mit erhöhter Stimme in Babysprache brabbelnd
erschien endlich Nicole mit einem missgestimmten
Säugling im Arm. »Da sind wir«, sagte sie mit mütter-
lichem Stolz und präsentierte Evi ihr Baby, das unwillig Grimassen schnitt. »Wie süß!«, lobte Evi
pflichtgemäß. »Guck mal, wer da gekommen ist!«,
säuselte Nicole und zeigte auf Evi. Protestgeschrei
war die Folge.

»Ich muss das Baby stillen«, sagte Nicole. »Bin leider noch nicht dazu gekommen, den Kaffeetisch zu decken. Kannst du in die Küche gehen und Tassen und Teller holen?« Evi nickte stumm und begab sich in die Küche. »In welchem Schrank finde ich das Geschirr? Wo sind die Löffel?«

Mit Nicoles fernmündlicher Unterstützung fand sich Evi schließlich in der Küche zurecht.

»Kannst du Kaffee aufsetzen? Und für mich bitte einen Kamillentee aufbrühen? Kekse sind im linken Küchenschrank in der blauen Blechdose im mittleren Fach.«

Während Evi in der Küche hantierte, machte sich Nicole zum Stillen bereit. Das Baby wedelte ungeduldig mit den Ärmchen. »Gleich sind wir so weit!«, tröstete Nicole.

Evi räumte eine Ecke des Couchtisches frei, stellte Tassen und Teller ab, platzierte die Keksdose in die Mitte und setzte sich ihrer Freundin gegenüber. Während das Baby schmatzend an Nicoles Brust saugte, versuchte Evi, ein Gespräch in Gang zu bringen.

»Wie geht es dir? Wie fühlst du dich in deiner neuen Rolle als Mutter?«

»Wunderbar«, strahlte Evi.

»Aber es ist schon eine gewaltige Umstellung!«

»Ein Baby zu bekommen ist ein Glück, das kannst du dir gar nicht vorstellen!«, schwärmte Nicole.

»Doch«, konterte Evi trocken. »Ich bin selbst Mutter!«

»Ach ja. Stimmt!«

»Wir überlegen, uns auch noch ein Baby anzu-schaffen«, gestand Evi.

»Waaas?« Nicole riss erschrocken die Augen auf.

»Warum nicht?«

»Ich dachte, ihr habt mit dem Thema ab-geschlossen.«

»Wieso? Ich bin doch noch nicht zu alt dafür.«

»Aber euer Paul geht ja schon aufs Gymnasium.«

»Ja, und? Er ist aus dem Gröbsten raus.«

Statt einer Antwort legte sich Nicole ihren Säug-ling über die Schulter, um ihn Bäuerchen machen zu lassen. Tätschelte behutsam seinen Rücken.

»Was sagt eigentlich Siegfried dazu?«

»Zu was?«

»Noch ein Kind zu bekommen!«

Das Baby rülpste laut und wurde dafür von seiner Mutter tüchtig gelobt. Man würde ihm das Rülpsen später mühsam wieder abgewöhnen müssen.

»Wieso fragst du?«

»Na ja, ich kann mir nicht vorstellen, dass Siegfried noch ein Kind will.«

»Warum nicht?«

»Ich mein nur!«

»Was meinst du?«

»Siegfried hat nach dem Tod seines Vaters bestimmt andere Sorgen!«, antwortete Nicole ausweichend.

»Nach dem Tod meines Schwiegervaters wäre neues Leben auf dem Hof bestimmt für alle ein Trost.«

»Ich glaube eher, alle müssen seinen Tod erst einmal verarbeiten.«

»Ein Baby würde ihnen bei der Verarbeitung helfen. Und bei der Überwindung der Trauer.«

Nicole schüttelte den Kopf.

»Wieso willst du mir eigentlich unbedingt ein Baby ausreden? Das ist doch meine Sache!«, protestierte Evi ärgerlich.

»Jetzt sei nicht beleidigt«, beschwichtigte Nicole.

»Bin nicht beleidigt!«

»Doch.«

Evi nahm einen Schluck Kaffee. »Du bist doch selbst gerade Mutter geworden. Du müsstest mich doch verstehen! Und du bist auch nicht viel jünger als ich. Das will ich dir mal gesagt haben!«

Nicole nickte. Dann fragte sie vorsichtig: »Wie steht es eigentlich um eure Ehe?«

»Was soll das jetzt wieder?«

Das Baby hatte Blähungen. Nicole massierte seinen Bauch.

»Was willst du damit andeuten?«

»Nichts!«

»Doch, du verschweigst mir etwas!«

»Ich verschweige dir nichts!«

»Du bist meine Freundin. Also sag schon!«

Nicole fühlte sich sichtlich unbehaglich. »Nimm dir noch einen Keks!«

»Lenk nicht ab!«

Nicole seufzte resigniert. »Na ja, wie man hört, soll

Siegfried auf der Kirchweih ziemlich eifrig mit der Praktikantin vom Forstamt getanzt haben.«

»Mit der, die man tot im Wald gefunden hat?«

»Ja!«

»Kann nicht sein. Ich war doch auch auf der Kirchweih. Das hätte ich doch bemerkt!«

»Du bist mit Paul anscheinend früher heimgegangen.«

»Das muss gar nichts heißen!«

»Nein, natürlich nicht!«

Beide schwiegen.

# 124

Friedbert Hofbauer kauerte auf der Kante seines Stuhls im Vernehmungsraum der Kriminalpolizei. Er war nervös. Schwitzte stark. Seine ineinander verkrampften Hände hinterließen feuchte Flecken auf der Tischplatte. Er war allein im Raum. Noch hatte das Verhör nicht begonnen. Friedbert wünschte, die Beamten kämen endlich. Und befürchtete es. Ein Gefühl wie im Wartezimmer des Zahnarztes.

Friedberts Gedanken überschlugen sich. Was konnte die Polizei von ihm wollen? Stimmen waren zu hören. Schritte näherten sich auf dem Flur. Sie kamen! Kriminalhauptkommissar Pfeil und Kriminaloberkommissar Köcher betraten den Raum. Friedberts Deo versagte.

»Herr Hofbauer«, begann Kriminalhauptkommissar Pfeil und räusperte sich. Blätterte mit gerunzelter Stirn in einer Akte, rückte seine Brille zurecht. Friedberts Puls schoss in schwindelerregende Höhen.

»Herr Hofbauer«, wiederholte Kriminalhauptkommissar Pfeil in strengem Ton. Friedbert hob vorsichtig den Blick. »Wir haben Ihr Alibi überprüft.« Friedbert zuckte zusammen. »Wo waren Sie an dem Tag, als Ihr Vater getötet wurde?«

»In Heid… Heidelberg«, stotterte Friedbert.

»Was haben Sie an dem Tag gemacht?«

»Ich war im Sem… Seminar.«

»Sind Sie sicher?«

»Ja!«, bestätigte Friedbert leise und senkte den Blick.

»Und Sie bleiben bei dieser Aussage?«

Friedbert nickte.

Kriminalhauptkommissar Pfeil zog ein Blatt Papier aus einer Akte und legte es Friedbert vor. Es handelte sich um die Unterschriftenliste des Seminars »Kants kategorischer Imperativ«.

»Ist das Ihre Unterschrift?«, fragte er energisch und zeigte auf die Signatur neben dem Namen Hofbauer.

Friedbert fühlte sich ertappt. Schwieg hilflos. »Ist das Ihre Unterschrift?«, wiederholte Kriminalhauptkommissar Pfeil noch eine Spur energischer.

Friedbert trat die Flucht nach vorne an. »Ja!«

»Wie erklären Sie sich dann den gravierenden Unterschied zwischen Ihrer angeblichen Unterschrift auf der Seminarliste und den Unterschriften auf diesen Protokollen?« Kriminalhauptkommissar Pfeil breitete weitere Blätter vor Friedbert aus.

Friedbert gab auf! »Ich war nicht im Seminar!«

»Von wem stammt die Unterschrift auf der Seminarliste?«

»Von einem Freund. Er hat für mich unterschrieben.«

»Sie haben das Seminar geschwänzt?«

Friedbert nickte beschämt.

»Warum?«

»Ich habe mich mit meiner Freundin getroffen.«

Es wurde einen Moment lang still im Raum. Dann wiederholte Kriminalhauptkommissar Pfeil ungläubig: »Sie haben sich mit Ihrer Freundin getroffen? Warum sagen Sie das erst jetzt?«

»Weil ich Angst hatte, dass rauskommt, dass ich das Seminar geschwänzt habe. Es ist ein Pflichtseminar!«

»Wie heißt Ihre Freundin?«

»Friedlinde Trautlieb.«

»Adresse?«

Friedbert machte die erforderlichen Angaben. Damit war er entlassen.

»Ich glaube nicht, dass er seinen Vater umgebracht hat«, meinte Josef Pfeil nach dem Verhör und verschränkte die Hände hinter dem Kopf.

»Ich auch nicht«, stimmte ihm Dirk Köcher zu.

»Trotzdem werden wir schleunigst Friedbert Hofbauers Alibi überprüfen und seine Freundin einbestellen.«

Dirk Köcher nickte.

»Machen wir Feierabend!«

# 125

Evi Hofbauer hatte sich unter dem Vorwand, noch dringend etwas erledigen zu müssen, früher als geplant von ihrer Freundin Nicole verabschiedet und hatte den Heimweg angetreten.

Die vagen Andeutungen ihrer Freundin im Hinblick auf Siegfried und die Praktikantin hatten Evi die gute Laune geraubt und gingen ihr nicht mehr aus dem Kopf. War etwas dran? »Unsinn«, schalt sie sich und schüttelte energisch den Kopf. Doch ihr Argwohn war geweckt. Sie überlegte, ob sie Siegfried davon erzählen sollte, dass sein Tanzvergnügen mit der Forstamtspraktikantin an Kirchweih anscheinend Dorfgespräch war. Oder ob sie die Angelegenheit besser auf sich beruhen lassen sollte. Denn eines war sicher. Wenn Siegfried die Sache in den falschen Hals bekam, gab es Feuer unterm Dach!

»Du bist schon zurück?«, wunderte sich die Hofbäuerin, die soeben in Gummistiefeln, eine Schubkarre vor sich herschiebend, aus einer der Stallungen trat. Evi nickte und schloss ihr Auto ab.

»Wie geht es Nicole und dem Baby?«

»Gut! Sie ist halt sehr im Stress und ...«

»Ach, da kommt ja Friedbert«, unterbrach die Hofbäuerin.

Friedbert stieg steifbeinig aus dem Wagen.

»Was hat die Polizei von dir gewollt?«

Friedbert zuckte gleichgültig die Schultern.

»Verstockt wie dein Bruder!«, schimpfte die Hofbäuerin. »Aus dem kriegt man auch kein Wort raus!«

»Sie wollten halt wissen, wo ich an dem Tag war, als das mit Papa passierte.«

»Und, was hast du gesagt?«

»Dass ich in Heidelberg war.«

»Haben sie dir geglaubt?«

»Weiß nicht!«

»Können die nicht endlich damit aufhören, in unserer Familie herumzustochern?«, stieß die Hofbäuerin grimmig hervor. Ihre Augen funkelten zornig. »Statt dass sie endlich den Kerl fassen, der deinem Vater das angetan hat!« Damit drehte sie sich um und stapfte davon.

# 126

Josef Pfeil und Dirk Köcher hatten beschlossen, noch ein Feierabendbier im Gasthaus Hirsch in Bodenfeld zu trinken. Zur Pflege des Betriebsklimas, wie er Annegret gegenüber später augenzwinkernd behaupten würde.

Aufseufzend ließ sich Josef Pfeil auf den Hocker vor der Theke sinken. Dirk Köcher nahm neben ihm Platz. Beide richteten ihren Blick erwartungsvoll auf Gerdi Müller, die hinter der Theke stand und gelangweilt ihre künstlichen Fingernägel betrachtete. Lustlos schlenderte sie herbei und sah die Herren fragend an.

»Ein Bier«, sagte Josef Pfeil.

»Für mich auch«, sagte Dirk Köcher.

Gerdi Müller nickte kaum merklich, griff nach zwei Gläsern und zapfte Bier. Sie hatte die Kommissare natürlich sofort erkannt. Lauerte auf interessante Neuigkeiten! Wenn die Kommissare doch bloß nicht so wortkarg gewesen wären!

Gerdi trauerte zutiefst der Zeit nach, als scharenweise Reporter von Funk und Fernsehen ins Dorf eingefallen waren auf der Suche nach Hintergrundinformationen zu den beiden Leichenfunden. Gerdi hatte alle Register gezogen, hatte beim Servieren mit den künstlichen Wimpern geklimpert, beim Gehen die Hüften geschwungen und kräftig mit dem Po gewackelt. Aber sie war nicht für Film- und Fernsehen entdeckt worden! Stattdessen hatten sie der fetten Ingrid das Mikrofon unter die Knollennase gehalten! Wie die sich wichtiggemacht hatte! Beim puren Gedanken daran schüttelte sich Gerdi vor Abscheu.

Josef Pfeil nahm einen großen Schluck Bier und wischte sich mit dem Handrücken den Schaum vom Bart. Dirk Köcher spielte mit seinem Bierdeckel. Schweigend saßen beide da, scheinbar in Gedanken versunken.

Gerdi griff zu einem Lappen und wischte die Theke. »Die Leute im Dorf vermuten, dass es der Harry war«, sagte sie wie nebenbei. Josef Pfeil hob den Kopf und blickte Gerdi verständnislos an.

»Welcher Harry«, fragte er perplex.

»Der Gerlinde Hofbauer ihr Mann.«

»Der Herr Windig?«

Gerdi nickte eifrig. »Bestimmt hat der Harry seinen Schwiegervater umgebracht.«

»Und aus welchem Grund, wenn ich fragen darf?«

»Weiß doch jeder, dass der Harry klamm ist!«

»Und deshalb soll er seinen Schwiegervater getötet haben?«

»Kann doch sein oder?«

»Gibt es hierfür Beweise?«

»Na ja«, stotterte Gerdi, »eigentlich nicht.«

»Hören Sie besser auf, Gerüchte in die Welt zu setzen, und überlassen Sie die Arbeit der Polizei!«

Gerdi errötete. »Erst neulich war der Gerichtsvollzieher beim Harry«, rechtfertigte sie sich schnell.

»Was?«, rief Josef Pfeil überrascht und ärgerte sich im selben Moment über seine unbedachte Reaktion.

»Das wussten Sie nicht?« Gerdi hatte wieder Oberwasser. »Die Sina hat es live mitgekriegt.«

»Welche Sina?«

Gerdi baute sich hinter der Theke auf und stützte die rechte Hand in die Hüfte. Endlich erhielt sie die gewünschte Aufmerksamkeit. Genüsslich ließ sie sich über Sina aus und erörterte ausgiebig deren Familien- und Verwandtschaftsverhältnisse. Josef Pfeil blickte in sein Bier und übte sich in Geduld. Dirk Köcher seufzte hörbar. Beide stellten ihre Ohren auf Durchzug.

»Die arme Gerlinde war anscheinend total geschockt, als plötzlich der Gerichtsvollzieher vor der Tür stand.« Gerdi ging endlich der Gesprächsstoff aus. Sie blickte die Kommissare abwartend an. Doch beide zeigten sich unbeeindruckt. Gerdi war enttäuscht. Doch als sie sich kurz umwandte, raunte Josef Pfeil Dirk Köcher unauffällig zu: »Wir sollten uns diesen Harry Windig noch einmal gründlich vornehmen.«

# 127

Friedlinde kauerte verstört auf einem Stuhl im Verhörraum des Kommissariats. Rätselte nervös über den Grund ihrer Einbestellung. Unsicher blickte sie sich in dem kahlen Raum um. Noch war sie allein.

Die Tür schwang auf und zwei Herren traten ein, die sich Friedlinde als Oberstaatsanwalt Bogenschütz und Kriminalhauptkommissar Pfeil vorstellten. Friedlinde war gebührend beeindruckt.

»Sie sind mit Friedbert Hofbauer befreundet?«, begann Oberstaatsanwalt Bogenschütz das Verhör. Friedlinde nickte zögernd.

»Wir ermitteln im Todesfall Johannes Hofbauer, dem Vater Ihres Freundes. Friedbert Hofbauer hat angegeben, sich am Tattag mit Ihnen in Heidelberg getroffen zu haben. Es handelt sich um den ...« Oberstaatsanwalt Bogenschütz nannte den Todestag von Johannes Hofbauer. »Stimmen diese Angaben?«

Keine Reaktion von Friedlinde.

»Haben Sie mich verstanden?«, fragte Oberstaatsanwalt Bogenschütz in scharfem Ton nach.

Friedlinde zuckte zusammen.

Oberstaatsanwalt Bogenschütz wiederholte seine Frage.

Friedlinde sah ihn aus großen Augen an und zupfte stumm am Stehkragen ihres schlichten, dunkelbraunen Cordkleides.

Oberstaatsanwalt Klaus Bogenschütz öffnete demonstrativ eine dicke braune Akte. Fixierte Friedlinde streng über seine Brille hinweg. »Können Sie die Angaben Ihres Freundes bestätigen?«

»Ist schon so lange her«, wisperte Friedlinde hilflos.

»Ihr Freund hat sein Seminar an der philosophischen Fakultät geschwänzt, angeblich um sich mit Ihnen zu treffen.«

»Das kann nicht sein!«, fuhr Friedlinde auf.

»Warum nicht?«

»Friedbert würde nie ein Seminar schwänzen. So etwas tut er nicht. Niemals! Friedbert nimmt sein Studium ernst!«

»Oh heilige Einfalt«, dachte Kriminalhauptkommissar Pfeil.

Oberstaatsanwalt Bogenschütz las konzentriert in der Akte. Runzelte die Stirn. Zog die Brauen zusammen. »Sie können das Alibi von Herrn Hofbauer somit nicht bestätigen?«

»Wenn Friedbert gesagt hat, dass er sich an dem Tag, als ... als ...« Friedlinde suchte nach Worten.

»Als sein Vater getötet wurde«, half Kriminalhauptkommissar Pfeil.

Friedlinde nickte. »Dann stimmt das auch«, vollendete sie ihren Satz.

»Dann hat er also sein Seminar an diesem Tag nicht besucht«, stellte Oberstaatsanwalt Bogenschütz fest.

»Bestimmt ist es ausgefallen«, verteidigte Friedlinde ihren Freund rasch.

»Nein, es ist nicht ausgefallen. Es fand statt. Ein Freund hat für ihn die Anwesenheitsliste unterschrieben.«

Friedlinde erbleichte. Ihre Sommersprossen verblassten.

Die Mundwinkel von Oberstaatsanwalt Bogenschütz zuckten belustigt. Entschlossen klappte er die Akte samt Schriftstück zu, das er zwischenzeitlich gründlich studiert hatte: den Menüplan der Kantine für die kommende Woche!

# 128

Er war bei Gerlinde abgeblitzt! Als er vor Weihnachten bei ihr »auf den Busch geklopft« hatte, war
sie empört gewesen. Aber Hochmut kommt bekanntlich vor dem Fall! Egon Neider schmunzelte in sich
hinein. Er war auf dem Weg zu einem Treffen mit
Harry Windig!

In der Pizzeria in Bodenfeld war am frühen Abend
nur wenig Betrieb. An einem Ecktisch beim Fenster
saß Harry Windig vor einem Glas Apfelschorle und
wartete auf Egon Neider, der sich bereits über eine
Viertelstunde verspätet hatte. Harry Windig wurde
unruhig. Das Warten machte ihn nervös. Außerdem
fühlte er sich vom Betreiber der Pizzeria beobachtet.
Harry Windig zog sein Smartphone aus der Tasche,
um beschäftigt zu wirken. Da endlich schwang die
Eingangstür auf und Egen Neider polterte geräuschvoll herein.

»Hallo, Harry«, grüßte Egon Neider und warf seinen grünen Lodenmantel schwungvoll über eine
Stuhllehne. Schnaufend ließ er sich auf einen Stuhl
fallen und lachte entschuldigend: »Ein alter Mann ist
kein D-Zug!« Dann winkte er der Bedienung, bestellte
sich ein Glas Wein und rief nach einem verächtlichen

Blick auf Harry Windigs Apfelschorle: »Was trinkst du denn da für ein Zeug?«

Egon Neider trank bedächtig einen Schluck Wein und stellte sein Glas auf der blau-weiß karierten Leinentischdecke ab. »Wie ich hörte, hattest du unerfreulichen Besuch«, eröffnete er schmunzelnd das Gespräch.

Harry Windig blickte ihn verständnislos an. »Der Gerichtsvollzieher gab sich neulich die Ehre«, half Egon Neider nach. Harry Windig senkte beschämt den Kopf. Versenkte sich in den Anblick seiner Apfelschorle. Egon Neider schwieg einen Moment. Dann sagte er wie nebenbei: »Ich könnte dir vielleicht aus der Klemme helfen.«

Harry Windigs Kopf schoss in die Höhe. Seine Augen blitzten hoffnungsvoll. »Du willst mir einen Kredit anbieten?«

»So würde ich das nicht nennen«, wich Egon Neider aus.

»Sondern?«

»Geld im Tausch gegen Land!«

»Was?«

»Ich würde euch Land abkaufen. Hab da ein Waldstück im Auge. Oder eine Wiese.«

»Ich besitze kein Land.«

»Aber die Familie deiner Frau besitzt Land.«

»Deshalb gehört das Land noch lange nicht mir.«

»Du könntest ein wenig Druck ausüben.«

»Wie soll das gehen?«

»Stell dir doch mal die Schande vor, wenn beim Schwiegersohn der Hofbäuerin gepfändet wird!«

Harry Windig ließ den Kopf hängen.

»Außerdem …« Egon Neider machte eine bedeutungsvolle Pause. »Außerdem hab ich zufällig mitgekriegt, wie du dich mit dem Hofbauer über Geld gestritten hast. Und dass er dir keins geben wollte.«

Harry Windig zuckte hilflos die Schultern.

»Man könnte glatt auf den Gedanken kommen, dass du deinen Schwiegervater deshalb um die Ecke gebracht hast.« Egon Neider blinzelte listig.

»Waaas?«, fuhr Harry Windig empört auf. »Was redest du da? Du glaubst doch wohl nicht im Ernst, dass ich etwas mit dem Tod meines Schwiegervaters zu tun habe?«

»Na ja, ganz sicher bin ich mir da nicht. Das muss ich dir schon sagen.«

»Quatsch!«

»Ich habe nachts Albträume und wache schweißgebadet auf.« Egon Neider seufzte schwer.

»Warum?«

»Weil ich befürchte, dass ich mich strafbar mache, wenn ich der Polizei meinen Verdacht verschweige. Vielleicht ist das Strafvereitelung. Dann geht es mir womöglich selbst an den Kragen.«

»Du willst mich erpressen?«

»Aber nein! Versteh mich bitte nicht falsch! Aber ich kann nicht garantieren, wie lange ich diesem

Druck noch standhalten kann«, entgegnete Egon Neider mit Leidensmiene.

Harry Windig richtete sich auf. Sah seinem Gegenüber direkt in die Augen. Mit gesenkter Stimme stieß er fast drohend hervor: »Du hältst es also für möglich, dass ich meinen Schwiegervater getötet habe! Dann muss ich mich über deine Unverfrorenheit wundern!«

»Wieso?«

»Na, überleg doch mal. Ich könnte mich gezwungen sehen, einen Mitwisser zu beseitigen. Umgebracht zur Verdeckung einer Straftat heißt es dann!«

Egon Neider wurde blass. Die Haare auf seinen Unterarmen stellten sich auf. Ihm dämmerte vage, dass das Treffen mit Harry Windig vielleicht doch keine so gute Idee war.

# 129

Dumpf vor sich hin brütend saßen Gerlinde Hofbauer und ihre Schwägerin Evi am Küchentisch, jede
mit einem großen Becher Kaffee vor sich. Sie fühlten
sich beide müde und erschöpft. Doch es war nicht
die körperliche Arbeit, die sie ermüdet hatte. Körperliche Arbeit waren sie gewohnt. Es war die düstere
Stimmung im Haus, die schwer auf ihnen lastete.
Die ihnen die Luft zum Atmen nahm. Die Familienmitglieder misstrauten einander. Gingen sich aus
dem Weg. Beobachteten einander verstohlen und
wechselten kein Wort mehr als nötig. Eine Stimmung
zum Davonlaufen!

Fast gleichzeitig nahmen Evi und Gerlinde einen
Schluck Kaffee. Gerlinde stellte ihren Becher ab und
seufzte tief. »Was ist?«, erkundigte sich Evi teilnahmsvoll, obwohl sie ahnte, was ihre Schwägerin bedrückte.

»Das kannst du dir doch denken«, entgegnete Gerlinde resigniert.

»Die Sache mit dem Gerichtsvollzieher?«

Gerlinde errötete. Sie nickte stumm. Eine Weile
schwiegen beide.

»Was habt ihr jetzt vor?«, erkundigte sich Evi vorsichtig.

»Weiß nicht!«

»Zum Glück könnt ihr hier mietfrei wohnen.«

»Ihr wohnt doch auch mietfrei hier«, fuhr Gerlinde auf.

»Wir arbeiten auch beide auf dem Hof. Siegfried und ich«, rechtfertigte sich Evi.

»Ich etwa nicht? Wer führt denn den Hofladen?«

»Ich meine ja nur! Wenn ihr irgendwo Miete zahlen müsstet, wäre eure Situation noch dramatischer.«

»Ich überlege, mir eine Arbeit zu suchen.«

»Als was?«

»Ich könnte im Discounter arbeiten. In der Obst- und Gemüseabteilung. Oder Regale auffüllen.«

»Hm!«

»Was? Traust du mir das nicht zu?«

»Doch, aber goldene Taler wirst du dort nicht verdienen.«

»Ich weiß.«

»Harry könnte sich eine andere Arbeit suchen.«

»Zum Beispiel?«

»Weiß nicht.«

»Eben! Harry hat nichts anderes gelernt! Außerdem hat er zwei linke Hände.«

»Wer zwei linke Hände hat, muss die Rechte studieren.«

»Was?«

»Ach, nichts. Das sollte ein Scherz sein.«

»Mir ist nicht zum Scherzen.«

Gerlinde strich eine Falte in der Tischdecke glatt.

Wandte sich dann an ihre Schwägerin. »Und, was ist mit dir?«

»Was soll sein?«

»Sag du es mir!«

»Ich glaube, Siegfried betrügt mich«, brach es aus Evi heraus. Und sie berichtete ausführlich, welche Andeutungen ihre Freundin Nicole diesbezüglich bei ihrem letzten Treffen gemacht hatte.

Gerlinde blieb gelassen. »Und wenn schon! Diese Praktikantin ist doch inzwischen tot und keine Konkurrenz mehr.«

»Du bist gut!«, begehrte Evi auf. »Wenn dein Harry fremdgegangen wäre, würde dich das auch nicht kaltlassen!«

»Pfff!«

»Das wäre ein Vertrauensbruch, den ich Siegfried nicht vergessen könnte.«

»Es ist doch überhaupt nicht bewiesen, dass er etwas mit dieser Praktikantin hatte. Die Leute reden viel, wenn der Tag lang ist.«

»Wo Rauch ist, ist auch Feuer.«

»Reg dich ab!«

Ein Auto fuhr auf den Hof. Evi blickte aus dem Fenster. »Harry kommt. Der sieht auch nicht gerade fröhlich aus.«

# 130

Ein laues Lüftchen wehte und ließ den kommenden Frühling ahnen. Eine bleiche Sonne strahlte vom blauen Himmel. In den Vorgärten blühten Schneeglöckchen und in den Parks öffneten die ersten blauen und gelben Krokusse ihre Kelche.

Staatsanwalt Stefan Bosnickel verließ entnervt den Gerichtssaal. In der Verhandlung gegen Heino P. war es während der Verhandlung zu Tumulten gekommen. Eine Gruppe Goldkettenträger in schwarzen Lederjacken hatte ihn ausgepfiffen und ausgebuht.

Heino P., ein stadtbekannter Schläger, hatte einer Oma den Stinkefinger gezeigt, als die sich lautstark darüber beschwerte, dass er sich an der Supermarktkasse an ihr vorbeimogeln wollte, anstatt sich anständig hinter ihr und ihren Rollator einzureihen. Beherzte Zeugen hatten sich eingemischt. Blutige Nasen, zerbrochene Brillen und deformierte Zahnprothesen waren die Folge.

Stefan Bosnickel eilte seinem Zimmer zu. Doch kurz bevor er die rettende Tür erreichte, traf er auf Oberstaatsanwalt Bogenschütz. Es gab Tage, da blieb einem wirklich nichts erspart.

# 131

Kriminalhauptkommissar Pfeil und Kriminalober-kommissar Köcher waren auf dem Weg zu Siegfried Hofbauer, um ihn mit der Aussage des Waldarbeiters Jochen Tanner zu konfrontieren, wonach Johannes Hofbauer vom Seitensprung Siegfrieds mit Diana Wiesner in Kenntnis gesetzt worden war. Was war daraufhin geschehen? Hatte Johannes Hofbauer die Sache auf sich beruhen lassen? Oder hatte er seinen Sohn zur Rede gestellt?

Während der Fahrt blickte Josef Pfeil versonnen über die noch brach liegenden Felder und ein altes Volkslied, das er einst in der Schule gelernt hatte, kam ihm in den Sinn. »Im Märzen der Bauer die Rösslein anspannt.« Unwillkürlich begann er zu summen und stoppte erst, als er den teils überraschten, teils entgeisterten Blick seines Kollegen auf sich ruhen spürte, dem sich aufgrund seines Gesanges der Gehörgang verbog.

Die Hofbäuerin trat aus der Stalltür, um zu sehen, wer gekommen war. Sie blickte den Kommissaren misstrauisch entgegen.

»Wir möchten zu Ihrem Sohn. Ist er zu Hause?«, erkundigte sich Kriminalhauptkommissar Pfeil freundlich.

»Zu welchem?«

»Bitte?«

»Wollen Sie zu Siegfried oder zu Friedbert? Ich habe zwei Söhne.«

»Entschuldigung! Wir müssten mit Siegfried Hofbauer sprechen.«

»Warum?«

»Das werden wir persönlich mit ihm besprechen.«

»Siegfried ist in der Scheune.«

Die Hofbäuerin stapfte Richtung Scheune und rief: »Siegfried, Besuch für dich!«

Siegfried in Jeans und blau-grün kariertem Flanellhemd unterbrach seine Arbeit und stützte sich auf seine Heugabel. Abwartend sah er den Beamten entgegen.

»Danke, Frau Hofbauer«, wandte sich Josef Pfeil an die Hofbäuerin, um sie zum Gehen zu bewegen. Doch die blieb wie angewurzelt stehen. Dieses Gespräch würde sie sich nicht entgehen lassen.

»Frau Hofbauer, könnten Sie uns bitte kurz allein lassen?«, flötete Dirk Köcher zuckersüß.

»Ich hab ein Recht darauf, zu erfahren, was auf meinem Hof gesprochen wird.«

»Ihr Sohn kann es Ihnen doch anschließend berichten«, beschwichtigte Dirk Köcher.

»Ach der! Der sagt doch nix! Total verstockt ist der! So war er schon als Kind!«

»Mama, bitte!«, mischte sich nun Siegfried ein.

»Also gut! Wie du meinst!«

Die Hofbäuerin trollte sich und verschwand hinter einem Forsythienstrauch, dessen gelbe Blüten im Begriff waren, sich zu öffnen. Sie bückte sich und begann, hingebungsvoll Gras aus einem Blumenbeet zu zupfen – in Hörweite!

Die Kommissare sahen sich resigniert an. Kriminalhauptkommissar Pfeil gab sich geschlagen.

»Herr Hofbauer, bitte erscheinen Sie morgen Nachmittag zur Vernehmung auf dem Kommissariat!«

»Siegfried, ruf sofort unseren Anwalt an!«, ertönte es prompt energisch hinter dem Forsythienstrauch hervor.

# 132

Als Josef Pfeil abends heimkam, humpelte ihm Annegret im Flur entgegen.

»Was ist denn mit dir passiert?«

»Hab mir den Knöchel verstaucht!«

»Wie hast du das denn angestellt?«

»Hab heute unsere Fenster geputzt und als ich von der Leiter stieg, bin ich mit dem Fuß umgeknickt.«

»Wieso musstest du heute die Fenster putzen?«

»Es wird Frühling. Alle Leute putzen jetzt ihre Fenster.«

»Was kümmern dich andere Leute? Wenn andere Leute in den Neckar springen, springst du dann hinterher?«, schimpfte Josef Pfeil.

»Die Fenster waren total staubig. Man konnte fast nicht mehr durchsehen.«

»Ich hab noch genug gesehen.«

Annegret war den Tränen nah. Bekümmert ließ sie die Schultern hängen.

»Setz dich in den Sessel und leg den Fuß hoch«, befahl Josef Pfeil energisch. Grummelnd verschwand er im Bad. Gleich darauf kam er mit mehreren Handtüchern zurück. Vorsichtig bettete er Annegrets verletzten Fuß auf ein Kissen und umwickelte ihren

Knöchel sorgfältig mit einem nassen Handtuch. »Damit die Schwellung zurückgeht«, fügte er erklärend hinzu. Und drohte: »Wenn der Fuß morgen nicht besser aussieht, fahre ich dich zum Arzt.«

»Unsere besten Handtücher!«, jammerte Annegret. Ein vernichtender Blick ihres Gatten brachte sie zum Schweigen.

# 133

Am nächsten Nachmittag erschien Siegfried Hofbauer in Begleitung seines Anwalts Dr. Rechtsbruch auf dem Kommissariat.

»Herr Hofbauer, uns ist bekannt, dass Ihr Vater von Ihrem Verhältnis zu Frau Wiesner wusste«, kam Kriminalhauptkommissar Pfeil ohne Umschweife zur Sache.

Siegfried Hofbauer starrte vor sich auf die Tischplatte und schwieg.

»Herr Hofbauer?«

Siegfried Hofbauer zuckte gleichgültig mit den Schultern.

»Hat Ihr Vater Sie zur Rede gestellt?«

»Und wenn schon! Ich bin erwachsen.«

»Herr Hofbauer, würden Sie bitte mit uns kooperieren?«

»Klar!«

»Hat Ihr Vater Ihnen Vorwürfe gemacht?«

»Erfreut war er nicht!«

»Hat Ihr Vater darauf bestanden, dass Sie die Affäre beenden?«

»Pah!« Siegfried Hofbauer lachte verächtlich.

»Wie darf ich Ihre Reaktion verstehen?«

»Mein Vater war grad der Richtige, um sich als Moralapostel aufzuspielen.«

»Wieso?«

»Der hat meine Mutter oft genug betrogen! Schon als Schulbub habe ich das mitgekriegt!«

»Hat Ihr Vater damit gedroht, Ihre Frau zu informieren?«

»Nein!« Siegfried Hofbauer machte eine abwehrende Handbewegung.

»Sind Sie sicher?«

»Hundertprozentig!«

»Was macht Sie so sicher?«

»Der hatte Schiss davor, dass Evi es erfährt.«

»Ach!«

»Der hat gesagt, wenn ich es schon mit einer anderen treibe, soll ich wenigstens nicht so blöd sein und mich dabei erwischen lassen.«

»Wär's das?«, verschaffte sich endlich Rechtsanwalt Dr. Rechtsbruch Gehör.

# 134

Rechtsreferendar Kevin Grünlich, dessen absonderliche Auslegung der Rechtsvorschriften vor Gericht bereits traurige Berühmtheit erlangt hatte, übernahm im Rahmen seiner Ausbildung in der Strafverhandlung gegen den Taschendieb Slobodan R. die Rolle des Staatsanwaltes.

Kevin Grünlich fühlte seine große Stunde gekommen. In seinem Plädoyer schwadronierte er ausgiebig, strapazierte erbarmungslos diverse Strafvorschriften und forderte schließlich zum puren Entsetzen des vorsorglich neben ihm sitzenden Staatsanwalts Stefan Bosnickel für einen einfachen Taschendiebstahl die für schweren Raub vorgesehene Höchststrafe. Worauf der Angeklagte prompt in Ohnmacht fiel.

# 135

Harry Windig erschien zur Vernehmung im Kommissariat. Er klimperte mit seinem Autoschlüssel und wiegte sich betont lässig in den Hüften, als er von den Beamten in den Verhörraum eskortiert wurde.

»Herr Windig, uns ist bekannt, dass Sie in erheblichen finanziellen Schwierigkeiten stecken«, eröffnete Kriminalhauptkommissar Pfeil das Verhör.

»Kleiner finanzieller Engpass«, spielte Harry Windig seine Situation herunter.

»Wir haben Ihre Vermögensverhältnisse überprüft.«

Harry Windig gab sich geschlagen.

»Haben Sie Ihren Schwiegervater um Geld gebeten?«

»Nein!«, log Harry Windig.

»Warum nicht? Ihr Schwiegervater war recht vermögend.«

»Der Geizkragen hätte mir kein Geld gegeben.«

»Wie war Ihr Verhältnis zu Ihrem Schwiegervater?«

»Ging so.«

»Soll heißen?«

»Na ja, er wollte mich von Anfang an nicht als Schwiegersohn.«

»Warum nicht?«

»Hatte sich für seine Gerlinde einen reichen Hoferben gewünscht.«

»Aber sie hat sich für Sie entschieden.«

»Veni, vidi, vici, wie wir Lateiner sagen. Ich kam, sah und siegte«, tönte Harry Windig selbstgefällig.

»Herr Windig, ich frage Sie nochmals: Kam es zum Streit um Geld zwischen Ihnen und Ihrem Schwiegervater?«

»Nein!«

»Haben Sie Ihre Frau dazu gedrängt, ihren Vater um Geld zu bitten?«

»Nein!«

»Eventuell hätte er seiner Tochter eher Geld geliehen als Ihnen.«

»Gerlinde wusste nichts von unserem«, Harry Windig räusperte sich, »kleinen Geldproblem.«

»Ihre Frau ist völlig ahnungslos?«

»Jetzt nicht mehr.«

# 136

Kaum in seinem Büro zurück, erhielt Josef Pfeil einen Anruf von Mechthild Wiesner, der Mutter von Diana Wiesner, die ihn frustriert fragte, ob man überhaupt noch nach dem Mörder ihrer Tochter suche. Josef Pfeil machte Feierabend.

Vor der Heimkehr zu seiner humpelnden Annegret musste Josef Pfeil noch in den Supermarkt. Annegret hatte ihm eine lange Einkaufsliste mitgegeben. Josef Pfeil hasste einkaufen! Meist irrte er ziellos zwischen den Regalen umher auf der Suche nach den benötigten Waren, bevor er schließlich entnervt einen Angestellten um Hilfe bat.

Kam Josef Pfeil schließlich heim, schimpfte Annegret beim Auspacken der Einkäufe mit schönster Regelmäßigkeit, weil der Salat bereits welk, die Radieschen nicht mehr knackig und das Toastbrot über dem Verfalldatum waren. Da Josef Pfeil meist nur mit halbem Ohr zuhörte, wenn Annegret mit ihm die Einkaufsliste durchging, brachte er die falsche Packung Reis, das falsche Tiefkühlgemüse sowie anstelle der Sonderangebote völlig überteuerte Produkte. Josef Pfeil hasste Einkaufen!

# 137

Nach seinem Gespräch mit Harry Windig beschloss Egon Neider, seinen Sohn Rainer umgehend von seinem Einsatz bei Familie Hofbauer abzuziehen. Er versprach sich keinen Vorteil mehr davon.

Familie Hofbauer saß beim Abendessen in der Küche, als Egon Neider hereinpolterte. »Das hab ich ja gut getroffen«, frotzelte er beim Anblick der gefüllten Teller. »Ich bin am liebsten da, wo die Arbeit bereits geschafft, aber noch nicht gegessen ist.«

Die Familienmitglieder nickten lustlos einen Gruß. Kauten schweigend weiter.

»Wollte sehen, wie es euch inzwischen geht«, gab sich Egon Neider leutselig.

Die Hofbäuerin lauerte misstrauisch darauf, was der Nachbar wirklich im Schilde führte.

»Ja, also«, begann Egon Neider umständlich.

»Jetzt kommt's«, dachte die Hofbäuerin.

»Wie ihr sicherlich gehört habt …« Er brach ab. Setzte neu an. »Die Vogelgrippe geht um. Und die Hühnerpest ist auch auf dem Vormarsch.«

»Was geht das uns an?«, dachte die Hofbäuerin.

Egon Neider räusperte sich. »Falls ein infizierter

Wildvogel meine Hennen ansteckt, muss ich meinen gesamten Hühnerbestand töten.«

Die Familie schwieg abwartend.

»Jedenfalls müssen meine Hühner jetzt im Stall bleiben.«

»Das ist in diesem Fall sicherer«, stimmte ihm die Hofbäuerin zu.

Egon Neider nickte. »Ja, aber die Hennen sind Freilandhaltung gewohnt. Vor lauter Langeweile reißen sie sich gegenseitig die Federn aus.«

Siegfried gluckste.

»Übrigens, kennt ihr den Witz von dem Hahn, der einer Henne die Federn ausriss?«

Rainer Neider, der mit am Tisch saß, verdrehte heimlich die Augen. Er kannte die Witze seines Vaters. Alle drei!

Die Familie hob den Kopf, um den Witz des Nachbarn über sich ergehen zu lassen.

»Ein Hahn tat im Hühnerhof eifrig seine Pflicht und beglückte sämtliche Hennen. Bis auf eine, der riss er täglich nur eine Feder aus. Die Henne beschwerte sich schließlich beim Hahn. Da sagte der Hahn« – Egon Neider senkte lüstern die Stimme – »Dich will ich nackt!«

Die Familie lächelte gequält.

Egon Neider lachte dröhnend über seinen eigenen Witz, bis ihm die Tränen kamen. Dann kam er endlich zum Punkt: »Da Stallhaltung weit mehr Arbeit macht als Freilandhaltung, wird Rainer leider wieder bei uns auf dem Hof gebraucht.«

»Verstehe«, sagte die Hofbäuerin. Und dachte still bei sich: »Oh Herr, lass Gras wachsen, die Rindviecher werden immer mehr!«

# 138

Staatsanwalt Stefan Bosnickel begeisterte sich neuerdings für Wildwasser-Rafting. Fasziniert verfolgte er im Fernsehen, wie wagemutige Männer in Kanus und Kajaks tosende Wildwasser befuhren und strudelnde Stromschnellen bezwangen. Er hielt den Atem an, wenn sie in der brodelnden Gischt verschwanden, um Augenblicke später paddelnd wieder aufzutauchen. Das wollte er auch ausprobieren.

Feuer und Flamme für sein Vorhaben verlor Stefan Bosnickel keine Zeit und begab sich umgehend in ein Sportgeschäft, um sich die nötige Ausrüstung für sein neues Hobby zu besorgen. Ein fachkundiger Verkäufer beriet ihn ausführlich über Kanus, Kajaks, Schlauchboote sowie Zubehör. Stefan Bosnickel schwirrte der Kopf. Er erklärte dem enttäuschten Verkäufer, es sich noch einmal überlegen zu wollen, und flüchtete frustriert aus dem Sportgeschäft.

Im Internet bestellte Stefan Bosnickel sich sodann nach gründlicher Recherche ein aufblasbares Kajak samt Spritzschutz in Giftgrün, einen Helm gleicher Farbe, eine orangerote Schwimmweste sowie ein Doppelpaddel. Da er befürchtete, der Paketbote könnte ihn eventuell bei der Auslieferung seiner

Bestellung zu Hause nicht antreffen, gab er als Liefer-adresse seinen Dienstsitz bei der Staatsanwaltschaft an. Ungeduldig wartete Stefan Bosnickel in den fol-genden Tagen auf seine Bestellung.

Freudig erregt nahm Stefan Bosnickel eine Woche später ein voluminöses Paket in Empfang, das mittels Sackkarre in sein Dienstzimmer transportiert worden war. Was sich wie ein Lauffeuer in sämtlichen Ab-teilungen der Staatsanwaltschaft verbreitete! Und für ungläubiges Staunen sorgte!

»Wildwasser-Rafting?«

»Ist das nicht gefährlich?«

»Ein Sport für echte Männer!«, erklärte Stefan Bos-nickel großspurig.

»Wollen Sie das Paket nicht öffnen?«, schlug Ober-staatsanwalt Bogenschütz vor. Das ließ sich Stefan Bosnickel nicht zweimal sagen. Umständlich begann er, das Packpapier zu entfernen. Die Spannung stieg! Und dann präsentierte Stefan Bosnickel stolz sein zu-sammengefaltetes, luftleeres Kajak samt Helm und Paddel einschließlich der orangeroten Schwimm-weste.

»Und wo ist die Luftpumpe?«

»Ähm?!?«

»Wann stechen Sie in See?«, wollte Oberstaats-anwalt Bogenschütz wissen.

»Wenn das Wetter hält, gleich am Wochenende.«

»Schiff ahoi!«

# 139

Für seine erste Wildwasser-Rafting-Tour hatte sich Stefan Bosnickel einen Bach in der Nähe ausgesucht, der im Sommer regelmäßig austrocknete, um diese Jahreszeit jedoch noch genügend Wasser führte. Keuchend schleppte er seine Ausrüstung zum Bachufer und entfaltete sein Kajak. Der Schweiß stand ihm auf der Stirn und der Fuß wurde ihm lahm, während er sich mit mäßigem Erfolg abmühte, das giftgrüne Kajak aufzupumpen. Vielleicht hätte er im Sportgeschäft doch nicht zum Sonderangebot greifen, sondern eine leistungsstärkere Pumpe kaufen sollen, überlegte er.

Endlich war das Kajak aufgepumpt. Mit Hilfe der Gebrauchsanweisung befestigte Stefan Bosnickel erfolgreich den Spritzschutz. Dann schlüpfte er erwartungsvoll in seine Schwimmweste und stülpte sich den Helm über den Kopf. Griff zum Doppelpaddel! Das Abenteuer konnte beginnen!

Stefan Bosnickel zog sein Kajak zum Bach. Ließ es zu Wasser. Doch leider entwickelte sich schon der Einstieg ins schwankende Kajak für Stefan Bosnickel zum Balanceakt. Als er es glücklich an Bord geschafft hatte, stieß er sich kräftig mit dem Paddel vom Ufer ab. Knirschend schlitterte das Kajak über Steine und Geröll. Rutschte dann gemächlich in tieferes Wasser. Folgte träge dem Bachlauf, während Stefan Bosnickel ungeschickt mit seinem Paddel hantierte und sich bemühte, zumindest teilweise den Kurs des Kajaks mitzubestimmen.

Das Verhängnis nahte in Form eines größeren Steinbrockens, der aus dem Wasser ragte. Langsam, aber unaufhaltsam steuerte das Kajak auf dieses Hindernis zu. Kollidierte mit dem Stein. Das aufblasbare Kajak federte den Stoß sanft ab. Doch der Aufprallwinkel war unglücklich! Das Kajak drehte sich in die Gegenrichtung. Stefan Bosnickel fuchtelte wild mit seinem Paddel und traktierte die Wasseroberfläche mit klatschenden Schlägen. Das Kajak zeigte sich unbeeindruckt. Stefan Bosnickel verlor die Geduld mit seinem störrischen Kajak. Energisch neigte er den Oberkörper zur Seite, um den Richtungswechsel zu erzwingen. Dabei verlor er das Gleichgewicht und kippte zur Seite. Das Kajak kenterte!

Kopfüber hing Stefan Bosnickel in seinem kieloben treibenden Kajak und hatte ausgiebig Gelegenheit, die Unterwasserwelt zu bewundern, während er sich zappelnd aus seinem Kajak zu befreien versuchte. Nach einer Zeit, die ihm wie eine Ewigkeit erschienen war und in der er schon die Engel singen zu hören glaubte, tauchte Stefan Bosnickel prustend mit verschrammtem Gesicht und zerkratztem Helm wieder an der Wasseroberfläche auf. Er griff nach seinem einige Meter entfernt friedlich auf dem Wasser dümpelnden Kajak, watete an Land und war vom Wildwasser-Rafting ein für alle Mal geheilt!

Am Montagmorgen gab sich Stefan Bosnickel im Büro ausnehmend schweigsam. Auf Nachfragen der Kolleginnen und Kollegen, wie denn nun seine Wildwasser-Rafting-Tour verlaufen sei, verweigerte er strikt die Aussage. Doch sein verschrammtes Gesicht sprach Bände!

Hinter vorgehaltener Hand machte das Gerücht die Runde, Stefan Bosnickels Wildwasser-Rafting-Tour sei wohl nicht von Erfolg gekrönt gewesen und man amüsierte sich köstlich über ihn. Oberstaatsanwalt Bogenschütz klemmte sich zur Tarnung einige Akten unter den Arm und begab sich umgehend zu seinem Kollegen. Tiefernst blickte er ihm ins verschrammte Gesicht, trat wortlos auf ihn zu und reichte ihm in aufrichtiger Anteilnahme still die Hand.

# 140

»Sie haben wieder eine Leiche gefunden.«

»Was?« Verständnislos blickte Kriminalhauptkommissar Pfeil von seiner Akte auf, in die er sich vertieft hatte.

»Sie haben in Heidelberg eine Frauenleiche gefunden«, rief Kriminaloberkommissar Köcher aufgeregt. »Könnte etwas mit unseren Fällen zu tun haben.«

»Weiß man, wer die Tote ist?«

»Nein, noch nicht.«

»Und wieso sollte die Tote aus Heidelberg etwas mit unseren Fällen zu tun haben?«

»Ich dachte, da doch Friedbert Hofbauer in Heidelberg studiert, könnte es doch gut möglich sein …«

»Dass er ein Massenmörder ist?«, unterbrach ihn Josef Pfeil ungläubig. »Das kann ich mir beim besten Willen nicht vorstellen.«

»Man kann keinem Menschen hinter die Stirn gucken«, gab Dirk Köcher zu bedenken.

»Stimmt. Aber ich bilde mir ein, genügend Menschenkenntnis zu besitzen, um Friedbert Hofbauer als Massenmörder ausschließen zu können.« Josef Pfeil rieb sich die Augen und schüttelte müde den Kopf.

»Gegebenenfalls wäre dann sogar seine Freundin, die fromme Friedlinde, in Gefahr«, spann Dirk Köcher den Faden weiter.

»Bei der öffnet sich die Himmelstür bestimmt automatisch. Bei Friedlinde sind Einlasskontrollen überflüssig«, spottete Josef Pfeil.

»'s wird an der Himmelstür ähnlich zugehen wie bei der Zollkontrolle auf dem Flughafen«, vermutete Dirk Köcher.

»Wie das?«

»Heilige, bitte passieren! Haben Sie Sünden zu beichten, bitte anderen Eingang benutzen!«

Es klopfte an die Bürotür. Siegfried Hofbauer trat ein. »Ich möchte ein Geständnis ablegen.«

# 141

Siegfried Hofbauer war sich im Klaren darüber, dass er ein privilegiertes Leben führte. Er war in eine wohlhabende, angesehene Bauernfamilie hineingeboren worden. Von klein auf hatte es ihm an nichts gefehlt. Sein Vater war zwar streng, drückte aber bei Siegfrieds Streichen gerne mal ein Auge zu.

Siegfrieds Lebensweg war vorgezeichnet. Anders als bei vielen seiner Klassenkameraden, die sich entscheiden mussten, welches Handwerk sie ergreifen sollten und bei welchem Meister sie in die Lehre gingen, waren in Siegfrieds Leben die Weichen von Geburt an gestellt. Er war der künftige Hoferbe! Entsprechend wurde er von seinen Freunden und Mitschülern sowohl respektiert als auch beneidet. Eine Tatsache, die bei Siegfried keinen Raum ließ für Selbstzweifel oder Minderwertigkeitsgefühle. Siegfried gab den Ton an. Zwar war er nur ein mittelmäßiger Schüler. Dennoch hätte es kein Mitschüler je gewagt, hämisch zu lachen, wenn er bei einer Rechenaufgabe ins Straucheln geriet. Jedenfalls nicht offensichtlich! Auch die Lehrer hüteten sich, den Sprössling vom Hofbauer zu maßregeln. War dennoch einmal eine Strafarbeit unumgänglich, rechtfertigte sich der Lehrer eilends dafür.

Mit Evi hatte Siegfried eine tüchtige Frau an seiner Seite. Sein Sohn Paul würde ihm als Hoferbe einst nachfolgen. Hoffte er jedenfalls. Er war gleich dagegen gewesen, dass Paul aufs Gymnasium ging. Seines Erachtens hätte die mittlere Reife völlig genügt. Nach dem Abitur stand zu befürchten, dass Paul sich zu Höherem berufen fühlte. Vielleicht auch Philosoph werden wollte wie sein Bruder Friedbert! Na, diese Flausen würde er ihm schon austreiben! Paul könne ja später Agrarwissenschaften studieren, hatte Evi ihn damals zu beschwichtigen versucht. Agrarwissenschaften! Warum nicht gleich Maschinenbau! Bei der Technik, die heutzutage in landwirtschaftlichen Geräten steckte, wäre das sicherlich auch kein Fehler.

Siegfried Hofbauers Leben verlief in geordneten Bahnen. Er war ganz zufrieden damit. Glaubte er jedenfalls. Und dann traf er an Kirchweih die Forstamtspraktikantin Diana Wiesner. Tanzte ausgelassen mit ihr, berauscht von schwungvoller Musik und ordentlich Alkohol. Blickte in ihre übermütig lachenden Augen. Begann eine Affäre mit ihr. War fasziniert von ihrer jugendlichen Unbekümmertheit. Und begann plötzlich, sein Leben in Frage zu stellen! Andere hatten ihm sein Leben aufgebaut und eingerichtet. Hatten ihm ein warmes Nest bereitet. Seinem Leben die Richtung gegeben. Das war bequem. Gab ihm Sicherheit. Doch was hatte er selbst vorzuweisen?

Siegfried Hofbauer begann plötzlich, sein Leben

als starres Korsett zu empfinden, in das er eingepresst war. Das es abzuleben galt, Tag für Tag! Was würde die Zukunft noch für ihn bereithalten? Er wusste, dass Evi mit dem Gedanken spielte, noch ein Kind zu bekommen. Er war von dieser Idee nicht sonderlich begeistert. Aber gut. Wenn ein Kind kam, fand man sich als Mann damit ab und machte das Beste daraus.

War sein Leben in einer Sackgasse gelandet? Siegfried befürchtete es. Hatte er nicht auch das Recht, sich selbst etwas aufzubauen, worauf er stolz sei konnte? In seinen Tagträumen sah er sich als Rinderzüchter in Argentinien oder als Besitzer einer Schaffarm in Neuseeland. Wobei ihm durchaus klar war, dass ihm dafür das nötige Startkapital fehlte. Doch der Grund für seine plötzliche Unzufriedenheit, den Wunsch, sein Leben noch einmal völlig umzukrempeln, war keine Midlife-Crisis, sondern Diana Wiesner. Er war dieser sinnlichen, unbeschwerten jungen Frau völlig verfallen. Würde er alles hinter sich lassen können, um mit ihr ein neues Leben zu beginnen? Mitten in seine Überlegungen hinein stellte ihn sein Vater zornbebend wegen seiner Affäre zur Rede. Einer der Waldarbeiter hatte sich dummerweise im Wirtshaus verplappert!

Der alte Hofbauer sorgte sich um den Familienfrieden. Wenn seine Schwiegertochter Evi, die er sehr schätzte, von Siegfrieds Affäre erfuhr, würde der Haussegen gewaltig schief hängen. Was war zu befürchten? Würde eine Trennung, vielleicht gar die Scheidung des Paares drohen? Wie sich der alte

Hofbauer ehrlich eingestand, war dies seine Hauptsorge. Ansonsten hätte er seinem Sohn ein bisschen »Fremdgehen« nachgesehen. Siegfried war ein Mann aus Fleisch und Blut, dem die Weiber nachliefen. Kein Wunder, wenn er schwach wurde.

Nach mehreren Versuchen, seinen Sohn zur Vernunft zu bringen, musste der alte Hofbauer bestürzt feststellen, dass es sich bei Siegfrieds Affäre mit Diana Wiesner um keinen harmlosen Seitensprung handelte, sondern dass dieser Schwachkopf allen Ernstes mit dem Gedanken spielte, sein bisheriges Leben aufzugeben. Alles hinzuwerfen. Das musste er ihm ausreden. Unbedingt!

Nach dem Mittagessen brachen Vater und Sohn gemeinsam in den Wald auf. Kaum waren sie außer Sicht- und Hörweite, schnitt der Hofbauer zu Siegfrieds Verdruss wieder das Thema Diana Wiesner an. »Was willst du von diesem jungen Flittchen?«

Siegfried schwieg.

»Die spielt doch nur mit dir«, ereiferte sich der Hofbauer.

»Das kannst du überhaupt nicht beurteilen«, fuhr Siegfried auf. »Du kennst sie doch gar nicht.«

»Ich kenne diese Sorte Weiber. Darfst deinem alten Vater ruhig glauben.«

»Komm mir nicht wieder mit deinen Geschichten von vorgestern«, höhnte Siegfried.

»Du bist ja total verblendet!«, schrie der Hofbauer mit sich überschlagender Stimme.

»Und du bist ein verbohrter alter Mann, der sich wohl einbildet, mir befehlen zu können, was ich zu tun und zu lassen habe«, stieß Siegfried mit zornrotem Gesicht hervor.

»So, so, der feine Herr will aufbegehren!«, rief der Hofbauer sarkastisch. »Wovon lebst du denn eigentlich, du und deine ganze Familie, wenn ich das mal fragen darf?«

»Ich arbeite auf dem Hof mit. Ohne mich wärst du doch aufgeschmissen, das weißt du ganz genau!«

»Von mir aus kannst du gehen!«

Siegfried schwieg betroffen.

»Wir haben dich viel zu sehr verwöhnt«, klagte der Hofbauer. »Hier auf dem Hof hattest du alle Freiheiten.«

»Ich finde schon Arbeit«, entgegnete Siegfried trotzig.

»Meinst du, es ist einfach, einem fremden Herrn zu dienen? Das bist du doch überhaupt nicht gewohnt!«

»Was geht's dich an?«

Sie waren auf der Waldlichtung angekommen. Dem Hofbauer riss der Geduldsfaden: »Du beendest dieses Techtelmechtel sofort und damit basta!«, brüllte er seinen Sohn an und wendete sich ab.

»Basta«, dieses Wort wirkte bei Siegfried wie ein Trigger. Mechanisch bückte er sich und hob einen dicken Ast vom Boden auf. Mit zwei, drei großen Schritten stürzte er seinem Vater nach, holte aus und schlug ihm mit voller Wucht den Ast auf den vertrauten und in diesem Moment so verhassten Hinterkopf.

Wie ein gefällter Baum, an den man die Axt gelegt hat, stürzte der Hofbauer zu Boden. Ein dumpfer Aufschlag, gefolgt von erschreckender Stille. Einer Stille, die in den Ohren dröhnte. Reglos lag der Hofbauer auf dem feuchten Waldboden. Blut sickerte aus einer großen Wunde an seinem Hinterkopf, verklebte die grauen Haare.

Wie angewurzelt stand Siegfried da. Starrte wie hypnotisiert auf den verkrümmten Körper seines Vaters, dessen letzter Schritt ins Leere geführt hatte. Stand komplett unter Schock! Dann näherte er sich schwankend seinem Vater. Rief angstvoll seinen Namen. Er legte seinem Vater die linke Hand auf die Schulter. Schüttelte ihn verzweifelt. Blickte in leblose, weit aufgerissene Augen! Entsetzt fuhr Siegfried zurück. Was hatte er getan? Grauen erfasste ihn. Den Ast, mit dem er zugeschlagen hatte, noch in der verkrampften rechten Hand, rannte er in heller Panik davon.

Schwer atmend fand sich Siegfried in der Tannenschonung wieder, zu der er instinktiv gelaufen war. Am ganzen Körper zitternd sank er zu Boden. Mit angezogenen Knien, den Kopf in den Armen vergraben, kauerte er zwischen den Tannen. Das war alles nicht wahr! Konnte nicht wahr sein! Seine Gedanken überschlugen sich.

Irgendwann drang Sirenengeheul zu Siegfried durch. »Der Krankenwagen!«, versuchte Siegfried sich einzureden. Jemand hatte seinen Vater gefunden.

Man brachte ihn ins Krankenhaus. Sein Vater besaß einen ordentlichen Dickschädel. Der konnte nicht tot sein.

Irgendwann gab sich Siegfried einen Ruck. Er erhob sich und ging heim. Sein Vater war tot!

# 142

Diana Wiesner gruselte sich genüsslich beim Gedanken an das gewaltsame Ableben des Hofbauer auf
der einsamen Waldlichtung. Phantasiebegabt und mit
reichlich Vorstellungskraft gesegnet, liefen zahlreiche
Versionen des Vorfalls vor ihrem inneren Auge ab.
Dank Siegfried, dem Sohn des Toten, mit dem sie sich
seit einiger Zeit heimlich traf, erlebte sie die Tragödie
hautnah mit. Diana Wiesner konnte nicht ahnen, wie
nahe!

Diana Wiesner war über den Stand der Ermittlungen
bestens unterrichtet. Erfuhr interne Details quasi aus
erster Hand. Und teilte sie anschließend brühwarm
auf ihren Social-Media-Kanälen mit ihren Followern!
Und deren Neugier war unersättlich! Wann immer sie
Gelegenheit bekam, zapfte sie daher ihre ergiebigste
Quelle an! Siegfried! Leider war Siegfried meist ent-
täuschend wortkarg. Wenn sie die Sprache auf den
Tod seines Vaters brachte, wich er aus. Sie schmei-
chelte ihm. Heuchelte Mitgefühl. Siegfried hielt sich
bedeckt. Diana Wiesner blieb am Ball.

Siegfried hatte sich seit dem Tod seines Vaters verändert. Er wirkte ernst und in sich gekehrt. Einer
Freundin gestand Diana Wiesner, dass dieser Typ sie

allmählich langweile. Dass er davon fasele, Frau und Kind zu verlassen, um mit ihr ein neues Leben zu beginnen. »Der hat sie doch nicht mehr alle!«, höhnte sie und tippte sich an die Stirn.

# 143

Siegfried Hofbauer hatte sich mit Diana Wiesner verabredet. Sein Entschluss stand fest! Er wollte ihr an diesem Tag gestehen, dass er sich für sie entschieden hatte. Dass er ein neues Leben mit ihr beginnen wollte. Fernab seiner Familie.

Siegfried Hofbauer wollte seinem Elternhaus entfliehen. Das Leben dort wurde ihm zunehmend zur Qual. Die prüfenden Blicke seiner Mutter! Das lauernde Misstrauen von Evi! Die Erinnerungen, die ihn ansprangen, wenn er sich umsah! Düstere Schatten, die in den Ecken lauerten. Die latente Trauer, die seit dem Tod des Hofbauer über dem Haus und seinen Bewohnern lag. Für die er verantwortlich war!

Der Waldparkplatz lag still und verlassen da. Einzelne Schneeflöckchen wirbelten sacht vom bleigrauen Himmel. Siegfried Hofbauer parkte seinen Wagen und stellte den Motor ab. Er war innerlich stark aufgewühlt. Viel stand für ihn auf dem Spiel! Wo blieb Diana?

Siegfried Hofbauer öffnete die Tür seines Wagens. Ein Schwall kalter Luft strömte herein. Er stieg aus. Ging unruhig auf dem Waldparkplatz auf und ab. Die Minuten verrannen. Er zog den Kopf zwischen die

Schultern. Stampfte mit den Füßen. Hatte er Diana eine falsche Uhrzeit genannt? Er erwog, sie anzurufen. Verwarf den Gedanken wieder. Er hatte auch seinen Stolz!

Mit fast einer Stunde Verspätung bog Diana Wiesners Auto auf den Waldparkplatz ein. Diana hatte eigentlich keine Lust, sich mit Siegfried zu treffen. Der Typ nervte langsam. Einzig die Hoffnung auf interessante Neuigkeiten, nach denen ihre Follower gierten, hatte sie bewogen, dem Treffen zuzustimmen.

»Warum kommst du so spät?«, begrüßte Siegfried Diana vorwurfsvoll.

»Warum kommst du so spät?« Ein Satz, auf den Diana Wiesner allergisch reagierte! Der in ihr Aggressionen weckte. Weil ihre Eltern sie stets mit diesen Worten begrüßt hatten, wenn sie zu spät heimgekommen war. »Jetzt bin ich ja hier«, entgegnete sie patzig. »Was gibt's so Dringendes?«

Der Ton gefiel Siegfried nicht. Er gefiel ihm ganz und gar nicht. »Ich wollte dir sagen, dass ich mich entschieden habe!«, stieß er hastig hervor.

»Wovon sprichst du eigentlich?«, fragte Diana verständnislos.

»Ich will mit dir zusammen sein. Ich will mit dir fortgehen. Weg von hier. Ein neues Leben beginnen«, sagte Siegfried entschlossen. Es war keine zärtlich geäußerte Bitte. Es war das anmaßende Verlangen eines Mannes, der gewohnt war, seinen Willen zu bekommen.

»Du spinnst wohl?«, entgegnete Diana belustigt. »Wie stellst du dir das vor?«

»Du nimmst mich nicht ernst!«

»Dich kann man auch nicht ernst nehmen!«

»Hör mir zu, wir könnten …«

»Quatsch!«, unterbrach ihn Diana.

»Aber ich dachte, wir lieben uns.«

»Wir hatten Spaß miteinander. War echt nett mit dir.«

»Waaas?«, fragte Siegfried fassungslos. »Was soll das heißen?«

»Das soll heißen, dass ich nicht vorhabe, mich weiter mit dir zu treffen.«

»Aber …«, stammelte Siegfried hilflos. In seinem Kopf überschlugen sich die Gedanken. Hatte Diana am Ende doch nur mit ihm gespielt, wie sein Vater vermutet hatte? Er erinnerte sich plötzlich an die Mahnung seiner Mutter, wenn er früher unbekümmert Mädchenherzen gebrochen hatte: »Mit den Gefühlen anderer Menschen spielt man nicht!« Er hatte ihre Mahnung leichtfertig in den Wind geschlagen. Es gab im Leben Gewinner und Verlierer! Haupt- und Nebenmenschen! Wann war er auf die Verliererseite gewechselt?

Diana Wiesner bemerkte Siegfrieds Verwirrung. Genoss ihren Triumph. Sie warf den Kopf zurück und lachte. Lachte Siegfried schallend aus. Wie vor den Kopf geschlagen stand Siegfried da. Der Boden unter seinen Füßen begann zu wanken. Seine Augen saugten sich an Dianas glattem, weißem Hals fest. Ohne sich dessen bewusst zu werden, hob er die Hände. Legte sie um ihren Hals. Diana blickte ihn überrascht an. Doch sie lachte noch immer. Versuchte, sich ihm zu entwinden. Doch wie ein Widerhaken, der sich tiefer ins Fleisch bohrt, je mehr das Opfer zappelt, drückten Siegfrieds Hände fester zu.

Erschrocken griff Diana nach Siegfrieds Händen, rang nach Luft. Doch fest wie ein Schraubstock hielt Siegfried ihren Hals umklammert. »Hör auf! Lass sie los!«, mahnte Siegfrieds Gehirn. Doch die Mahnung verhallte ungehört. Diana strampelte mit den Beinen. Versuchte verzweifelt, Siegfried zu treten. »Deinetwegen ist mein Vater tot«, schoss es Siegfried durch den Kopf. Und seine Hände krampften sich um Dianas Hals.

»Lass sie sofort los!«, warnte Siegfrieds Gehirn. Doch die Leitung von Siegfrieds Gehirn zu seinen Händen war blockiert. Die Hände schienen ein Eigenleben zu führen. Diana ging die Luft aus. In Todesangst starrte sie Siegfried aus weit aufgerissenen Augen an.

»Aufhören! Aufhören! Aufhören!«, schrie Siegfrieds Gehirn. Doch in Siegfrieds Ohren rauschte das Blut und übertönte den Schrei. Diana Wiesners Körper erschlaffte. Erzeugte dadurch einen Impuls, der die Blockade zwischen Siegfrieds Gehirn und seinen Händen endlich löste. Er lockerte seinen Griff und ließ Diana sanft auf den feuchten Waldboden gleiten.

Schwer atmend beugte sich Siegfried über Diana. Der rote Nebel, der seinen Blick verschleiert hatte, lichtete sich. Er sank neben Diana auf die Knie, flüsterte leise ihren Namen. Blickte in ihr im Todeskampf verzerrtes Gesicht. Tätschelte sacht ihre Wange. »Diana!«

Nach einer Zeit, die ihm wie eine Ewigkeit erschienen war, erhob sich Siegfried und blickte sich um. Hatte es Zuschauer gegeben? Doch still und verlassen lag der Waldparkplatz da. Aber jeden Moment konnten Waldarbeiter kommen oder ein Auto auf den Parkplatz einbiegen. Er musste weg. Schleunigst! Und Diana? Was sollte mit ihr geschehen? Es widerstrebte ihm, sie einfach auf dem Parkplatz liegen zu lassen. Er musste Zeit gewinnen. Überlegen, was zu tun war. Seine überreizten Nerven beruhigen.

Mit zitternden Händen griff Siegfried Diana von hinten unter die Achseln, hob ihren Oberkörper hoch und zog sie zu seinem Wagen. Ihre Stiefelabsätze hinterließen Schleifspuren im vermodernden Laub. Er meinte, ein Geräusch zu hören. Richtete sich auf. Lauschte! Hörte sein Herz hämmern. Aber alles blieb ruhig. Doch er musste sich beeilen! Siegfried öffnete sein Auto und verfrachtete Diana ächzend auf den Rücksitz. Wie schwer ihr lebloser Körper war! Schon wollte er ins Auto springen, um loszufahren, da hielt er jäh inne. Auch Dianas Auto musste verschwinden!

Der Autoschlüssel! Er brauchte Dianas Autoschlüssel! Wo konnte der sich befinden?

Wahrscheinlich in ihrer blauen Umhängetasche, die sie über der Schulter getragen hatte. Wo befand sich die Tasche? Siegfried schwirrte der Kopf! Die Tasche lag einige Meter entfernt auf dem Boden an der Stelle, wo Diana um ihr Leben gekämpft hatte.

Siegfried öffnete die Tasche. Stöberte hektisch nach dem Schlüssel. Fand ihn nicht. Stattdessen entdeckte er Dianas Handy. Nahm es an sich, warf es auf den Boden und zertrat es mit seinem Stiefelabsatz. Das Display zersplitterte krachend. Er hob das Handy vom Boden auf und schleuderte es schwungvoll in den Wald, wo es gegen einen Baum prallte und dann in dichtes Gebüsch stürzte.

Siegfried ging zu seinem Wagen zurück. Beugte sich widerstrebend über Diana. Suchte in ihren Jackentaschen nach ihrem Autoschlüssel. Fand endlich ihren hellrosa Schlüsselbund. Noch immer hielt er Dianas blaue Umhängetasche unter den Arm geklemmt. Mitnehmen? Er entschied sich dagegen. Öffnete Dianas Auto und warf die Umhängetasche auf den Beifahrersitz.

Fieberhaft überlegte Siegfried, wo er Dianas Leiche verschwinden lassen konnte. Wenn man Dianas Leiche bei ihm fand, war er geliefert. Um ihren Wagen konnte er sich später kümmern.

Siegfried setzte sich hinters Steuer seines Wagens. Drehte den Kopf zur Rückbank und warf einen scheuen Blick auf Diana. Bewegungslos lag sie da, hatte ihre Position nicht verändert. Was hatte er erwartet? Siegfried startete den Wagen. Widerstand dem Zwang, das Gaspedal bis zum Anschlag durchzutreten. Rollte gemächlich vom Parkplatz. Statt zur Straße steuerte er einen gut befestigten Forstweg an, der ihn tiefer in den Wald führen würde, wo er eine entlegene Stelle zu finden hoffte, die sich als Versteck für Diana eignete.

Der Weg gabelte sich. Siegfried bog in einen holprigen Pfad ein, der zwischen hohen, dunklen Tannen einen leichten Hügel hinaufführte. Blickte sich dabei unablässig nach einer geeigneten Ablagestelle für Diana um. Adrenalin flutete seinen Körper.

Siegfried stoppte den Wagen. Um zu vermeiden, dass man die Reifenspuren seines Wagens später zu nahe am Fundort entdeckte, beschloss er, Diana eine Strecke weit in den Wald hineinzutragen. Er stieg aus und öffnete die hintere Wagentür. Beugte sich über Diana. Atmete ihren vertrauten Duft ein. Fasste sie an den Hüften und zog sie zu sich heran. Dabei glitt Dianas rechtes Bein vom Rücksitz und verhedderte sich zwischen Wagentür und Vordersitz. Siegfried hob Diana aus dem Auto und legte sie sich über die linke Schulter. Ihre eiskalte Hand streifte seine Wange. Siegfried stellten sich die Nackenhaare auf.

Mit seiner grausigen Last verließ Siegfried den Waldweg und stapfte durchs Unterholz. Er keuchte. Sein Atem dampfte in der kalten Luft. Er roch die feuchte Erde und das verrottende Laub, das er aufwirbelte. Plötzlich ertönte neben ihm lautes Rascheln.

Zweige knackten. Siegfried zuckte zusammen. Sein Puls raste. Dann atmete er erleichtert auf. Er hatte ein Reh aufgescheucht, das erschrocken mit großen Sätzen davonstob.

Vom Waldweg aus nicht einsehbar fand Siegfried schließlich eine von dornigem Gestrüpp überwucherte Stelle im Unterholz, die ihm als Versteck für Diana geeignet schien. Schweißgebadet ließ er sie von seiner Schulter gleiten und bettete sie behutsam auf den Boden. Dann sammelte er Zweige und Geäst, um sie zu bedecken. Begann, es über ihrem Körper aufzuschichten. Höher und höher wuchs der Reisighaufen. Nur Dianas weißes Gesicht ragte noch heraus. Als fürchte er, er könne sie mit dem rauen Geäst verletzen, bedeckte er Dianas Gesicht zunächst mit weichem Laub, bevor er Reisig darüberschichtete. Vom bleigrauen Himmel fielen dicke Schneeflocken, als webe der Himmel ein Leichentuch.

Siegfried kehrte zum Waldparkplatz zurück und wechselte das Fahrzeug. Beförderte Dianas weißen Kleinwagen tief in den Wald hinein und versteckte ihn zwischen dichten, dunklen Tannen. Er machte sich keine Illusionen darüber, dass man sowohl Diana als auch ihren Wagen in absehbarer Zeit finden würde. Und dann? Würde man ihn in Verbindung mit ihrem Tod bringen? Würde man ihm die Tat nachweisen können? Doch ungebüßte Schuld lastet schwer auf dem Gewissen. Das sollte Siegfried in der Folgezeit lernen müssen. Dazu Verdächtigungen und Verhöre durch die Polizei, die ihn mürbe machten. Siegfried stellte sich!

# 144

Friedlinde trennte sich umgehend von Friedbert. Mit einer Familie, in die der leibhaftige Teufel gefahren war, mochte sie nichts mehr zu tun haben. Die Hofbäuerin, die in jeder Lebenslage einen passenden Spruch parat hatte, sagte nichts mehr!

# DIE AUTORIN

Sylvia Quinzer wurde 1952 in Heilbronn geboren.

Nach dem Studium der Rechtswissenschaften in Heidelberg und einem Referendariat in Heilbronn war sie jahrzehntelang für einen Zeitungsverlag tätig.

Wenn sie nicht gerade schreibt, dann liest und fotografiert sie gerne.

Sylvia Quinzer lebt mit ihrem Partner in Baden-Baden und Heilbronn.